双葉文庫

Kの日々

大沢在昌

Kの日々

1

この三日間で、木《もく》は、その女にちょっと惚《ほ》れてしまった。女にほとんど興味のない木には、それはひどく珍しいことだ。

女がやっている小さな雑貨屋は、西麻布《にしあざぶ》の片隅にある。住所でいうと、もう広尾《ひろお》になるあたりだ。場所柄、家賃は決して安くはないだろうに、あんな小さな店にガラクタを並べただけで本当にやっていけるのか疑問に思うようなところだ。

といって、女が商売に汲々《きゅうきゅう》としているようすはない。となると、やはり依頼人のいう通り、〝お宝〟を隠しもっているのかもしれない。

女の名前は、ケイ、というらしい。雑貨屋の店名も「K's Favorite Things」という。このフェイバリットシングスの意味がわかったのは、木が昔聞いていたレコードに、ジョン・コルトレーンの「マイ・フェイバリット・シングス」という曲があったからだ。確か「私のお気に入り」とかいう意味だ。

アルファベットの「ケイ」が、本当に「ケイ」という名なのか、「恵」なのか、「恵子」「啓子」あるいは「久美」や「加代」の略か、木は知らない。依頼人も、女の本名は知らないようだった。ただ、「あの店の女主人」としか、木は聞かされていない。

どちらにしても、「ケイ」は「ケイ」で、木は「ケイ」というその女の名前も気に入った。

クールな感じがするからだ。

ちなみに木の本名も「木」ではない。木は記号のようなものだ。

木に仕事を頼む連中は、木の名前が何であろうと知っちゃいない。山田《やまだ》だろうが金《キン》だろうが、ジョンソンという名だってかまやしない。要は頼んだ仕事を、木がきちんとやれるかどうか、そこにしか関心がない。

それはある意味でとても公平なことだ。

木が身をおく世界には差別がない、という証拠だからだ。依頼された仕事をこなせるかこなせないか、記号「木」の価値はそこにつきる。

木は携帯電話を四台、もっている。それぞれA、B、C、Dと使い分けているが、うち二台が仕事用のものだ。

木に仕事を依頼する人間は、BかCの電話にかけてくる。Bの番号は「丸B専用」、極道連中に伝わっている木の連絡先で、Cの番号はそれ以外、たとえば水商売や風俗をやっている連中に伝わっている。

Aはいちおう「個人用」にしているが、Aの番号を知っている人間も〝業界〟には多い。だからたまに仕事がらみの電話がAにかかってくることもある。

Dとなると、これは完全に秘密ナンバーだ。Dを知っている人間は、この世にほとんどいない。ひとりか、二人。そしてその人間たちは、こちらから連絡しない限り、まずかけてくることはない。

四台の着信音はすべてちがっているので、木はどれが鳴っても即座に判断ができる。

今、木はケイの店の斜め向かいにあるカフェテラスでコーヒーを飲んでいる。時刻は午後二時を回ったところで、さっきまでは、どこか近くにある幼稚園に子供を迎えにきた若い母親たちが大挙《たいきょ》してテーブルを占領していた。

どの母親もえらくめかしこみ、なんで幼稚園の送り迎えでこんなに洒落《しゃれ》めかさなければならないのかと思うほど着飾っていた。その周りを子供たちが叫び、走り回る。

三日間、ここでお茶を飲み、毎日、母子の群れを眺めているうちに、ようやく木にはその理由がわかった。

着飾った母親たちが子供を通わせているのは、いわゆるお受験幼稚園のようなのだ。お受験幼稚園というのは、名門私立小学校に合格させるために子供を通わす、一種の予備校だ。

木がすわっているのは、二階のオープンテラスで、そこは喫煙席なのだが、母親たちの喫煙率も高く、会話が自然と耳に入ってくる。

ケイオーだのセイジョーだのという校名と、エルメスだ、グッチだというブランドが、会話にはほぼ同じ頻度で登場する。

彼女らは、ひとりでテラスの端にすわる木には一切、注意を払わない。見事なほど、その世界は閉じている。お受験の話、ブランドの話、家族の話、以上、終わり。

もっとも木もそれなりの努力はしている。たとえば歌舞伎《かぶき》町のどん詰まりにある喫茶店と、このカフェテラスとでは、客の層がまるでちがう。そこで目立たない服装をすることが必要だ。歌舞伎町にいるときは、黒っぽいスーツに白いシャツを着け、髪をオールバックにする。どこかの店のボーイかマネージャーといった雰囲気だ。

ここではジーンズに白いTシャツを着て、だぼっとした柄もののシャツを羽織《はお》り、サングラスをかける。足もとも革靴ではなく、スニーカーだ。テーブルの上には、ニューズウィーク。どことなく、若き実業家という風情《ふぜい》ではないか。これが少年ジャンプならまだしも、週刊大衆では絶対似合わない。

木のすわっている席からは、「K's Favorite Things」の手前半分が見おろせる。陶製の花瓶《かびん》やキャンドルスタンド、あるいはホヤに模様の入った電気スタンドなどがごちゃごちゃと飾られていて、ときどきケイの姿がその中をよこぎる。

ケイはすらりとしていて、身のこなしに無駄がない。髪はわずかに明るいていどの茶で、肩の少し下までのびている。初日、その髪をポニーテイルにしていて、木はそれが一番気に入った。

店の中でも外でも、ケイはわりに大またで歩く。ジーンズか、長いスカートをはいているのはそのせいだろう。背が高い上に、いつも背すじをのばしているので、よけい大きく見える。

一六七、八センチはありそうだ。

化粧はあまり濃くない。それなりに陽焼けしている。

目がいい。すうっと切れ長で、涼しい感じだ。どんなくそ暑い日だって、汗ひとつかかないような目つきをしている。それはいいかえれば、周囲にえらく無関心だということだ。

これは木にいわせれば、疑問の①だ。依頼人から聞かされたように、もしお宝を隠している身なら、周囲に無関心でいるのはひどく難しい。

演技だとすれば、相当気合いの入った演技だ。

ケイはふだん店にひとりだが、たまに手伝いらしい娘がやってきて、店番をかわる。ケイの年の半分くらい、つまり十六、七の高校生らしい娘だ。こちらは今どきの女子高生には珍しく髪がまっ黒で地味ななりをしている。少しぽっちゃりしているのが、妙に色気づいていない理由かもしれない。

店の大きさは、せいぜい十坪かそこらだ。ところ狭しといろいろな雑貨をおき、奥に小さなカウンターがあって、客もおらず、品物の配置もしていないとき、ケイはそのカウンターの奥にすわって本を読んでいる。どんな本を読んでいるか興味はあるが、まだそれは確かめていない。

ケイの住居は、店から西にいき、広尾をつっきった東《ひがし》二丁目だ。渋谷《しぶや》駅と恵比寿《えびす》駅のちょうど中間にある、古い賃貸マンションで、家賃は二DKで十二万八千円。自転車でそこから店へとケイは通っている。マンションはオートロックもない古い造りで、そこが木の疑問その②になる。防犯上、決して安全とはいえないそんなマンションに、果してお宝を隠した女が住むだろうか。少なくとも、店にも自宅にも、ケイはお宝を隠してはいない。それだけは確かだ。

木にこの仕事を依頼してきたのは、坂本《さかもと》と花口《はなぐち》という二人組だった。鳴らした携帯はCだ。

木はいちおう、自分の番号を誰から聞いたか訊《たず》ねた。坂本はある男の名をいった。そいつはフリーの取り立て屋で、確かに木は何回か仕事を請けおったことがある。だがこの二年、傷害罪で別荘暮らしをしている筈《はず》だった。坂本がその男の古い友だちでないとすれば、別荘仲間だった確率は高い。

もちろんそんなことは仕事を断わる理由にはならない。むしろ難点があるとすれば、この仕事の出口が見えないところだ。

出口というのは、もちろんお宝だ。ケイが、坂本と花口のいう通り、お宝をどこかに隠しているなら、それを見つけだせば仕事は完了する。お宝の五分の一が木のとり分だ。それでも千万単位になると二人は保証した。

お宝がなければ、木のかけた時間と手間賃を二人は払う。それが総額五十万を超えないうちに決着をつけてくれと坂本がいったのは、五十万くらいならとりあえず用意ができるという意味にちがいなかった。

で、三日目だ。

木の方針は、最初はじっくり観察に徹し、あるていどケイの身辺が見えてきたところで締めつけにかかる、というものだった。

簡単な方法としては、ケイの店を燃やしてしまう、というものがある。木の目から見ればガラクタでも、海外のあちこちから買い集めてきたような〝商品〟には、それなりの価値があるだろう。といってケイはそれらに保険をかけているとも思えない。火災保険はせいぜい、店子《たなこ》として開店する際に不動産屋から強制された金額か、それに毛が生えたていどだ。

店が燃えてしまえば、ケイは人生の転換という奴を考えざるをえなくなる筈で、そうなったら隠しておいたお宝に手をつけることになる。

そのときが木の出番だ。ケイがどこにお宝を隠しているかわかれば、たとえそれが銀行の貸金庫だろうと何かしら手段はある。

問題は、お宝がなかった場合だ。

もともとお宝は、坂本と花口が、ケイの昔の男と組んで踏んだヤマでこしらえたものだった。ところがその男がひとりでトンズラしたあげく、誰かに殺され、お宝は行方不明になったのだ。

ケイの生活を見ている限り、といってもわずか三日間だが、木にはお宝を隠しているようには思えなかった。

それは初日、ケイを初めて見たときに直感したことだった。

何もかもがさっぱりしすぎている。うしろ暗そうなところも、不安そうなようすも、ましてや隠しごとをして生きてきた雰囲気はかけらもない。

さばさばとしてクールだ。

三日間を通してその印象はかわらず、あげくに木はちょっと惚れてしまった。

別にすぐ抱きたいとか、そういう感情ではない。もう少しそばにいたい。できれば言葉を交せるくらいの仲になりたい、そんな気持なのだ。

ある意味、抱きたいという感情よりもこれはまずい。欲しているのが体ではなく、もう少し面倒な、心の部分になっているからだ。

この場合、木の選択肢はふたつ。

実際、ケイに接近するか、適当に仕事を切りあげ、さっさと忘れてしまうか。

常識なら、後者だ。

だがケイがお宝を隠していないのなら、別に近づいたところで何ら問題はない。お宝をもっていたら、友情は成立しないだろう。何といっても、こちらはそれを奪うのが仕事だから。

つまり、もっていないと思えれば思えるほど、木はケイに近づきたくなるというわけだ。

これは困った状況だ。ただすぐに答をださなければならないというものではない。坂本が保証した五十万の手数料の限度いっぱいまでに決断すればいいことだ。

だいたい一週間、自分に大甘で十日、と木は期限を設定した。

つまりまだ四日から七日ある。

そう思うと、少し気持が楽になった。


午後四時を少し回った。木はとうにカフェテラスをでて、今度はケイの店の裏手の路地に止めた車の中から観察をつづけていた。少し前に、例の女子高生らしい娘が店に入っていった。

十分もすると、ケイが店からでてきた、木綿のロングスカートに、革のベストを着けている。財布と煙草《たばこ》だけを手にしているところを見ると、店番を交替して休憩にでたようだ。

木は車を降り、ケイのあとを尾《つ》けた。ケイは西麻布を抜けて外苑西《がいえんにし》通りにでると、ファストフードの店に入った。

それを見届けた木は大急ぎで西麻布にとってかえした。ケイの店を、ケイに知られずにのぞくチャンスだった。ついでにケイが読んでいた本を調べておきたい。でかけるケイの手には本はなかった。

それがつまらない占い本とかだったらがっかりだが、小説なら近づくときのきっかけになる。

これでも木は読書好きだ。テレビはニュースと天気予報以外、まったく見ないので、家にいるときは本ばかり読んでいる。たいして厚みのない小説本なら、三時間もかけず読みきる自信があった。

「K's Favorite Things」の格子戸《こうしど》を押した。キャンドルの匂いが漂っている。売りもののキャンドルスタンドに、香料の混じったキャンドルをのせているからだ。

「いらっしゃいませ」

奥にいた娘がいった。壁に立てかけた姿見用の鏡を磨《みが》いている。青銅の凝《こ》った装飾が鏡を囲んでいた。

木は小さく頷《うなず》き、店内を見回した。腕時計をのぞき、さも時間潰《つぶ》しを装う。それから、外に面した窓べにおかれた電気スタンドに歩みよった。外から見かけて値段を確かめにきた、という風情だ。

防犯用か、小型のテレビカメラが天井の一角にある。もしかすると本物ではなく、こけおどしのダミーかもしれない。

それ以外は、木の目からすれば何の変哲《へんてつ》もない雑貨屋だ。おかれているのが、好事家《こうずか》からすれば垂涎《すいぜん》の珍品かもしれなくとも、さっぱり判断できない。

安いもので二、三千円。高いところで七、八万、ざっと見回し、商品の値段を頭にしまいこんだ。

幸いに娘は鏡磨きにけんめいだ。

木は店内を見回しながら、ゆっくりカウンターに歩みよっていった。レジスターはない。それはつまり、現金はひきだしだか財布におさまっているということだ。クレジットカードの読みとり機もない。

おいおい現金払いのみかよ。

文庫本が一冊、広げたままカウンターには伏せられている。カバーはついていない。

何だか難しい漢字の題名だ。飾られた花瓶をのぞきこむふりをして、横目で文庫の表紙をにらんだ。

「聊斎志異」

何と読むのだ。わからない。とりあえず漢字の形だけを頭に入れた。

所期の目的を達し、木は店をでることにした。冷やかしの客には慣れているのか、娘は見向きもしない。

「K's Favorite Things」の扉をひいて外にでた。

目の前に黒いコルヴェットが止まるところだった。えらくめかしこんだ車だ。ホイールが金で、窓はフィルム貼り。練馬《ねりま》ナンバーは「9」ときた。どう見たって、まともな筋の乗る車じゃない。

運転席のドアが開き、男がひとり降り立つ。ピンストライプのスーツに白いシャツをネクタイなしで着こんで、足もとはキザなブーツだ。車に負けず劣らず、嫌《いや》みな男だった。

やけに陽焼けしていて、これ見よがしにシャツのボタンを外している。髪は短めだが、ジェルか何かでつんつん立たせていた。薄い色のサングラスをかけ、妙に見下した視線で木を見た。AV男優にでもいそうなタイプだ。女によっては好みだという奴もいるだろう。だがAV男優でないことは、その目を見ればわかる。

「あれ」

そいつがいった。木を見つめている。

「どこかで会ったかな」
二十八、九。いって三十二というところだ。
木は首をふった。

「気のせいでしょ」

「そうかな」

男が首を傾《かし》げた。

「俺、人の顔覚えるの、得意なんだよね。絶対どっかで会ってるよ」

その視線が、自分の服装や手にしたニューズウィークに注がれるのを木は感じた。

「絶対会ってない。だって私はあんたを知らないもの」

木はいった。本当はこれ以上言葉をかわすのも、この場にとどまっているのも嫌だった。だが、黒いコルヴェットが「K's Favorite Things」の出入口を塞《ふさ》ぐように止まっているため、その場を離れるには、車体をぐるりと回りこむ必要があった。

男がにっと笑った。まっ白い歯がのぞいた。自前とはとうてい思えない色だ。たぶん今のように陽焼けするよりはるか昔、自前の歯は誰かにすべてへし折られたか、トルエンを吸いすぎて溶けてしまったにちがいない。

「俺、丸山《まるやま》。よろしく」

最悪の名前を聞いて、木は表情をかえないでいるのに苦労した。

「丸山、さんね」

「そっちは？」

通りすがりの者だよ、と答えたいのをこらえた。それですませられるくらいなら、向こうから名乗る筈がない。

「伊藤《いとう》」

「伊藤さん、よくくるの？　この店に」

「いや、初めて。さっき見て、そこの花瓶が気に入ったから。嫁に買っていってやろうかなと思って」

「でも買わなかったんだ」

「今月、金ないの思いだしたから」

「そうなんだ。伊藤さん、この辺？」

「あなた何？　このお店の人？」

木はふつうの人間がいうであろう疑問を口にした。

「いいや。俺、やくざ。丸山組って知ってる？」

「やくざに知り合いはいません」

「嘘《うそ》。だったら俺があんたの顔知ってるわけないじゃん。まあいいや。丸山組ってのは、うちの親父の組なの。オヤジっていっても、業界用語じゃないよ。業界用語でオヤジといったら組長のことじゃない。そうじゃなくて、本当の親父、父親」

「そうなんですか」

「そう。俺は不肖《ふしょう》の息子。いちおう跡継ぎなのだけどね。やっぱり俺、あんたに絶対会ってる。あんたの仕事何？」

「サラリーマン」

「会社の名前は？」

「かんべんして下さい。私が何かしたならあやまりますよ」

「いいのよ、あやまんなくて。別に悪いことしたわけじゃないのだから。で、何の会社？」

丸山組二代目はしつこい。

「私、いきますから」

ぐずぐずしていると、休憩から戻ってくるケイと鉢合《はちあ》わせしかねない。木は一刻も早くこの場を逃れたかった。

「いいんだよ、いかなくて。もっとお話、しましょうよ」

丸山は白い歯を見せたままいった。

「俺、この店のファンなんだよね。だから同じファン見つけると、話したくなっちゃうんだよ」

「別にファンじゃないです。通りがかっただけです」

「またあ、そんなに照れなくてもいいじゃない。あんたがこっそり、オーナーの読んでた本の表紙のぞいてたの、俺見ちゃったんだよね」

「それはあの、本が好きだからで。本があると見ちゃうんですよ」

「わかる、わかる。俺も本、好きなんだ。もっともマンガばっかりだけど。何読んでた？」

「え？」

「だから、オーナー何読んでた？」

「読めませんでした。漢字ばかりの難しい題名で」

「ふーん、あんた頭よさそうに見えるけど。佐藤《さとう》さんだっけ？」

「伊藤です」

「名刺ある？」

「ありません。今日休みなんでもってないんです。もういっていいですか」

「いいよ。あ、ちょうど帰ってきた」

丸山の視線が動いた。木は心の中でため息をついた。ふりかえるとケイが立ちはだかり、丸山をきつい目でにらんでいた。

「ちょっと、何これ」

「え？」

丸山がぽかんと口を開けた。馬鹿のふりだ。

「どかしなさいよ」

初めてケイの声を聞いた。わずかに鼻にかかったクールな声だ。

「何で？　どうして？」

ケイは首をふった。ベストのポケットから携帯電話をとりだす。木と丸山の見ている前でボタンを三つ押した。でた相手に告げる。

「違法駐車の通報です。店の前に止められて迷惑しています」

「どける、どける」

丸山はいって手をひらひらやった。コルヴェットの運転席に乗りこむと、エンジンを一度空ぶかしした。腹に響く、いい音がした。

ケイはかまわず、通報をつづけている。車種、ナンバーを告げた。

コルヴェットの運転席の窓が下がった。

「じゃ、佐藤さん、また――」

丸山は告げ、走り去った。呆然《ぼうぜん》と木が見送ると、ケイの声が聞こえた。

「今、移動しました。はい、けっこうです。それでは失礼します」

携帯電話を閉じる音がして、木がふりかえるとケイと目が合った。

「そちらは？」

ケイが訊ねた。

「いや、あの、私はただこのお店をのぞいてでてきたところだったんです。そうしたらあの人が突然やってきて、いろいろ話しかけてきて……」

ケイは冷ややかな目で木を観察した。上から下まで徹底してチェックしている。

と、不意ににっこり笑った。

「ごめんなさい。じゃ、ひどくご迷惑をおかけしたんですね。わたし、この店の者です」

「あ、いえ、そんなことありません」

木は首をふった。

「ただびっくりしただけで、あの男、自分のことをやくざだっていったんで」

「大丈夫、気にしないで下さい。やくざなんかじゃありませんから」

「そうなんですか」

「ただの嫌がらせなんです。このお店を立ち退《の》かせたくて、くるお客さん、くるお客さんに嫌がらせをしているんです」

「じゃあ何なのですか。不動産屋？」

「そんなようなものかしら。お近くなんですか」

ケイは木を正面から見つめた。涼しげな瞳は、嘘は許さないから、といっているようだ。

「ちがいます。知り合いに届けものがあって、きた帰りです」

ケイは小さく頷いた。信じているようには見えなかった。

「何かお気に召した品物はありましたか」

「いや、あの、本当にのぞいてみただけなんですよ。小さくて感じのいい店だなって思って……」

「ありがとうございます」

ケイは笑みを大きくした。作り笑いとわかっていても思わず釣りこまれそうになるほどいい笑みだ。木はうっとりとケイの顔に見惚《みと》れた。

笑いは、切れ長のケイの目を細く見せる。だからといってその容貌《ようぼう》がそこなわれることはない。むしろ、親しみやすさが湧《わ》く。

笑っていないときのケイはどこか冷ややかで、近よりがたい雰囲気があるのだ。

「これって、あなたがひとりで集めたんですか」

よせよせ、という内なる声を無視して木は訊ねた。これ以上自分を印象づけてどうする？　いや、どのみち俺の顔は覚えられた。だったら仲よくなって何が悪い。もしかしたら、仕事に役立つかもしれないだろう。

ありえないって。どう見たってこのケイは、頭のいい女だ。どこまで親しくなろうと、きのう今日知り合った男に、自分の〝秘密〟をバラす筈がない。

ケイは小首を傾げた。

「そう、ですね。半分半分くらいかしら。自分であちこち回って集めたものもありますけど、業者の展示会などで気に入って購入した品もあります」

「そうなんですか。でも、それでよく、いや失礼な話なんですが、経営が成立しますね。許して下さい。私、経理関係の仕事をしているもので、ついお店などを見ると経営はどうなっているのだろうと想像してしまうんです。決して立ちいったことをうかがおうとかそういうことではなくて」

ケイの自分を見る目が少しやさしくなったような気がした。たとえ嘘でも、こちらから情報をひとつ渡せば、相手も何かしら情報を渡さざるをえなくなる。そして相手がどれだけ情報を寄こしたかより、自分がどれだけ情報を与えたかで、人は相手に対する信頼度を高める。

「決して楽じゃありません。このあたりって家賃が安くないので。でもこういう雑貨に興味をもって下さる方が多い場所じゃないと、お店そのものが成立しないんです。その点では、このあたりは裕福な方がたくさんお住まいなので」

「なるほど」

「たとえ何千円かの品でも、こういう生活必需品とはいえないものは、やはり余裕のある方しか興味をもっていただけないんです」

木は頭をかいた。

「だから僕は駄目なんだな。お世話になった方にプレゼントを買おうと思ったのですけれどね、実際、お店で見てみると、いったいどれにしていいか悩んでしまって」

「その方はおいくつくらいですか」

「五十代の終わり、ですね。女性なので、はっきり年を知らないんです。取引先の女社長さんで、仕事に関しちゃすごいやり手なのですけど、家ではとても家庭的らしいんですよ。花を活《い》けたり、編みものもするって聞いて、びっくりしちゃって」

「そうですか。別に押し売りをする気はないんですが、花瓶をご覧になったのですか」

「ええ」

木はショウウィンドウに飾られた花瓶をさした。

「あれをちょっといいかな、と思って」

「あれはイタリア製で、西洋花を活けるにはとても向いています。テーブルや、お部屋の隅にちょっと飾ると、絵柄もうるさくなくて上品ですし」

木は頷いた。

「別に今日、今すぐ、でなくてけっこうです。他をご覧になって、まだあの花瓶が気になるようでしたら、おいでになって下さい。ご迷惑をおかけしたお詫《わ》びに、値段も勉強させていただきます」

淀《よど》みなくケイはいった。「値段を勉強する」という言葉を聞いて、木は嬉《うれ》しくなった。祖父が関西人で、懐しい響きのあるその言葉を使っていた。

「あの、関西のご出身ですか」

「え？」

ケイは不意をつかれたような表情になった。

「今、勉強するといわれたじゃないですか。こちらの人はあまりそういいませんよね」

「大阪《おおさか》に少しいたことがあります。生まれはこちらなのですけど」

「そうですか。いや、嬉しいな。私の祖父が兵庫《ひょうご》なんですよ。失礼しました」

「いいえ」

今度のケイの笑顔は、本物っぽかった。

「じゃ、失礼します。すみません、立ち話で長々と」

木はいって頭を下げた。

「お待ちしてます」

ケイの言葉に頷き、止めてある車とは反対方向に木は歩きだした。乗っている車まで覚えられてしまったら、さすがに今後の仕事がやりにくくなる。

西麻布の方向からぐるりと大回りするようにして、車に戻った。

思わぬ収穫と、思わぬ障害、という奴だ。

ケイとこうして話したのは、個人的には収穫で仕事的には障害になる。

だが、妙に嬉しい。次に、「K's Favorite Things」にいく理由もできた。二、三日してあの店にいけば、さらにケイに近づけるからだ。

もちろんそのための作戦が必要だ。

まずあのショウウィンドウに飾られていた花瓶を誰かに買わせてしまうことだ。車をだした木は、知り合いをあれこれ思い浮かべた。

女がいい。できれば少し年がいっていて、金をもってそうに見える女だ。

原宿《はらじゅく》で店をやっている占い師を思いだした。元ソープ嬢で、さんざん男にだまされ、貢《みつ》がされたあげく、悪い男の見分けがつくようになったと占い師を始めた女だ。そのわりにはあいかわらず、下らない男に惚れて金を貢ぎ、去年ホスト崩れの詐欺師にひっかかったのを助けてやった。八百万がとこを貢ぎ、詐欺に気づいて泣きついてきた。五百万を回収し、報酬《ほうしゅう》を少しまけて二百万にしてやった貸しがある。

その女占い師にいかせよう。木が〝気に入った〟花瓶を先に買わせ、あとから店にいって、やはり買いにきた、と告げるのだ。

とりおきの約束をしたわけではないから、ケイは花瓶を売るだろう。そこへ木が現われて、品物がないとわかれば、ケイは木に〝借り〟を作ることになる。

それが狙いだ。

個人的には、その作戦でいける。

次は仕事の面での問題だ。

自分の顔を知られてしまったことはさておき、丸山組の出現について考えなければならない。

木は、坂本と花口に連絡をとった。

2

待ちあわせたのは恵比寿駅に近い喫茶店だった。木《もく》が遅めの昼食を近くのラーメン屋ですませていくと、坂本と花口はすでに着いていた。

坂本は四十代の初め、花口はそれより少し下だ。本当はたいしてわかっちゃいないのに、玄人《くろうと》っぽい口をきく坂本を、花口は尊敬しているらしい。といって素人《しろうと》でもない。こういうのが木にいわせれば、二人は玄人とは、とうていいえない。こういうのがだいたいにおいて物ごとをややこしくする。

ややこしくなったあげく死人がでるのも、こういう連中が妙な動きをするせいだ。自分がその死人にならないように、木は気をつけようと思っていた。

「西麻布からそんなに道が混《こ》んでいたのか」

待たされた嫌みのつもりか、坂本がいった。年のわりに頭が薄くなり始めており、それをカバーするためにヒゲをのばしている。目を細めて人を見る癖《くせ》があるものだから、どうしようもなく胡散《うさん》くさい。

花口は坂本より頭ひとつ大きい。図体《ずうたい》がでかいからといって、別に血の巡りが悪いということはないようだ。ただ半端《はんぱ》な理屈にいいくるめられやすい、人の好さがある。もっとも、人の好いフリをしているだけかもしれないが。

「途中で飯を食ってきてね」

木が答えると坂本は顔をしかめた。

「人を呼びだしといて、飯なんか食うんじゃねえよ。失礼だろうが」

「仕事にかかるといつ食べられるかわかんないからな。食べられるときに食べておかないと」

「そういうのをいいわけっていうんだ。いいわけしたがる奴に仕事のできる人間はいねえ」

「あんたが上司ってわけじゃない。いいわけをする必要はないよ」

「じゃあ何だ」

坂本はとんがった声をだした。

「別に。本当のことをいっただけさ」

花口は興味深そうに、坂本と木のやりとりを眺めている。

「で、どうなんだ」

坂本が訊ねた。

「まだわからん。だが私にはなさそうに見えるね」

「そんな筈はねえ。絶対に奴は女に預けている」

「そのわりに地味な暮らしだ。それだけのお宝があったら、もう少し派手にやってると思うがな」

木がいうと坂本は首をふった。

「派手な暮らしが好きじゃなけりゃ、そうはしないだろう。それに一生遊んで暮らせるほどの銭でもない」

「だったらもう使っちまったとか」

「それはない」

身をのりだして坂本が首をふった。

「あの女が勤めを辞めたのは三年前だ。それまでは広告代理店のＯＬだった。あの電広だ。半年ばかりして店を開いたんだ。店は見たか？」

「見た」

「高いもんがあったか。売ってるもん全部あわせて何千万て金額か」

「いや。せいぜい二百万かそこいらだ」

「だろう。考えてみろよ。何千万て貯《たくわ》えがある奴が、二百万かそこらの商《あきな》いをするか」

「人によるだろう」

「いいや、やらねえ。やるんなら一千万くらいの元手はかける。高いもんを捌《さば》きゃ、それだけ利もでかい。品物を揃《そろ》えなかったのは、目立ちたくなかったからさ」

「最初からもっていなかったら元手をかけようがない」

「そいつはありえない。李《り》の野郎は金を使う暇もなかった。奴がくたばったんで、あの女は会社を辞めたんだ」

「なぜ」

「マジメに働くのが馬鹿ばかしくなったのさ」

「今だってマジメに働いているぜ。あの店をやるのがOL時代からの夢だったのかもしれん」

坂本は人さし指をつきつけた。

「それだよ。きっとそうだ。女てのは、ああいう細々した雑貨が好きだからな。やりてえって、きっとずっと思ってたんだ。そこへもってきてオトコがくたばり、会社勤めも嫌になった」

「金があったらその時点で、どこか別の土地で始めるのじゃないか」

坂本は首をふった。

「あの女は東京生まれの東京育ちだ。しかも身寄りがない。土地カンのないところで商売はできないだろう」

木は口をつぐんだ。坂本は目を細めた。

「絶対、もってる。後生大事に抱えこんでいるんだよ」

「でももう回収されているのかも」

花口が初めて口を開いた。

「どこに、丸山に？」

坂本がふりかえった。花口は頷いた。

「李を消したのが丸山で、そんときに回収したとか」

「だったら俺らにも追いこみがかかる。丸山は絶対に李の口を割らせただろうからな」

坂本はきっぱりといった。

「いや、あいつは男っぽい奴だったからさ、俺らのこといわずに消されたのかも……」

「馬鹿。そんなに甘いわけないだろう。殺す前に一寸刻み五分試しよ。絶対、口を割らされている」

「じゃ李を殺《や》ったのは丸山じゃない？」

花口は不思議そうに坂本を見た。

「ああ、ちがう。奴は多分、別の中国人に殺られたんだ」

「その殺った奴が、李の銭をがめたとか」

「李の銭じゃねえ。俺たちの銭だ。だがそいつもありえない。なぜかっていうと、あんときの組の、中国人に対する追いこみは半端じゃなかった。もし銭をもってる奴がいたら、必ず伝わってた。李のことは、組もつきとめてたんだ。だから李の周りの中国人は全部洗った。奴は一匹狼で、他の中国人とはつるんでなかったのさ。それがわかっているから、俺たちも奴を使ったのだろうが」

坂本は沈黙し、木を見つめた。

「女とは話したのか」

「少しな。ちょっとあったんで」

木は答えた。

「何だよ、ちょっとって」

「丸山の二代目が現われた」

二人はとびあがった。

「マジか、それ」

「本当に!?」

木は頷いた。

「黒塗りのコルヴェットに乗った、まっ黒に陽焼けした小僧がフカしたのでなけりゃ、二代目だ」

「まちがいない、二代目だ。何考えてっかわかんねえけど、三年前に中国人狩ったとき、先頭に立ってたのはあいつだ。多分、そんときは、二、三人中国人を殺してる」

ありえる、と木は思った。ああいう一見爽やかタイプがキレるとあっさり人を殺す。

「二代目が何してたんだ」

「女の店に嫌がらせをしかけていた。初めてじゃないみたいで、女も慣れたものだった」

「そら見ろ。丸山も、女がもってるって踏んでるのさ」

坂本はいった。

「私のことをどこかで会ったことがあるといって、しつこく詮索《せんさく》してきたよ。疑ってるようすだった」

二人は蒼白になった。

「まさか、妙なことといわなかったろうな」

「ただの客で通した」

ほっとしたような顔になる。

「でもまるで信じちゃいなかった」

顔が再び青ざめた。

「会ったこと、あるんですか」

花口が木に訊ねた。

「誰に？　二代目に？　いや、多分、カマをかけてきたのだと思う」

「あんまり会わねえほうがいいな」

硬い表情で坂本がいった。

「二代目に俺たちとあんたが会ってんのを見られたら、一ひく一は零《ゼロ》で、俺らは終わりだ」

「同感だね。あんたらが私を雇った意味がなくなる」

「だが収穫は収穫だ。二代目がきたってことは、女がお宝をもってる証拠だろうが」

「それはどうかな。丸山がお宝を回収していないという証明にはなるかもしれないが」

「いいか、李はもってなかった。丸山も回収していない。となると、女しかいない。簡単な理屈だ」

坂本は早口になっていった。木は無言だった。

「とにかく女にプレッシャーをかけて、二代目より先に銭を回収するんだ」

「見当ちがいのような気はするが、やるだけはやってみよう」

仕方なく、木はいった。プレッシャーのかけかたに関しては、こちらの裁量に任せてもらう。

「それとだ。当分、直接会うのはやめだ。よほどのことがない限り、電話で連絡をとりあおうぜ」

「わかったよ」

「カンちがいすんなよ。あんたのためでもあるんだ。俺たちとあんたがつるんでるとわかったら、あんたも無事じゃすまない」

「もちろん。私だって面倒はご免だ」

「面倒どころじゃすまない」

お前らのほうこそ大丈夫なのか、といいたいのを木はこらえた。一応この二人は足を洗っている。丸山組との直接のつながりは何もない。足を洗うにあたっては、一年かそこらは臭い飯を食っている筈だった。

とはいえ、丸山組二代目が三年前に起こったできごとをもう一度洗い直そうということにでもなれば、百パーセント安全圏にいるとは、とうていいえない。

まあ、この二人のことが露見して、二代目につかまっても、殺されるのはこいつらで、自分じゃない。その時点でお宝を見つけているのでもない限り、狙われる心配はないわけだ。

何といっても、今の段階では、自分は善意の第三者なのだ。

坂本と花口と別れた木は、車で銀座《ぎんざ》に向かった。

銀座といってもデパートや飲食店が立ち並ぶような賑《にぎ》やかな銀座ではない。銀座五丁目の、三《み》原《はら》橋に近い、ごみごみと入り組んだ一画だ。半年後にとり壊しが決まって、ほとんどのテナントが立ち退き料をもらってでていってしまった古い雑居ビルに、木の事務所はあった。

立ち退き料はいらないから、ぎりぎりまで事務所を使わせてほしいと、木は大家に頼んでいた。

この一件がもしこじれたら、事務所を畳み、どこかでほとぼりを冷ます必要が生じてくる。事務所といっても、実際は寝泊まりしている住居に近い。新たなところを借りて、そのあと逃げる羽目《はめ》になれば出費は無駄になる。

そこでぎりぎりまでこの古い事務所を借りておくことにしたのだ。

塒《ねぐら》はもうひとつ、北区の赤羽《あかばね》にもある。だがそこは、荷物置き場同然になっていて、月に一度も帰ることがなかった。

粗大ゴミがうずたかく積みあげられた半地下式の駐車場の一角に木は車を止めた。ゴミの山の中には、生ゴミも混じっているらしく、異臭が漂っている。でていった店子の置き土産《みやげ》だ。

エレベータが故障中なので、階段を使って三階へと昇った。三階には全部で四つの事務所があったが、今残っているのは木のところだけだ。

木の事務所は十坪の広さで、寝床になるソファベッドに、ひとりがけのソファが二脚、それにスティールの安物の机がおかれている。

他に家具らしいものといえば、小型の冷蔵庫と、木の前にこの事務所を使っていた税理士がおいていった鉢植えの観葉植物くらいのものだった。

この観葉植物というのがやたらに元気で、ろくに陽にも当てず水もやっていないのに、天井《てんじょう》に届いてさらに垂れさがるほど葉を大きく繁らせている。

事務所をここに借りたとき、木が自分の名を「木」にしようと決めたのも、この観葉植物のせいだ。「緑《みどり》」じゃ女みたいだし、「葉《ヨウ》」だと思いきり中国人だ。それで木と決めた。

ひとりがけのソファに腰をおろし、木はほこりだらけのブラインドのすきまから、窓の向こうの路地を眺めた。狭い路地だが、その向こうに銀座の街並が見える。ちょうどネオンが点《とも》り始めた頃合で、木はその眺めが好きだった。

携帯が鳴った。

〝C〟だった。液晶に表示された番号を確認し、木は気のない返事をした。

「はい」

「木ちゃん？　あたし。君香《きみか》」

女の声がいった。

「何してるの？　暇？」

「考えごと。暇といえば暇だが、忙しいといえば忙しい」

「またあ、そんな難しいことといって。君香ちゃんとご飯食べる気ある？」

喋《しゃべ》り方は甘ったるいが、とうに三十は越えている。銀座七丁目の裏通りで、女の子三人を使って小さな店をやっている女だ。その店「君香」に、木はめったにいかない。君香とはときどき会い、食事とベッドを共にするだけの仲だ。

君香にはパパがいるが、七十近くで糖尿を患《わずら》っており、そちらはまるで弱い。そこでときおり木が、君香の不満を解消してやっている。

「そうだな」

木は言葉を濁した。君香が食事に誘ってくるときは、必然的にその前の情事も含んでいる。別に君香の体が嫌になったのではないが、ケイの印象が強くて簡単にはその気にならなかった。

「何よ、もったいつけちゃって。おもしろい話があるんだから。木ちゃんの商売にもつながりそうな」

「どんな話だい」

煙草をくわえ、木はいった。

「駄あ目。電話で話しちゃったら終わりじゃない。木ちゃんがでてきてくれなきゃ話してあげない」

木は煙とともに息を吐いた。君香は嘘つきではない。ガセネタをちらつかせてまで、欲求不満を解消しようとはしない筈だ。使えるかどうかはともかく、何かネタがあるのだろう。

「わかったよ」

「うふふ。じゃ、七時にいつものとこね」

嬉しげに笑って君香は電話を切った。いつものとこというのは、新橋《しんばし》駅と銀座八丁目の境にある小さなホテルだ。もっぱらホステスが客との情事に使っている。

七時になると木は、待ちあわせたホテルに徒歩で向かった。事務所においてあるスーツに着替え、度のついていない眼鏡をかけている。銀座ではスーツに眼鏡という組合せが最も目立たない。

フロントにいき、

「木村《きむら》ですが」

と名乗った。フロント係は心得ている。

「木村さまですね。お連れさまは先ほど六〇二号室にチェックインされました」

ホステスと客の情事のメッカである以上、連れだってフロントをくぐることはありえない。木はともかく、君香には他の客の目がある。前もって君香がチェックインし、部屋で木を待つ、という段どりだ。

六〇二号のドアをノックすると、君香がロックを解《と》いた。ロウライズのジーンズをはいている。ぽっちゃり体型なので、へそのあたりがぷっくりとふくらんででている。

「どう？　無理？　がんばりすぎ？」

出勤直前に美容院で髪のセットと着付けをするつもりなのだろう。君香はストレートロングで、薄く化粧をしただけだ。確かにそうしていると、二十八、九に見えなくもない。

「悪くない」

「本当？　じゃもっといろいろ着てみちゃおうかな。少し若作りしてみようって決めたんだよね」

「いいんじゃないか」

木はいって眼鏡を外し、ポケットにしまった。

君香は小太りで、とろんとした目つきをしている。そのせいで一見、頭が悪く、お人好《よ》しそうに映る。若い頃は、それでオヤジたちにもてたらしい。

お人好しそう、というのは、それだけ簡単に抱かせそうに見えるということだ。手間暇かけなくとも落とせるのではないか、と思われるのだ。今もそうだが、舌足らずの甘ったるい喋り方がその印象を強調するのだ。

君香から誘わなくとも、客のほうが寄ってきて、同伴だの、売り上げだのと恩を売る。それであっさりいくかというと、そうではない。

だいたい、垢抜《あかぬ》けていなかったり、とろそうなのを装うのは、オヤジ殺しの初歩なのだ。

金はあるが暇のあまりないオヤジは、なるべく簡単に落ちそうな女を探している。自分では遊び慣れているつもりだが、そういうのに限って、君香のようなタイプにひっかかる。

手強《てごわ》いと知ったときには、さんざんつかわされている、という寸法だ。

もちろん鉄壁の守りというわけではないから、君香もときには客と遊んだろう。だが君香は男の趣味にうるさく、タイプではない男とはまず寝ない、と豪語している。

で、どういうのがタイプなのかと訊ねると、「わけのわかんない怪しい奴」だと答える。つまり木はぴったりなのだ。

わけのわからないのがいいといっても、極貧や、クスリ中毒、極道などはむろん駄目だ。金をせびられたら、その時点でつきあいを断つ、という。ホテル代や食事代をもつのは苦にならないらしい。

「木ちゃーん、したかったよう」

ベッドにすわった木に君香は抱きついてきた。重みで木はひっくりかえった。

「へへへ」

木の下半身を太股《ふともも》ではさむように馬乗りになり、君香は舌なめずりをした。チューブトップを脱ぎ捨てると、まだ張りのあるFカップを押しつけてきた。木は乳首を口に含んでやった。

「うーん、たまんなーい」

やや大きめの乳首を吸い、軽く歯を立ててやると、首を反《そ》らせ、君香は目を閉じた。右手を背後に回し、またがった木の下半身をまさぐっている。

「あ、なんか見つけたよ。硬いよ」

目をぱっと開き、君香は木の顔をのぞきこんでいった。ぽってりとした厚い唇をしていて、いったんそこに木のものをくわえこむと一心不乱にくわえて離さない。パパに気に入られたのも、二時間ずっとなめつづけられるからだという。クスリなしでそこまで没頭できるのは、ある意味才能だ。

スラックスの生地ごしに木のものを探りあてると、君香は指と掌《てのひら》でさすりあげた。じょじょに硬く、大きくなっていくのを楽しんでいる。

「うーん、こっちも！」

反対側の乳首を木に押しつける。木が応えてやると腰を浮かし、ジーンズの前を外した。すべてを脱ぎすて、木に馬乗りになったまま、体の向きを入れかえる。

身長が一五〇センチと小柄だが、胸と尻《しり》は大きい。

木の顔の正面にむきだしの下半身をさらし、体を倒した。ぱっくりとくわえこんだ。

「おいひい」

くわえたままいう。君香は、自らを言葉で高めていく癖がある。ぬるぬるしてるよとか、奥に当たってる、などといいながら息を荒くするのだ。

目前に浮かぶ、君香の尻に手をのばした。指先をそっと動かすだけで、熱い液体が溢《あふ》れてくる。

「気が散るう」

口を離し、君香はいった。

「そうかい」

いって、木は指先を熱いうるみの中で動かした。

「馬鹿、馬鹿、あっ」

腰を浮かし、君香は小さな叫びをあげた。かぶりつくと、猛スピードで口を動かし、ふりかえる。唇の周辺が唾液で光っていた。

「とりあえず、入れる！」

「もう、か？」

「入れるの！」

再び体の向きをかえ、木のものをつかんだまま、自分にあてがい、腰を落とした。

「気持いいい……」

上半身をまっすぐに立て、君香は叫んだ。

「なんで、なんで、こんな気持いいの……」

早くもトップスピードで腰を動かしながらいう。

「それはだな、君香がスケベだからだ」

「ちがうもん。ドスケベなんだもん。いって、ねえ、ドスケベって」

「ドスケベ」

言葉にならない声をたてた。

「ドスケベ、ドスケベ、ドスケベ……」

五回ほどいってやったところで、早くも第一回のピークを君香は迎えた。

3

互いにシャワーを浴び、ルームサービスで握り寿司とビールを頼んだ。ママである君香の出勤は、九時から十時のあいだと、遅めだ。だが〝おもしろい話〟は外でするわけにはいかず、それを話してから食事、そして美容院では遅くなりすぎる、と君香がいって、食事がルームサービスになった。

「うちのお客さんでさ、地方でブティックやってる人がいるんだ。新幹線とかが止まる駅ビルとかに何軒か店もってて」

うまそうに一杯目のビールを飲み干し、煙草に火をつけて君香はいった。

「全部で四軒かな。中部とか関西とかだけど、名古屋《なごや》や大阪みたいな大都市ではやってない。田舎《いなか》の小金持相手に、ブランド品を売ってるんだよね」

「今でもそんな商売が成り立つのか」

「けっこう、主婦とか風俗の子とかがいい客になるんだって。それでこの前の連休のとき、買いつけツアーがあって誘われたの」

東南アジアにいき、二泊三日で大量のブランド品を買いこみ、もっていった大型トランクに隠して、税関を抜ける。

「人のお金だけど、一日に百万、二百万て買物すると、なんかすっきりして気持いいよね」

店のホステスもあわせて、総勢八人でいったらしい。全員がトランクいっぱいに、シャネルやヴィトン、エルメスなどのブランド品を買いこんで成田《なりた》の税関をくぐり抜けた。

「日本で買うよりは二割くらい安いのかな。だから一割マージンのっけても、儲《もう》かるってわけ」

「それにしたって一千万買ってきて百万だろ。お前らの飛行機代やホテル代だしたら、たいして儲からないだろうが」

木《もく》はいった。

「ウラがあんのよ」

「どんな」

「買物すると、一個に一個、まったく同じ品物がおまけでつくの。コピー。すごくよくできてるのが」

君香の話では、ブランド品にはコピーを防ぐため、ひとつひとつナンバーの入った保証書がつけられている。バッグや時計などの高額商品にはそれが必ずつく。メーカー側が、どこのショップにいつおろしたのか、保証書のナンバーを調べれば、すぐにわかるのだ。

まったく同じナンバーの保証書が二枚ずつあり、対応する商品もふたつ存在する。片方はコピーだが、精巧にできているため、どちらが本物だか、まったくわからないという。

「だって本物と同じナンバーの保証書があって、売ったショップで発行されている以上、偽物だって判断しようがないでしょう」

「それをどこで買うんだ」

「ブランドショップの人間が、コピーショップと組んでいるの。だから保証書の番号も伝わっていて、たとえばナンバー1234が、あるブランドのバッグの保証書だったら、同じ1234でコピーの同じバッグがあるわけ。値段は本物の半分くらいだっていってた。コピーショップはマンションの中にあって、すごく警戒厳重なのよ。やってるのは中国人」

「その話がなんで俺の商売につながる？」

「その中国人、日本語がすごくうまくて、前に日本にいたことがあるんだって。それで近々、日本にもあるブランドショップとも組んで同じ商売始めるらしいんだよね」

「偽の保証書発行か」

君香は頷いた。

「どこだ」

「そこまで教えてくれるわけないじゃない。でも、その中国人が日本にきたら飲みにいく約束をお客さんとしてたから、たぶんうちにもくると思うんだよね。そうしたら木ちゃんなら調べられるでしょう」

確かにあとを尾ければ可能だろう。

「やくざはからんでいないのか」

「からんでないと思う。そのお客さん、やくざ嫌いだから。どう？　商売になる？」

木は考えこんだ。コピー屋と組んでいるブランドショップの店員をつきとめたとしても、それだけでは金にならない。店にバラすと威《おど》したところで、たいした金はもっていないだろう。

「そうそう、偽物は、国内で売らないのが秘訣だっていってた。だから日本で作った偽の保証書つきのコピーは、日本じゃなくて中国で売るんだって」

「いつくるんだって、その中国人は」

「来週だか再来週っていってた。忙しいんだって。タイのマフィアと組んでいて、コピーはタイからもってくるらしいよ」

木は頷いた。すぐ金にする方法は思いつかないが、そのうちアイデアがでるだろう。

時間になり、君香は先にホテルをでていった。部屋代、食事代はすべて君香もちだ。木はふだんはしないことだが、一時間ほどテレビでプロ野球を見て、時間を潰し、ホテルをでた。

並木《なみき》通りをぶらぶらと歩く。見送りにでたホステスや酔客、それにポーターたちで並木通りは賑わっている。

ドドドド、というエンジン音が背後から近づいてきても、木はふりかえらなかった。車を見せびらかしに、フェラーリやポルシェで銀座に乗りつける客はたくさんいる。そういう連中は、チップを渡してポーターに車を預ける。

ポーターは、公道を駐車場がわりにして商売をしている。ホステスや客の車を、レッカー移動や違反キップを切られないよう、ひと晩中こまめに移動させるのだ。もちろん、他人はそこに車を止められない。夜の銀座の公道には、ポーターの縄張りがある。

エンジン音がま横まできた。

「佐藤さんよ」

声をかけられたが、無視をした。

「伊藤さんだっけ……」

いわれてぎくりとした。

よせよ、冗談だろ、そう思いながら横を見た。運命を呪《のろ》う。まっ黒で下品なコルヴェットが、ゆっくり伴走している。下りたサイドウィンドウからは、陽焼けしたチャラっぽい男の顔だ。

「よお、また会っちゃったねえ」

丸山組二代目はいって、まっ白い歯を見せた。

木はまっすぐ前に目を戻した。ここは人ちがいで通す他ない。

「おーい、伊藤さん。冷たいなあ。今日、会ったばっかりじゃん」

丸山組二代目は尚《なお》もいった。木はさっと向きをかえた。手近の雑居ビルにとびこむ。入口の看板によると、どうやら小さな店が何十軒と入った、典型的な水商売ビルだ。

奥に小さなエレベータがあった。ちょうど扉が開き、待っていたドレス姿の女が乗りこむところだった。客を送った帰りらしい。木に気づくと、扉を開け待ってくれた。

「ありがとう、すみません」

木はいってエレベータに乗りこんだ。

「何階ですか」

　訊《き》かれ、

「えっと――」

　木はエレベータ内のテナント表示に目をやった。ずらりと並んでいる店名から目当ての店を捜すフリをして、

「六階」

　と答えた。

「あら、いらっしゃいませ」

　女がくすりと笑ったので、木は見直した。ほっそりとしていて、どこかケイに似た雰囲気がある。改めて六階の店名表示を確認すると、「ジェイ」と「星花」という二軒の名が並んでいた。女の指が「6」のボタンを押し、エレベータは扉を閉じた。木はほっと息を吐いた。

「『ジェイ』さんなの？」

　木はいった。

「あら残念。『星花《ほしか》』のほうです。でも、『ジェイ』さんは先月から閉めてらっしゃいますけど……」

「そうなんだ。だからいらっしゃいませといったんだね。困ったな。いくところがなくなってしまった」

「うちはいかがです？　良心的なお店です。今なら静かにお飲みになれますけど」

女はにっこりと笑った。

「高くない？」

「全然。ショットでも大丈夫です」

ボトルをキープしなくても大丈夫だという意味だ。

木は心を決めた。今のこのこと下に降りれば、丸山組二代目が待ちかまえているかもしれない。一日に二度もでくわすのは、よほど悪い縁がある証拠だ。

「よし、わかった『星花』にいこう」

「やったーっ」

女は嬉しそうに笑った。雰囲気は似ているが、年齢はケイに比べればかなり若そうだ。二十二、三というところだろう。

「君の名は？」

「かえでです。木の楓《かえで》。お客さまは？」

すっかり「お客さま」だ。

「木村」

「木村さまですね。いらっしゃいませ」

楓がいって、エレベータの扉が開いた。

「星花」は、カウンターだけの、こぎれいな店だった。客はカウンターをはさんで女の子と向かいあい、酒を飲むようだ。カウンターの中に三人のホステス、外にひとりの客がいて、全員がこちらをふりむいた。

「いらっしゃいませ」

「いらっしゃいませーっ」

ひとりだけいる客は、中肉中背の〝業界〟風の男だった。三十七、八だろう。紺のスーツにネクタイなしでピンクの派手なシャツを着けている。

ホステスのうち、ひとりが五十代と覚《おぼ》しい和服姿で、残りはすべて楓と同じような二十代前半だ。

それらを見とって木はほっとした。どうやら本当に高い店ではないようだ。一、二万円ですみそうだ。

「どうぞ」

カウンターの内側に入った楓が、先客とはふたつ離れた席を示していった。木がすわるとおしぼりをさしだした。

「お飲物、何になさいます？　一時間一万円で、ウイスキー、焼酎《しょうちゅう》、ブランデーが飲み放題です。ビール代だけ、一杯五百円ちょうだいしますけど」

なるほど、そういうシステムか。確かに明朗会計だ。キャバクラのようだが、隣に女はつかない。高い、安いは、客のうけとりようだろう。

「じゃ、ウイスキーを水割りで」

木は答えた。シーバスリーガルのボトルとアイスペールがカウンターに並べられた。

「いらっしゃいませ」

和服の女が楓の隣に立った。決して派手ではない顔立ちで、髪も地味に結っている。

「当店のママです。ママ、こちら、木村さん」

楓が紹介すると、女は名刺をとりだした。

「星花　星野花江《ほしのはなえ》」とある。

「花江さんか、古風な名前だね」

木はいって名刺をうけとった。そして自分の名刺入れから、木村姓の名刺をだした。

「木村設計事務所　木村晃二《こうじ》」

と記されている。

「あら設計士さんなんですか」

花江がいった。

「いや、それはうちの親父と兄貴なんだ。俺は頭のできが悪くて、営業を担当している」

木はその名刺を使ったときにいつも口にする言葉を告げた。電話番号は代行秘書サービスにつながる。

「そうなんですか」

「今、エレベータでナンパしちゃったの。『ジェイ』さんが閉めたのをご存知なくて乗ってらしたんです」

楓がいった。

「あら、そうなの。でもこれも何かのご縁ですから、よろしくお願いします」

花江はいって頭を下げた。

「いや、こちらこそ」

木はいって、楓が作った水割りのグラスを掲げた。一万円で丸山組二代目から逃げたと思えば、出費は痛くない。楓も気に入った。

そのときエレベータが開き、楓が、

「あら。いらっしゃいませっ」

と弾んだ声をだした。木はふりかえった。ほっそりとした、目つきの鋭い男が立っていた。二十五、六だろう。

「いいかい」

しわがれた低い声で訊ねた。

「もちろん。ご覧の通り。どうぞカズオさん」

楓は新来《しんらい》の客に気があるらしい。嬉しそうに木の隣を示した。

どうやら一石二鳥とはいかないようだ。木はがっかりして、カズオと呼ばれた男を見上げた。

「失礼します」

カズオはかすれた声でいった。二枚目だが妙に顔が暗い。木の背中が冷んやりとした。

この男、カタギじゃない。

「珍しいじゃない。どうしたの」

花江がいった。

「別に。たまにはお袋の顔でも見ようと思ってさ」

カズオが答えた。花江は息を吐き、首をふった。その表情を見ていると、必ずしも息子の来訪を歓迎しているようではない。

「息子さん？」

木は驚いたようにいった。

「そうなんです。すみません」

「別にあやまることはないさ。息子さんが飲みにきてくれるなんて、いいことじゃないですか」

カズオが木を見た。

「野暮《やぼ》な客で、申しわけないです」

かすれた声でいう。

「とんでもない。こちらこそ、親子水入らずの邪魔をしている」

「親父とお袋は、俺がガキの頃に別れてましして。お袋に会おうと思ったら、ここにくるしかないんですよ」

カズオは木をただの客と見てか、淡々といった。黒のスーツに白いシャツを着け、地味なネクタイを締めている。

「そんな話、お客さまにしないで。何飲むの？」

「焼酎をロックで」

花江が叱《しか》るようにいい、カズオはうっそりと頭を下げた。

「すみません」

「いやいや。俺に気にしないで」

木は手をふって、煙草をくわえた。ぎこちない空気が漂った。楓がライターの火をさしだし、とりなすようにいった。

「こちら木村さん」

「そうですか」

カズオは小さく頷いた。

「息子さんはどんなお仕事をされているの？」

「しがないサラリーマンっすよ。廃棄物処理の関係の」

カズオはぼそぼそと答えた。

「木村さんとまったく無関係ということでもないじゃない。木村さんは設計事務所で作るほう。カズオさんは、壊すほうだけど」

楓が明るくいった。

「作るほうがえらいよ」

ぼそりとカズオがいう。

「いやいや。俺なんかただの営業ですから」

「へえ」

カズオはたいしておもしろくもなさそうにいった。

「景気、いいすか」

訊ねる。

「いやあ。こんな時代だから、大手と組んでるところはいいでしょうけどね。うちみたいな零細《れいさい》はきついですよ」

「そうすか」

「そちらは？」

「まあ、壊さなきゃ新しいもんもできないわけなんで、それなりに仕事はあります」

「そうだろうね」

「ここへはよく？」

カズオは話をかえた。

「いや、初めてなんだ。実は隣の『ジェイ』にいこうと思っていたんだけど、知らないうちに潰れてて……」

「あたしがエレベータでナンパしたの」

カズオは楓を見つめた。まぶしそうな目をしている。

「いいな。楓ちゃんはいつも明るくて」

「カズオさんが元気ないのよ。若いくせに」

「性格だもの。しかたがない」

「ちゃらちゃらしている人よりは、好感がもてるな」

木はいった。

「今の若い人には珍しい」

「恐縮です」

カズオはつぶやいた。

エレベータの開く音がして、木がふりかえるより早く、

「見いつけた」

という声がした。丸山組二代目だった。

4

木《もく》は金縛りにあったように動けなくなった。

「いらっしゃいませ」

楓がいったが丸山組二代目は無視して木の隣、カズオとは反対側のストゥールに腰をおろした。

「なんでシカトすんのよ、伊藤さん。ひどいなあ」

他を一切無視し、木の顔をのぞきこんだ。

「俺、捜しちゃったよ。すごい偶然じゃん。夕方、西麻布で会って、夜、銀座でまた会うなんて。

どうしても話、したくなっちゃってさ。このビル、一軒一軒あたったんだぜ」

「あの、おしぼりどうぞ――」

楓がさしだした。

「ああん？　うるせえよ」

二代目は楓をにらんだ。楓は凍りついた。とたんに二代目はにやっと笑った。

「なんてね。嘘、嘘。ご免ね。ちょっとこの伊藤さんと話があったのよ」

「人ちがいじゃありませんか。私は木村ですけど」

木は二代目にいった。二代目は作り笑いを浮かべたまま、木の目を見つめた。

「木村さん？　そう。じゃ木村さんでもいいや。とにかく話がしたいんだよね」

「何の話でしょう」

「ここじゃできないよう。もし木村さんがさ、また俺をシカトしたり、嘘ついたりしたらさ、『手前《てめえ》、殺すぞ、こら』なんていえないでしょ。一一〇番されちゃうから」

「手前、殺すぞ、こら」を本気の口調でいって、二代目は明るく説明した。

「あの、いらっしゃいませ――」

楓を押しやり、花江が前に立った。

「当店のママでございます」

「ママ？　あっそう、ママ。だから何だって？　人の話に割りこむんじゃねえよ」

地声をだした。木はしかたなく腰を浮かせた。

にかいた。

「いきましょう。じゃ」

愛想のよかった楓や花江に迷惑をかけたくなかった。財布から一万円をとりだし、カウンターにかいた。

「おさわがせして申しわけない」

こわばった顔の楓にいった。二代目に向き直る。

「どうも誤解があるようです。一度、外でお話しましょう」

ここで一一〇番でもされたら目もあてられない事情は、丸山組二代目と同じだ。築地《つきじ》署には、木を知っている人間がいる。いろいろと根掘り葉掘り訊かれるのは、目に見えていた。それくらいなら多少威されても、とことん芝居でごまかすほうがマシだ。

「そうそう、そうしようよ、伊藤さん」

二代目は猫なで声をだした。そのとき声がかけられた。

「丸山さん――」

カズオだった。二代目は怪訝《けげん》そうに木の肩ごしにのぞきこんだ。とたんに表情がこわばった。

「ごぶさたしてます」

カズオはペコリと頭を下げた。

「なんで、お前がここにいるの」

素に戻った声でいった。驚きと不安が二代目の顔に浮かんでいる。

「いや。ここ、俺のお袋の店なんです」

低い声でカズオは答えた。

「あんたの？　え、マジで」

花江を二代目は見直した。

「つまり、その、畑吹《はたぶき》産業さんとこの――」

最悪だ。木はむせそうになった。

「畑吹は、以前の主人です」

花江がいった。

畑吹産業の名は知れ渡っている。業界最大手の「廃棄物処理業者」、平たくいえば、死体処理業者だ。それなりの悪事を働いていれば、どこの組も〝世話〟になっている筈だった。見つかってはまずい死体を、高熱処理でこの世からきれいさっぱり消す業務に関して、畑吹産業は定評がある。

「その節はお世話になりまして」

カズオは低い声でいった。

「いやいや。こっちこそ。いやあ、驚いたあ。畑吹さんとこの息子さんがねえ。銀座で、へえ……」

言葉をつないではいるものの、二代目はしどろもどろだ。

木は賭《か》けにでた。

「私、畑吹さんとここで待ちあわせていたんですよ」

小声で二代目にいった。カズオにも聞こえたかもしれないが、咎《とが》められたら咎められたときだ。

二代目はぎょっとしたように横目で木を見た。木はたたみかけた。

「設計事務所につとめていましてね。畑吹産業さんとこの新しい処理場の設計をうちが請けおったものですから」

ここでカズオがひと言、「何の話だい」といったら一巻の終わりだ。

木はカズオの方は見ず、二代目だけを見ていった。

「というわけで、今は仕事の最中なんですよ」

二代目は木の目を見、それからカズオ、花江へと視線を移した。

「ああ、そう。そういうことだったの。そいじゃ、しょうがないよね。せっかく、佐藤さん、じゃなくて伊藤さん、いやいや木村さんか、に会えて、一杯やろうと思ったのだけど……」

木は頷いて、

「それはまたの機会ということで」

といった。そんな機会は金輪際《こんりんざい》、もちたくない。

「――だね」

二代目も頷いた。

「仕事の邪魔しちゃ悪いしな」

カズオにいった。木はようやくカズオをふりかえった。さっきまで暗い顔のカズオが、笑いたいのを我慢しているかのような表情をしている。

「それとも、話が終わるのを待ちますか、ここで」

カズオがいったので木はぎくりとした。

「いやいや」

二代目は手を振った。

「そんな野暮はできませんよ。ここは失礼します」

エレベータに後退《あとじさ》った。花江が無言で頷く。

「じゃ、お二人とも、改めて」

改めてを木にいい、二代目は扉の開いたエレベータに乗りこんだ。

二代目の姿が見えなくなると、木はほっと息を吐いた。

「どうもご迷惑をおかけしました」

カズオと花江に頭を下げた。

「いいえ」

いったはものの花江は硬い表情だ。カズオはじっと木を見つめている。

「木村さん、でしたっけ」

カズオは低い声でいった。

「はい」

「で、あんた本当は何者なの？」

一難去ってまた一難だ。

「星花」の中は静かになった。もうひとりいた客はと、ようすをうかがうと、いつのまにかカウンターにつっ伏して眠りこんでいた。かたわらでホステスが二人、手もちぶさたに顔を見合わせている。

「本当に、その名刺の通りのものです。ただ以前うちが請けおったビルの現場で、丸山さんのところとちょっといきちがいがありまして、それ以来、あまりこころよくは思っていただけてないようなんです」

「あの人、丸山組なの」

花江がカズオに訊ねた。カズオはそっけなく頷いた。

「そう」

カズオは木の顔をのぞきこんだ。

「木村さん、うちの仕事をご存知ですよね」

「ですから廃棄物処理の……」

「どんな廃棄物かも知ってるんでしょ」

「カズオ」

花江が小声でたしなめた。

「いや、それは――」

木はうつむいた。

「別に木村さんが、どんな商売だっていいんです。うちと取引がない方だというのはわかっていますから。うちのことは、それなりに業界で評価していただいているようなので、ときどきは勝手に名前を使われる方もいます。俺としては、いちいち目くじらはたてないつもりです。よほど変な使い方をされない限りは、ね」

「いや、本当に申しわけありませんでした。しつこく追いかけ回されていて、でも丸山さんがカズオさんには遠慮がちなのを見て、つい……」

木は頭を下げた。

「どんなトラブルなんです？」

カズオが訊ねた。

「カズオ、そこまで立ち入らないで」

花江がいった。カズオは小さく首をふった。

「そうはいかないんだ、お袋。今帰った人は、丸山組の二代目だ。三年前、うちとはずいぶん取引があったんだよ」

木はカウンターを見つめた。坂本がいっていた〝中国人狩り〟のときに、死体処理を丸山組が頼んだのが、畑吹産業なのだろう。

「正直、俺はあんまり好きじゃない。だけどあの人は、親父さんを継ぐだろうし、俺も家の仕事を継ぐ。つまりあの人とは長いつきあいになるってことなんだ。だから木村さんとあの人のことにかかわっちまった以上、知らんふりはできないんだよ。それにかかわらせたのは俺じゃなく、この木村さんだ」

カズオは木を見た。木は空中を見つめた。けんめいに頭を働かせた。嘘八百でこの場をごまかしきれるかを考えた。うまくいけばいいが、いかなかったらどうなるか。

畑吹産業は、業界ではどことも組まない強気の商売で知られている。死体処理屋はたいていの場合、特定の組の下請けで、零細だが、畑吹はどこの組からの依頼もうけ、しかも施設の規模が大きい。だからそれじたいがひとつの組のようなものだ。縄張り争いや跡目がらみの抗争とは無縁だが、料金その他のトラブルでもめた相手をこっそりさらって〝燃やしてしまう〟という裏技をもっていると噂《うわさ》されていた。

なにせ死体処理にかけてはプロなのだ。怒らせたらこれほど恐い相手もいない。

カズオの電話一本で、畑吹産業の社員がとんできて、木は高熱焼却炉いきの運命かもしれない。畑吹産業の最新処理施設では、骨も残らないといわれている。

「わかりました」

木は頷いた。ここはカズオを怒らせない方向でいくしかない。丸山とちがって、カズオは若いが生半可な嘘は通じそうにない。

「実は、その三年前の一件がらみなんですよ」

いうと、カズオの表情が険しくなった。

「悪いね、楓ちゃん、ちょっと席を外してくれないか。お袋も」

二人は頷いた。楓は、ショックをうけたような顔をしている。どうやらカズオがカタギだと、今日まで信じてきたようだ。

二人がカウンターの前を離れると、木は口を開いた。

「今まで嘘をついたことをおわびします。本当に申しわけありません。私の仕事は調査なんです。頼まれて、ある女の人の身辺を調査していましてね」

カズオは無表情だった。

「三年前、丸山組の組長がさらわれた、という件、ご存知ですか」

「知らないことになってます」

見事な答だ。

「そうですか、じゃあそれを前提に話をします。さらわれた組長は、二十四時間後、無事戻りましたが、それには身代金が払われたという話です。さらった犯人は中国人で、李という男だった。李は身代金をうけとり、仲間と山分けすることになっていた。ところが仲間との待ちあわせ場所に李は現われず、それから半年ほどして、李の死体が見つかった。見つからなかったのは、李がうけとった筈の身代金だ。当初は、丸山組が李を見つけだし、払った金を回収した上で消したのだと思われていた。実際のところどうなのか、誰にもわからない。丸山組は親分をさらわれて金を払ったなんてみっともない話を表にだせないですからね。私が身辺調査を頼まれたというのは、その李とつきあいのあった女なんです。私はその女のところで丸山さんと会っちまった。つまり――」

「もういいですよ」

カズオがさえぎった。

「この話もどうやら聞かなかったことにしたほうがいいような筋だ」

木はほっと息を吐いた。

「わかってもらえますか」

カズオは鋭い目で木を見た。

「あなたが危ない橋を渡っている、ということはね。その件にかかわったのは、丸山さんとこの人だけじゃない。いずれにしろ、皆《み》んな、今頃つつき回されるのを望んではいない筈です」

木は頷いた。

「私も正直、気乗りのしない仕事でした。ですが、食べていかなきゃならないんですよ」

カズオは無言だった。

「丸山さんはあんな風だが、頭は切れる。私のことを怪しい奴だと思ったんでしょう。私自身は、丸山組には恨みも何もない。ただ仕事だから動き回っていただけなんです。けれどもちろん、それが通じないこともわかっている。次に会えば、今度こそ容赦《ようしゃ》なく、締めあげられるでしょう」

カズオは煙草に火をつけた。正面に目を向け、木の言葉など耳に入らなかったように、煙を吐きだしている。

「もう、畑吹さんには迷惑はおかけしません。今日のことは方便だったと正直に丸山さんにはいいますよ。ですから全部忘れて下さい」

「別にいいんじゃないですか」

カズオがいった。

「は？」

「木村さんが、うちとつきあいのある設計事務所の方だ、という嘘を通して――」

「でも」

「だって俺もその嘘にのったわけです。もし木村さんが本当のことをいったら、俺も嘘つきになってしまう」

「そうか。でもいいんですか」

「仕事のつきあいはしかたがないが、俺も丸山さんと個人的なかかわりはもちたくない。あなたが正直なことを丸山さんにいったら、俺も丸山さんに弱みをもつ結果になる」

木は息を吸いこんだ。理屈だ。あの二代目のことだ。カズオが自分に嘘をついていたとわかれば、ねちねちとその件でいたぶるだろう。

「わかりました。ありがとうございます。この嘘を使わせてもらいます」

木は頭を下げた。カズオは小さく頷いただけだ。

その横顔がわずかにこわばっている。

木は妙な気分になった。カズオの申しでは、木にとっては、死ぬほどありがたい話だ。これからも丸山組二代目につきまとわれたら、カズオの存在をちらつかせて追い払ってもいいと、言質《げんち》を与えられたようなものだからだ。

だが一方で、カズオがそうしたのは、今口にした理由以外にも、何かがある。二代目に嘘をついたとバレたくないというのも本音だろうが、その他にも、個人的にこの件をむしかえされたくない理由があるにちがいなかった。

畑吹産業が、丸山組による三年前の〝中国人狩り〟にかかわっていたことはまちがいない。だからといって、業務そのものはむしかえされたくない理由にはならない。畑吹産業が廃棄物処理の業界最大手であることは、公然の秘密だからだ。

組長誘拐の犯人をつきとめようと、丸山組は中国マフィアの人間をさらっては拷問《ごうもん》にかけ、殺して処理を畑吹産業に依頼した。互いに弱みがあるという点では、丸山組と畑吹産業は互角の関係だ。

「じゃ、私はこれで」

花江があわてて近づいてきた。

「そんな――」

「いえ。じゃ、これで失礼します」

木はきっぱりといって、エレベータのボタンを押した。

「下まで送ります」

楓がかたわらに立った。

「いいよ、ここで」

「送らせて下さい。木村さんナンパしたの、あたしだし」

いいはる楓の顔に、木はまたケイのことを思いだした。西麻布の「K's Favorite Things」を訪ねたくなる。

だがそこでは、丸山組二代目が手ぐすねをひいて待ちうけているだろう。

まったく自分はどうかしている。

エレベータホールで楓と別れ、銀座の道を歩きだし、木は思った。こんなことでは、近い将来、激しく後悔する羽目になりそうだ。

帰り道では、丸山組二代目には会わなかった。それでも尾行を用心して、裏通りを使い、木は事務所に帰った。寝こみを二代目に襲われてはたまらない。

5

原宿の占い師は、木《もく》が気に入ったそぶりを見せた花瓶を手に入れたと連絡してきた。

翌日、木はそれをうけとりに原宿に向かった。

占い師の店は、原宿の駅から竹下《たけした》通りに入った、ごちゃごちゃとした一角にある。

「はいこれ」

マタニティドレスと見まがうようなだっぷりしたドレスに、ネックレスやら指輪やらをじゃらじゃらとつけた女占い師は、紙袋をさしだした。

女の名前は初美《はつみ》。アクセサリーの類をやたらつけているのは、それらしく見せるためだという。

占い師というのは、客に貧乏だと思われたら終わりなのだそうだ。それも当然だ。自分の生活費もままならないような占い師に、「幸福」になる方法を訊ねる者はいない。「不幸」な占い師のいうことなど、誰が信じるものか。

一方、あまりに金持に見えすぎても、客はムカつくそうだ。占い師のもとを訪ねる人間は、大小あれど、悩みを抱えている。だから儲かっている占い師には、客からすれば、「人の不幸で稼ぎやがって」という気分にさせられる。

そこで、貧乏に見えず、といって大金持にも思われないような工夫が必要になる。その結果、装身具じゃらじゃらというのが、占い師の定番ファッションとなる。

木はうけとった袋を開け、紙に包まれた花瓶をとりだした。

「ちがう」

「ちがうの？」

「似てるがこれじゃない」

「でもあんたがいった通り、外から見えるところに飾ってあった花瓶だよ。値段も聞いていた通りだし」

だがちがう。木が気に入ったふりをした花瓶は、初美が買いにいく前に売れてしまったのか、ケイが〝とりおき〟をしておいたかだ。

もし〝とりおき〟をしておいたのだとしたら——そう考えると、木の鼓動は少し早くなった。

「まあいいや。とにかくご苦労さん」

木はいって花瓶の代金を初美に渡した。そのまま店をでていこうとすると呼び止められた。

「ちょっと――」

「何だ」

「これ、どうすんの？」

商売用のテーブルの上に残された花瓶を初美が示した。

「使ってくれよ」

「いいの？」

「プレゼントだ」

初美がにっと笑った。ソープ嬢時代、それで稼いだという総入れ歯がやけに白い。

「じゃ、ありがたくもらっとくよ」

原宿の雑踏《ざっとう》にでた木は、ほっと息を吐いた。若い連中が目の前をいきかっている。ここはおよそ、自分とは縁のない街だ。それだけに、ここなら丸山組二代目とはでくわさない安心があった。

こう、立てつづけにいく先々ででくわしていたら、恐怖症にもなろうというものだ。

自分が不釣り合いな存在なのを感じつつ、木は、洋服屋やアクセサリーショップ、ファストフード店が並ぶ華やかな歩道をたどった。

次にすべきことを考えるためだった。

丸山組が組長の身代金として払った金は、八千万だった。当時、丸山組は、しゃぶをまとめて仕入れるため、一億の現金を用意していたのだ。それを坂本と花口は知っていた。

そこで李と組み、組長の誘拐を企てた。

誘拐はうまくいき、八千万の身代金は支払われた。金額を一億としなかったのは、組がしゃぶ取引のために用意した現金とぴったり同額では、内部の人間がかかわっていると疑われるからだ。実際、坂本と花口は、当時、丸山組の組員だった。

誘拐や身代金のうけ渡しが具体的にはどのようにおこなわれたのか、木は知らない。

坂本と花口の誘拐計画には、丸山組に顔の割れていない、度胸のある男が必要だった。誘拐は、される側にとっては予測不可能であり、顔の割れないような実行方法がある。だが身代金のうけ渡しは、当然、互いが顔を合わせる可能性があるわけで、坂本や花口では絶対にできないからだ。

銀行振込という手もあるが、万一丸山組が警察に届けをだせば、ATMの防犯カメラからひきだしにいった人間の姿がバレる。警察にはわからなくとも、背格好で丸山組の人間には、坂本や花口の姿は一目瞭然《いちもくりようぜん》だ。となると、どのみち顔の割れていない第三者が必要で、それなら最初から銀行を使わず、直接金のうけ渡しをやってしまえと、二人は考えたのだ。

二人が選んだのが、中国人の李だった。李は留学の名目で、かなり前から日本にきていた男だった。実際日本の大学を卒業し、その後は定職に就くことなく、大久保《おおくぼ》で中国人相手の弁当屋を手伝っていたらしい。ふとしたことで、李が特定の〝マフィア〟に属していないことを坂本は知った。その理由が、恋人のケイだった。

ケイはOL時代、中国語を勉強しようとして、個人教師の派遣を語学学校に依頼し、そこでやってきたのが李だったのだ。師弟関係がどんな事情で恋愛関係になったかはわからないが、ケイとつきあい始めた李は、マフィアとつながっていた弁当屋を辞めた。

ケイと李の関係は本物だったのだろう。そうでなければ、滞在ビザの切れている李が、マフィアとのつながりを断つ筈がない。

マフィアは、病気や怪我をしても病院に駆けこめないような不法滞在者にとっては、必要な〝保険〟だからだ。そのネットワークの下にいれば、安全な病院を紹介してもらえるし、身許を隠して働く場所も確保できる。

李が実際はどんな人間だったのか、木は知らない。だがあのケイが惚れるのだから、きっとそれなりの男だったのだろう。見かけや口先のうまさだけで、ケイが簡単に男に惚れるとは、木には思えないからだ。

とにかく誘拐はうまくいった。丸山組は八千万を払うことに同意し、李がそれをうけとりにいった。警察は動いていなかった。

だが、金はうけとった、自分は無事だ、という連絡を最後に李は姿を消した。

当初、坂本と花口は、李は丸山組につかまったのだと考えた。そうなればたちどころに自分たちも丸山組にやられる。

そこで警察に避難した。避難したといっても、助けを求めたわけではない。

パクられるように仕向けたのだ。ちょうど二人は卸し用のしゃぶを預かる立場にあった。そこで隠し場所を密告する電話をかけたというわけだ。

踏みこんだ刑事に二人は逮捕され、懲役三年の実刑をくらう。

だがこれが早まった避難だったことを、出所後、二人は知った。

丸山組は、李をつかまえていなかったのだ。だが誘拐犯の中に中国人がいることはつきとめ、二人の服役中、猛烈な中国人狩りをおこなった。これは当然で、丸山組の組長を監禁している間、見張り役の二人は、目かくしをした組長の前で、中国人のふりをしていたからだ。下手くそな中国語のやりとりまでしたらしい。

丸山組が李をつかまえていたら、残る誘拐犯が中国人でないことはすぐわかった筈で、中国人狩りがおこなわれることもなかったろう。

つまり、中国人狩りは、李がつかまっていなかったからこそ、おこなわれたのだ。

すると、李が八千万をがめて逃げだしたということになる。坂本と花口は、あとからひきこんだ李に、まんまとしてやられたのだ。

ところが、二人が刑務所に入ってひと月後、東京湾で白骨化した死体が発見された。死体に殺人とはっきり証明する外傷はなく、服装や所持品などから李であると確認された。その確認に立ちあったのがケイだった。

死体は、もちろんの話だが、八千万をもっていなかった。

つまり、八千万だけが消えたのだ。

そうなると、すべてがわからなくなる。

まず誰が李を殺したのか。

丸山組である筈がない。丸山組なら、李の死体が見つかるわけはなく（畑吹産業が処理しているのだから）、残る誘拐犯が坂本と花口だということもつきとめている筈で、当然八千万は回収されたと考えるべきだ。なのに今になって丸山組二代目が、ケイの周囲をうろついている理由がない。

考えられるのは、ケイが李を殺し、八千万を奪った、とするものだ（木はあんまり考えたくないが）。恋人だったケイに李が誘拐の話を打ち明け、ケイが恋人を裏切った。

だが、恋人にマフィアと手を切らせるような女が、金欲しさにその恋人を殺すだろうか。しかも殺害後も行方をくらますことなく、雑貨店をやっている。

最後の可能性が、李は、丸山組でもケイでもない第三者に殺され、金を奪われたというものだった。

ただし、この第三者が存在するとすれば、李のかかわった誘拐について知っていた人間ということになる。

たまたま強盗が李をカモに選び、殺してみたら八千万をもっていたので、あわてて東京湾に投げこんだ、というのはいくらなんでもありえない。

李が身代金のうけ渡し役になるのを知って、坂本らと合流する直前にそれを奪ったのだ。

そんな人間がいるとすれば、丸山組の内部か、李とごく親しい中国人くらいのものだ。

丸山組の内部はわからないが、中国人ならば、組長の解放直後に始まった中国人狩りで、何らかの情報がでていておかしくない、と木は考えていた。

李を襲って八千万をインターセプトしようと考えるようなワルは、いくらでも中国マフィアにはいるだろう。ただそれならそれで、マフィアの内部で、噂は流れていた筈だ。誰がやったかはともかく、李が大金を手にするという噂は、前もってでていておかしくない。それなら丸山組は、李のことをつきとめられたろうし、もっとちがった〝捜査〟をしている。

つまり、李を殺したのは、中国人ではないということだ。

一方、三年きっちり服役し、出所した坂本と花口は、八千万をとり戻すべく(丸山組だって思いは同じだろうし、この場合、正しく八千万の所有権を主張できるのは丸山組のほうなのだが)、木を雇った。

出所してすぐ二人は、丸山組から足を洗う旨《むね》、届けをだした。二人にとって幸いなことに、誘拐犯は中国人だったという組長の思いこみのせいで、足を洗う理由を疑われなかったらしい。疑われていないのなら、別に足を洗う必要もないのだが、これ以上やくざをやっていてもあまりいいことはなさそうだというのが二人の一致した意見で、組長をさらって組の金を何とかしようと考えたのも、心の底にはそういう思いがあったからのようだ。

いずれにしても二人は中途半端で、そんなていどではどのみち極道の世界でも出世は望めなかったろう、と木は思っている。

二人が木を雇ったのは、二人にとっては大正解で、なぜかといえば、丸山組二代目がケイのことを嗅《か》ぎつけていたからだ。

誘拐犯に李が含まれていたのを知らなければ、丸山組二代目がケイの身辺をうろつく理由はない。そんなところにのこのこと坂本と花口が姿を現わせば、

「おう、お前ら久しぶり。ところでこんなところで何やってるのか、事務所でじっくり話を聞かせてもらおうか」

という事態になって、畑吹産業がまたひと儲けというわけだ。

李を殺したのは、やはり丸山組だったのだろうか。

若さと色彩が溢れかえった原宿の歩道を、今日は地味なスーツ姿の木は歩きながら考える。初美を訪ねるのに、服装を合わせる必要はなかったからだ。

丸山組は李をつかまえた。だが李は金をもっておらず、仲間の正体も吐かなかった（坂本がいっていたように、それはちょっと考えにくい話だが）。拷問がいきすぎたか、何かの弾みで李が死んでしまい、丸山組は金につながる手がかりを失った。

そこで今になり、ようやく李の恋人だったケイをつきとめ、金の回収を狙っている。ありうる話だ。だがそうなると、問題は八千万のいきどころだ。

丸山組は回収していない。共犯だった坂本たちももっていない。残る可能性はケイだけだが、惚れた弱みもあるにせよ、ケイがその金を三年間、使わず大事にとっているとは、どうしても木には思えない。

堂々めぐりだった。ケイがもっていないのなら、八千万はどこかに消えている。もしかすると、殺される直前、李が隠して、今もその場に残されたままかもしれない。

そうなると、木にとっては興味が増す。ケイとねんごろになって、いっしょに隠された八千万のありかを探す。そう想像しただけで、わくわくするものがある。

やっぱり西麻布にいってしまおうか。

丸山組の二代目は、最近、組長が老いぼれてきたこともあって、そうそう暇な暮らしではない筈だ。西麻布の「K's Favorite Things」を、本人が毎日、見張っているわけはない。

誰か若い衆にやらせているのなら、別に問題はない。恐いのは二代目本人だけだ。

いや、本当に恐いと思っていたら、いこうなんて思いはしない。

自分は本当にいかれてる。商売がえを考えたほうがいいかもしれない。絶対そのほうがいい。

だがそれにしたって金は要る。

堂々めぐりだ。ケイに会って、きびしくはねつけられたら、馬鹿な考えも捨てられるだろう。

ひとりで妄想《もうそう》だけをふくらませている、アホなおっさんだったと、あきらめがつくというものだ。


ケイはやさしかった。

「あら、今日はスーツなんですね。仕事はもう終わられたんですか」

「K's Favorite Things」の周囲に、丸山組二代目も、その手下らしい見張りの姿もないことを確認して扉を押した木に、にっこり笑っていったものだ。そしてつづけた。

「あの花瓶、ご覧になりますか」

「えっ、まだあるんですか。今、外から見たらなかったので、てっきり売れてしまったかと思いました」

木はいった。我ながら、声がちょっと上ずっている。

今日のケイは、スリットの深く入った、木綿のロングスカートを着けている。ブラウスも薄い木綿なので、胸の大きなふくらみがはっきりとわかる。

「いいえ、あのあと、とりおきしておきました。もちろん、お気に召さなければ、お求めいただかなくともかまいません」

手伝いの娘はいない。ケイは奥の棚《たな》に歩みより、かがんで花瓶をとりだした。

「これでしたね」

惚れ惚れと木はケイを見つめた。ケイは笑いを浮かべている。

「イタリア製です。素朴《そぼく》な感じで、飽きがこなくて、ぱっと見は地味でも、長く使っていただければ、良さは必ず伝わります」

「これはあなたが自分でイタリアから買ってきたんですか」

ケイは首をふった。

「イタリアなんて、そんなところなかなかいけません。業者からです。もっとお店が儲かれば、自分で買いつけにいけるんですが」

「こんないいところでやっていても、やっぱりご商売はたいへんですか」

木はいった。

「そうですね。でも食べていければいいと思ってやっていますから」

木は財布をとりだした。

「それ、下さい」

「いいんですか、本当に」

「散歩の途中で冷やかし半分に立ち寄っただけなのに、とっておいてもらえるなんて感激しました。いただきます」

前半分は嘘だが、後半分は本音だ。

ケイはとまどったような表情を浮かべたが、にっこりと笑った。

「じゃあ、八千円いただきます」

「え、でも一万円て値札には」

「お勉強させていただきます」

「本当にいいんですか」

「もちろん。おつかいものにされるんですよね。それ用の包装にいたしますか」

「お願いします」

ケイはてきぱきと花瓶を包みにかかった。束ねた英字新聞紙をとりだし、それを一枚ずつくしゃくしゃに丸めて詰めものにする。

「あの、ケイさんというのはあなたなのですか？」

「え？　そうです」

手を休めることなく木をふりかえって微笑《ほほえ》む。

「キョウコさんとかクミさんとかいうのですか」

「ケイです。そのまんま」

「どんな字を書くんです？　恵むのケイ？」

「いいえ。京都の京です」

「それでケイと読むんですか」

「ええ。数の単位で、一兆の一万倍を意味するんです。父親が数学の教師だったもので」

「何、ケイさんなんですか。あ、失礼。私は木村といいます。木村晃二です。よかったら名刺をもらって下さい」

「あら、ありがとうございます。じゃあ、これを――」

ケイは机のひきだしから名刺をとりだした。

「K's Favorite Things　元山京《もとやまけい》」とある。

「元山さんておっしゃるんですね」

「はい、木村さん」

「あの、ものすごくぶしつけなお願いなんですが、聞いていただけないでしょうか」

「何でしょう」

「実は、うちのクライアントに女性の地主さんがいて、この花瓶をさしあげる人とはまた別なのですが、一度、食事をしなければならないんです。で、その人が海外好きで、特にフランスとかイタリアにいって、いろいろ骨董品《こっとうひん》とかを集めているらしいんです。年代は、そう、あなたよりちょっと上くらい。ただ私はその人が、正直その……」

「苦手？」

　いたずらっぽい笑みを浮かべてケイがいった。

「そう、そうなんです。実は私、まだ一度も海外とかいったことがなくて」

「あら、そうなんですか」

「ええ。その名刺にある通り、うちは建築関係の事務所で、親父や兄貴は設計士なんで、海外の有名な建物とか見にいってるんですが、私は経理と営業のほうをやっているので、まるでそういう機会がなくて。中国には一度いってみたいと思っているのですけど」

「あら、なぜ中国に？」

「笑わないで下さい。香港《ホンコン》のカンフー映画が好きなんです。でも今は香港だけじゃなくて、中国の古い建物とかそういうものも見たいと思っています」

「そうなんですか。わたし、中国語を少し勉強していたことがあります」

　よし、食いついた。

「えっ、標準語ですか。それとも広東語《カントン》？」

「標準語です。いわゆるマンダリン」

「難しいんですよね、発音が」

「ええ。四声《しせい》といって、同じ音でも四種類の発声法があり、意味がすべてちがうんです」

　木は首をふった。

「無理だ。英語でも苦手だったのに」

「語学なんて情熱ですよ。木村さんがどうしても覚えたいと思うのなら、きっとできます」

励《はげ》ますようにケイがいった。

「そうかなあ……。そうだ、かんじんなお願いの話をするのを忘れていました。そのクライアントの女性との食事、もし嫌でなかったらおつきあいしていただけませんか。このお店のお客さんにもなってもらえそうな人なんですよ」

「わたしが、ですか」

「ええ」

力をこめて木は頷いた。

「その人の話題に、私じゃとうていついていけないと思うんです。正直、ビジネストークの必要はもうなくて、本当に儀礼的なものなんです。なのに、兄貴や親父は逃げちまって。でも私ひとりじゃつらくて。あの、もちろんいっさいご負担はかけませんから。もし嫌だったら、途中で帰ってもかまいませんし」

驚いたようにケイは瞬《まばた》きした。

「でもそんな、大切なクライアントの方とのお席に、わたしなんかがお邪魔してご迷惑になりませんか」

「迷惑しているのは私なんです。その女性が本当に苦手で。決して嫌な人だとかそういうのじゃないんです。海外旅行マニアで、旅先のいろんな話を聞かされるのがつらいだけで」

ケイは吹きだした。

「おもしろい。木村さん、本当にその方が苦手なのですね」

「そうなんです！」

「わたしは海外が嫌いじゃありませんし、そういう方のいろいろな体験談をお聞きするのも好きです」

「じゃ、つきあっていただけますか。お礼はします」

「お礼なんてそんな。でも、いつなんでしょうか」

「来週のどこか、ということになっています。元山さんのご都合に合わせますから、いい日をいって下さい」

「え、でもそんなで大丈夫なのですか」

「大丈夫です。あちらは大金持で、暇をもて余しているんです。私は独り者なんで、夜は何もありませんし」

さりげなく独身をアピールする。

ケイの顔が真面目《まじめ》になった。

「そうですね。じゃあ火曜日あたりなら。火曜日は、手伝いの子が早目にきてくれるので」

「火曜日ですか。わかりました。たぶん食事は六時頃からなので、その前にお迎えにうかがいます」

「迎えだなんてそんな、お店の場所と名前をおっしゃっていただけば自分で参ります」

そこはしつこくしないで、木はひきさがった。

「わかりました。では今週中にでも店のことはご連絡します。ありがとうございます。助かります」

「いいえ。でもお役に立てるかどうか心配です」

「大丈夫です。元山さんはきっとその方に気に入られます。女性の話し相手を欲しがっていましたから。あっ、といってその人があの、レスビアンというわけではありませんから。中国人のお金持と若い頃結婚して、早くに死に別れてしまったんですよ」

いったとたん、ケイの表情が動いた。

「そうなんですか」

「ええ。私はもちろんそのご主人に会ったことはないんですが、相当な遺産を相続されたと聞いています」

そんな女がいたら、自分が紹介してもらいたいくらいだと思いながら、木はいった。

「そうか、中国語を勉強されてたんですよね。その点でも共通の話題があるわけだ」

改めて気づいたように木はいった。

「ええ、まあ、そうなんですけど」

「今でも中国語は勉強されているのですか」

「え？」

ケイは困ったような顔をした。

「ごめんなさい。立ち入った質問でしたね」

「とんでもない。今はもう、やめてしまいました。先生が、その、いなくなったんで」

「そうですか」

〝いなくなった〟の中身を訊ねることはせず、木は頷いた。

腕時計をのぞく。

「あっ、いけない。そろそろ事務所に戻らなければ」

「あの——、もし何かあったら、こちらの名刺の番号に電話をすればよろしいのですか」

ケイがいった。

「あっ、携帯の番号を書いときます」

木はペンをとりだした。Dの番号を書くことも考えたが、この先がどう転がるかわからないので、Aの番号を名刺に書きつけた。

「じゃあ、わたしも——」

ケイも同じようにした。

「じゃあ、火曜日に。本当に感謝しています。見捨てないで下さいね」

木はいって、いく度も頭を下げ、花瓶の包みを手に「K's Favorite Things」をでた。

「ありがとうございました」

ケイの送る声が耳に残る。歩きだしてからもしばらく、木はこみあげる笑いを抑えることができなかった。

6

銀座の超高級イタリア料理店を予約した。もちろん、席は三名だ。当日、レストランに到着後、クライアントはなかなか現われず、木《もく》の携帯が鳴る。急用か急病でこられなくなったという連絡だ。そこでやむなく、木はケイと二人きりで食事をすることになる。

三原橋の事務所に戻ると、代行秘書サービスからファックスが届いていた。

「午後二時四十分。ハタブキ産業、ハタブキカズオ様より電話がありました。連絡をほしいとのことです。番号は090－……」

それを見て木は華やいでいた気分が少ししぼむのを感じた。畑吹は、丸山組二代目の次に、今会いたくない人間だ。だが借りを作っている以上、無視はできない。怒らすとまずい、という点では、丸山組二代目に匹敵する。

丸山組二代目はすでに怒らせてしまっている可能性が大なので、畑吹まで怒らせるわけには、絶対にいかない。

そこで電話した。

「木村です。先日はご迷惑をおかけしました」

「いいえ、こちらこそ。その後、調査は進みましたか」

落ちついた口調でカズオがいった。妙だ、と木は思った。きのうの夜は、木の調査の話をあまり聞きたくないようなようすだった。

「いえいえ、まったくです」

「そうですか。木村さんは優秀そうなので、いろいろわかったかと思いましたが」

「買いかぶらないで下さい。ところで何か？」

「李の件でお耳に入れておきたいことを、あれからふと思いだしたんです」

「何でしょう」

「電話じゃ何ですから、飯でも食いませんか。ご心配なく。私の行きつけのところで負担はおかけしません」

一瞬迷った。のこのことでていったらさらわれ、それっきりということにならないだろうか。

だが畑吹がその気になれば、いつだって木をさらうことはできるのだ。わざわざ呼びだす必要もない。

「わかりました。いつ？」

「明日の晩はどうです。銀座七丁目にある小さな割烹《かっぽう》なんですが、小上がりを予約しておきます」

畑吹は店の名をいった。

「承知しました。うかがいます」

なぜ今になって李の話をしようというのだろうか。電話を切って、木は考えこんだ。

確かに李の名を先にだしたのは木だ。だがそれを聞いたとたん、話を打ち切ろうとしたのが畑吹だった。

なのに今度は、向こうから李の名をあげ、話したいといってきた。

畑吹産業と李のあいだに何かあったとすれば、それは処分する業者とされる死体、という関係しか想像ができない。

しかし畑吹産業が処分したのなら、李の死体が東京湾に浮かぶ筈がないのだ。

木は坂本の携帯を呼びだした。坂本は麻雀荘《マージャンそう》にいるらしかった。つながったとたん、ジャラジャラと牌《パイ》を混ぜる音が聞こえる。

「木だ。今話せるか」

「ちょっと待ってくれ。悪い！　一局だけかわってくれ」

坂本が誰かに怒鳴り、やがて周囲が静かになって、

「いいぞ」

といった。

「畑吹産業の話だ」

木はずばりと切りだした。

「何だよ、急に。あそこがどうしたっていうんだ」

「三年前の一件のとき、ずいぶん丸山組の処理をしたのだろう」

「そう、聞いちゃいる。俺は、いなかったからわからないが……」

坂本の声は低くなった。

「畑吹産業のカズオって二代目を知ってるか?」

「いや、知らん」

「李のことを何か知っているようなんだ」

「なんで」

「それがわからないから訊いている。もし李が畑吹産業に処理されたのなら東京湾に浮かぶわけがない」

「そりゃそうだ。奴を殺ったのが誰かはわからないが、畑吹にもっていってたら、見つかる筈はないからな」

「だろ。李の口から、畑吹とかカズオとかいう名を聞いた覚えはないか」

「ないな。李はあまり、知り合いの話をしなかった。奴は中国でも、何といったっけ、戸籍のない子供、ヘイハイズか、あれだったと聞いたことがある。こっちに留学したのも、他人の戸籍を買ってだったそうだ」

ヘイハイズ、確か黒孩子と書いた筈だ。中国のひとりっ子政策のせいで、生まれても役所に届けでられなかった子供のことをいう。つまり戸籍上はこの世に存在しない。中国の農村部には何百万人とそういう人間がいるらしい。

「いったいどこから畑吹産業なんてのがでてくるんだ」

坂本は訊ねた。

「ひょんなことで知り合った。丸山組の二代目に追っかけ回されて困っていたら助けてくれたんだ」

「何、また二代目と会ったのか⁉」

「そうだ。別件で銀座にいったら、ばったり会っちまった。明らかにこっちのことを疑っている」

「おい！　大丈夫なんだろうな」

「大丈夫だ。口が裂けてもあんたらのことはいわない」

「ならいいけどな……」

口調に不安がにじんでいる。

「その畑吹産業の息子、いきがかりもあって、俺の調査の話をした。心配するな、あんたらの話はこれっぽっちもしていない。そうしたら、今日になってそのカズオから李のことで聞かせたい話があると連絡があった」

「何なんだよ、おい」

「それがわからんからあんたに訊いたのさ」

「俺にわかるわけないだろう。そうだ、李を殺して金を奪ったのが、そのカズオって奴なのじゃないか」

「どうしてそう思うんだ」

「何となく、だ。海に沈めりゃ、逆に畑吹産業がかかわってないと思われるだろうが」

「海に沈めるくらいなら、自分のところで骨も残さない処理をしたほうがあとあと楽になる。ちがうか」

「それはまあ……」

「それともやっぱりカズオのことを前に聞いたことがあるとか」

「それはない。それはないが――」

「じゃあ何だ」

「何でもねえよ」

妙だ。坂本は何か隠している。

だが電話で深追いをしてもらちがあかない。木はいった。

「俺は、カズオが李を殺ったとは思わない。だが、何かこの件にかんでいるのはまちがいないと思う。あんたにその心当たりがなければいいんだ」

「――ないよ」

歯切れの悪い口調で坂本はいった。

「ならいい。また何かあったら連絡する」

「おい、そのカズオってのと、会うのか、あんた」

「会う」

「どこで、いつ？」

「明日、銀座の割烹だ」

「店の名と時間を教えてくれ」

「何がしたいんだ」

「そのカズオって奴の顔を見たい」

「いいのか、銀座には、丸山組の二代目も現われるのだぞ」

「西麻布でさえ会わなきゃ恐くねえ」

それも道理だ。木は店の名と時間を教えた。

「若いが、頭の切れそうな男だ。用心しろよ」

いって、電話を切った。

翌日、木はカズオと待ちあわせた割烹にでかけていった。坂本からは何もいってこない。なぜ坂本が、カズオの顔を見たがるのかはわからないが、おそらく木に隠していることと関係があるのだろう。

カズオは先にきていて、小上がりで茶を飲みながら待っていた。木を見ると正座をし、

「忙しいとこをどうも」

と礼儀正しく頭を下げる。

「やめて下さい。こちらこそ先日はご迷惑をかけてしまって」

木はあわてていった。

店は、カウンターが五席くらいに小上がりがふた部屋という、こぢんまりした造りになっていた。カウンターに同伴出勤と覚《おぼ》しいカップルがいる他に客はいない。

カズオはカウンターの中にいる女将《おかみ》らしき五十代の女に頷いてみせ、店との仕切りの障子《しょうじ》を閉

めた。

「料理は適当にだしてくれます」

ビールが運ばれてきて、とりあえず喉《のど》を潤《うるお》すとカズオはいった。

「話というのは何でしょう」

木は訊ねた。店に入る前に、周辺に危ない筋がいないかを一応は確認していた。こんな仕事をしていれば、いつ何があってこの世から消えても文句はいえない。が、用心を怠《おこた》って消されたら、それはただの馬鹿だ。

くるときは少なくともカズオはひとりできたようだ。黒いフィルムを貼りめぐらせたような怪しい車や、人さらいをしそうなごつい男たちはそのあたりにいなかった。もちろん二人が食事をしているあいだに周りを固められたらそれまでの話だが。

「実は李を知ってます」

カズオはまっすぐに木を見つめ、いった。

「畑吹さんが?」

「ええ。どういういきさつで知り合ったかはいえませんが、俺は彼を知ってました。木村さんが調査をしているのは、西麻布で雑貨屋をやっている元山さんという方ですよね」

木は目の前が暗くなった。カズオまでケイを知っているといいだした。丸山組二代目といい、このカズオといい、〝恋仇《こいがたき》〟とはいわないまでも、なぜこうもケイの周囲には危ない男ばかりが揃っているのか。しかも自分はそのケイにのぼせて、仕事抜きでも近づこうとしている。

「そう、その元山さんです」

「李の恋人だった人です。頭がよくて、李は彼女のおかげで人生がかわったといっていた」

「人生がかわった男が、やくざの親分をさらいますかね」

「李は黒孩子《ヘイハイズ》でした。知っています？」

「ええ」

「半ば捨て子同然だったのを、子供がいない蛇頭《ジャトウ》の大物に拾われた。そこでけんめいに働いて、偽の留学ビザをもらったのです。それで日本にきた。日本で初めて自分の人生を手に入れたと、李はいっていました。その人生を確かなものにするための元手を稼ごうとした、俺はそう思ってます」

「日本で他の中国人とつきあいはなかったのですか」

「そりゃもちろん、それなりにはあったでしょう。しかし奴はＡＴＭをかっぱらったり、ピッキングをやるような連中とはつきあわなかった。度胸もあったし、中国にいたガキの頃は、それなりに荒っぽいことをやっていたのに、です。なぜかといえば、元山さんのおかげでした。二人は本気でつきあっていた。だからちんけな悪事に、李は手を染めたくなかった。その一方で、元山さんと自分のために大きな稼ぎをしたいとも思っていた」

「畑吹さんは李とかなり個人的に親しかった、今のお話をうかがっているとそう聞こえるのですが」

用心しながら木はいった。

「ええ、友だちでした。俺はあまり友だちの多いほうじゃありません。実家の商売も商売だし、跡を継がなきゃならないのもわかっているんで、誰かと心底親しくなるというのは難しいんですよ」

それはそうだろう。父親が個人的に悪人だというのとはわけがちがう。会社としての死体処理業なのだ。それも裏の世界の死体処理業だ。つまり顧客はすべて人殺しばかり。

「李は日本人じゃないのはもちろんですが、黒孩子《ヘイハイズ》ということもあって、何人《なにじん》でもない、独特のところがありました。俺の家の仕事を知っても、別に恐がりもせず、ふつうにつきあってくれた。俺は決してつきあいやすい人間じゃないと思うんですが、李とは妙にウマが合ったんです」

「いい友だちだった、そううけとめていいですか？」

木の言葉にカズオは頷いた。

ビールにつづいて冷酒とつきだしが何品か運ばれてきた。カズオが冷酒を注ごうとするのを木は断わった。

「手酌《てじやく》でいきましょう。じゃあ、畑吹さんは李がやったことを知っていたのですか」

カズオは首をふった。

「少なくとも事前には知りませんでした。知っていたら止めましたよ。馬鹿な真似するなって。でも丸山の組長がさらわれて、やったのは中国人らしいって噂が流れたときは、もしかしたらって思いました。中国人の中でもそんな度胸のあるのはそういないからです。ただ――」

「ただ、何です？」

「犯人はひとりじゃない、と聞いてました。そうすると李は他の中国人と組んだことになる。それについちゃ、あいつらしくないと思いました」

「李に確かめたのですか」

「一度だけ、電話がありました。丸山の組長が戻って、あの二代目が盛大な中国人狩りを始めて、うちがえらく忙しくなったとき、李からひょっこりかかってきたんです。で俺は、『このところ中国人がやたら運ばれてくるが、お前は大丈夫なんだろうな。まさか丸山組が捜しているのはお前じゃないだろうな』と訊いたんです。すると奴は、『俺だともちがうともいえない。ただしばらくいなくなる。ケイのことを頼む』と答えました。そしてそれきりでした。やがて奴の死体が東京湾に浮かびました」

　木は息を吸いこんだ。

「そのことについて元山さんとお話しになりましたか」

　カズオは頷き、冷酒で唇を湿らせた。

「一度だけ。元山さんのことが心配で西麻布まで会いにいきました。彼女は気丈でしたよ。俺は――、俺は、もうこなくていいからといわれました」

　木はほっとした。

「なぜです？」

「あの人は、自分を責めてました。李に惚れて、奴と裏社会の関係を全部切らせようとしていた。なのにできなかった。しかも李がああなった理由に、自分とのことがある。俺は李の友だちだったが、やはり裏側の人間だ。そういう点では、李とつながる裏側の人間すべてを許せなかったんでしょう」

「でも畑吹さんが、誘拐犯にひっぱりこんだわけではない。むしろ止めたかったのでしょう?」

「だとしても、やはり俺は裏の人間ですから」

木はため息を吐いた。二重の意味のため息だった。カズオの気持に同情したのと、自分もまた、ケイの嫌う裏の人間であることを思ったからだ。

だが気をとりなおし、いった。

「ひとつ、不可解なことがあります」

カズオは木を見つめた。

「丸山組が支払ったとされる組長の身代金の行方です」

「それは李を殺した奴がもっていったのでしょう。奴を誘って組長をさらった中国人の共犯ですよ」

「しかし丸山組があそこまで追っかけても、その仲間が見つからなかった」

まさか、その共犯は金を手に入れていないとはいえず、木はいった。カズオは薄々見当をつけているかもしれないが、生き残りの誘拐犯と自分とにつながりがあることを認めるわけにはいかない。丸山組に洩《も》れたら、それこそ一寸刻み五分試しだ。

「李に仲間がいたことは確かでしょう。その仲間が李をひっぱりこんだ理由は何か。面《メン》が割れていなかったからです。元山さんの影響もあって、李はタチの悪い中国人とはつきあいを避けていた。だからこそ共犯者は李を使えると踏んだ。丸山組の関係者に顔を知られていなかったからです。身代金のうけ渡しには、顔を知られていない人間が必要だった。

それはつまり、李以外の誘拐犯は、丸山組の関係者からは知られている人物だったことを意味します。であるなら、丸山組の中国人狩りにひっかからなかったわけがない。丸山組が犯人捜しをするとき、組の内情に詳しい中国人からさらっていったのはほぼ確実でしょうから」

木はあくまでも残った共犯者が中国人だという仮説にのっとっていた。

カズオが首をふった。

「それは結果からの推理ですよ。たまたま残った犯人が見つからなかったから、という。むしろ、李が自分のことを知っていると恐れたからこそ、残った犯人が李を殺したと考えたほうが筋が通ります。李が丸山組と直接会ったのなら尚さらです。李の口を先に塞がなかったら、いつ丸山組が自分にたどりつくか不安でしかたがない」

「では残った犯人は今も逃げていると？」

カズオは頷いた。

「李を殺し、金を奪った犯人は、たぶん今でも日本にいますよ。もしそれが誰だかわかったら俺は、個人的に挨拶《あいさつ》にいきたいと思っています」

淡々とした口調でいった。だがそれを聞いた木の背中はまっすぐ伸びた。カズオが今日ここに木を呼びだした目的がわかったからだった。

カズオは数少ない友人だった李を殺したのが、組長誘拐の共犯者だと思い、復讐を考えている。

そしてその共犯者を木が知っているのではと疑っているのだ。

それは半分当たっていて、半分外れている。

木は確かに李の共犯者を知っている。だがその共犯者である坂本たちは李を殺してはいないのだ。それどころか身代金も手に入れていない。

「畑吹さんは、私がその犯人を知っていると思っているのですか」

返事を聞くのが恐《おそろ》しいと思いながらも、木は訊ねた。

カズオは木を見つめた。

「わかりません」

木は思わず肩に力が入った。

「犯人が今さら元山さんの身辺に興味をもつ筈がない。ただ、犯人じゃないとしたら、いったい誰が何のために、元山さんのことを知りたいのか、興味があります。丸山組は当然、興味があるでしょう。金をとり返したいし、犯人に落とし前もつけさせたい。しかし木村さんに調査を依頼したのが丸山組じゃないことは、この前の二代目の態度でわかっています。

だったら誰なのか。まさか警察じゃありませんよね」

「もちろん警察じゃありません。誰に依頼されたかはお話しできませんが、依頼人が李を殺したのでないことは確かです。少なくとも私はそう信じてます。ただひとつ不思議なことがあります。なぜ丸山組の二代目が、元山さんを知っているのか、です。彼が元山さんに興味をもつのは、彼女が李の恋人だったからでしょう。となると、二代目は李が誘拐犯のメンバーだったと知っていることになる」

　カズオは頷いた。

「そうですね。二代目は李については、どこからか、調べをつけています。けれども他の犯人がわからないので、元山さんの周囲を嗅ぎ回っているのでしょう」

「李を殺したのが丸山組だという可能性はないのですか」

　木はずばり訊ねた。

「それはないと思います」

「畑吹さんと李のあいだにつきあいがあったことを丸山組が知っていて、李の死体だけは畑吹産業さんに任せなかったとか」

　カズオは首をふった。

「俺と李のつきあいを知っている人間は丸山組にはいません。まず、李が丸山組とは一切つきあいがなかった。俺も丸山組に親しい人間がいるわけじゃない。だから丸山組が李を殺ったものの、俺に気がねしてうちに『マキ』をもちこまなかったというのは外れていると思います」

「マキ」といういいかたが不気味だった。おそらく薪を意味する業界用語なのだろう。

「なるほど。では二代目の目的はやはり李の仲間だということですね」

「それと金でしょう。共犯者を見つければ、払った身代金がいくらかでもとり返せる」

　木は頷いた。冷酒よりむしろ熱燗《あつかん》が欲しくなった。

「おそらく二代目は木村さんのことを共犯者だと疑っていると思いますよ」

「そんな！　私はちがいますよ。日本人だし、第一共犯者だったら、元山さんの周りをうろつくような、そんな危ない真似をする筈ないでしょう」

木はあわてていった。

「それとも畑吹さんも疑っているから、そういわれるのですか」

酒など飲んでいる場合ではない。

「疑ってはいません。確かに木村さんのいわれる通り、共犯者なら元山さんの周りをうろつくほど危ないことはない。ただし、金が渡っていなければその可能性はある」

「金？」

「李が丸山組から奪った身代金です。聞いた話では、李は直接、現金で身代金をうけとったらしい。その金を仲間と分ける前に殺されたら、金は渡っていません」

「でも畑吹さんは、李を殺したのは仲間だとさっきいわれた」

「仲間がひとりとは限りません。また全員中国人だったとも限らない」

木の背すじが冷たくなった。カズオは、かなりの部分で正しい〝推理〟をしている。

「――それで？」

恐る恐る、先をうながした。

「俺は仲間割れがあったのじゃないかと考えています。仮りに犯人が三人いたとしましょう。李とAとB。AとBは両方中国人かもしれないし、日本人が混じっているかもしれない。李が身代金をうけとったのは確かでしょうが、それを三人で分ける前に、Aが李を殺して金を奪った。その結果、Bは分け前をもらっていない。ところがAの行方がわからないので、元山さんの周囲をうかがってAの居どころを探りだそうとしている」

「なるほど」

「さらにもうひとつの可能性があります。これはあまり考えたくないことなんですが、金はAにもBにも渡っていなかった」

「じゃ、どこに？」

「元山さんです」

まさしく坂本の疑いとぴったり同じだ。木はますます寒くなった。

「李は馬鹿じゃなかった。仲間割れ、あるいは裏切りを警戒して、うけとった身代金をまっすぐA、Bのところには運ばず、いったんどこか、たとえば元山さん、に預けたのかもしれない。そのあとで仲間に殺された。仲間はきっと金のありかを吐かせようとしたでしょうが、がんとして李は口を割らなかった。

そして今になって、元山さんの存在を嗅ぎつけ、金をとり返そうと調べている」

いわれているうちに、カズオが自分を共犯者だと疑っているのはまちがいないような気がしてきた。

「その場合は、元山さんが問題の身代金をもっている、ということになりますよね」

「ええ。だから考えたくないことだといったんです。李に裏社会と手を切らせようとした人が、身代金を隠しもっているなんてね」

「もしそうなら、あんな堂々とお店をやっているでしょうか」

「堂々とやっているからこそ、うしろ暗い連中は近づくことができない。ただ、元山さんと李の仲を調べるのに三年もかかったというのは妙ですね」

それはム所に入っていたからですよ、といいたい気持を木は抑えた。このカズオという男は恐しく頭が切れる。それとも坂本や花口のような、切れの悪いのを見ていたからそう思えるだけなのだろうか。

「元山さんは、犯罪で得た金を平気でもっていられるような人には見えません」

かろうじて木はいった。

「実は俺も同感です。ただ、こう考えることはできる。元山さんは、その金のでどころが丸山組であると知っている。つまり、悪事で稼いだ金です。そんな金を元のもち主に返したところで、ろくな使い途《みち》はないだろう。それくらいなら、慈善事業か何かに寄付してしまおう。もしかすると、身代金はとっくに匿名で、赤十字だかユニセフに寄付されているかもしれない」

「はあ」

木は口を開いた。考えもしなかった可能性だ。だが、ケイならそれもありえそうな気がした。八千万の金を、恵まれない子供や地震などの被災地にぽんと寄付して、何ごともなかったかのように暮らしていく。

「まさしく、それはあるかもしれませんね」

「というわけで、今日、俺が木村さんにお願いしたかったことがひとつ、あります」

畑吹が居ずまいを正したので、木はどきりとした。

「何でしょう」

「元山さんを傷つけないで下さい」

「そんなこと、絶対しません！」

「本当ですか？」

畑吹は木の目を見つめた。

「木村さんの依頼人が誰であるか、今話していたAやBかもしれない、と俺は思います。そいつらが李を殺したというなら許せないが、木村さんはちがうといった。今日はその言葉を信じます。信じる以上は誰なのかは訊きません。そのかわり、といっては何ですが、李の恋人だった、今は静かに暮らしている元山さんは、決して傷つけないで下さい」

「あの人を傷つけるようなことは何も考えていませんよ」

放火とか、少しは考えていたが、それはすっぱり忘れることにして、木はいった。

「ただもちろん、調査はやめるわけにはいかないので、元山さんのところを訪ねることもあるでしょうが……」

「その結果、木村さんの依頼人が彼女を傷つけるということはありませんか」

「調査に関しては一任されていますから、それはないと思います」

カズオは顎《あご》をひき、木をさらに見つめていたが、頷いた。

「わかりました。木村さんの言葉を信じます」

木はほっと息を吐いた。

「あの……」

「何ですか」

「畑吹さんはどうしてそこまで元山さんのことを？」

「簡単です。李に頼まれたからです。ケイのことを頼む、と。でも彼女にはっきり断られた以上、表だって俺は動けない。だからこうして裏からお願いしているわけです」

「そうですか……」

筋は通っている。泣ける話だといってもいいくらいだ。

「でも——」

木はいった。

「何ですか？」

カズオは木の目をまっすぐに見た。

「丸山組二代目は、畑吹さんのようには彼女を見ていないかもしれません。身代金をまだ隠しもっていると信じていて、その証拠を探りだそうとしているとか」

カズオは沈黙した。

「三年も前の件を、なぜ今になって探るのかという点では、二代目の動きも謎です。そうは思いませんか」

二代目をこのカズオが牽制《けんせい》してくれたらありがたいのだが、というムシのいい考えを抱きながら木はいった。

「――それは俺にもわかりません。ただ、筋道の話でいえば、丸山組は被害者だ。人間的にはとにかく、あの人のやることを、俺からはとやかくいえません。もちろん、あの人がもし元山さんをさらうとか、そんなことになれば別でしょうが」

絶対にないとはいいきれないような気がする。

「そうなったら、畑吹さんにお知らせします。私にはどうすることもできない」

寂しい気持を味わいながら木はいった。いくらケイに惚れているとはいえ、ひとりで丸山組に立ち向かえるような度胸も腕も、自分にはない。

カズオは頷いた。

「そうして下さい」

このあとはご飯になりますが、という声が障子の向こうからした。それをきっかけに、話は終わった。

7

消されることもさらわれることもなく、カズオとビルの前で別れた。カズオは木《もく》に背を向け、まっすぐ銀座の通りを歩いていき、ホステスの出勤時間で華やぐ歩道にそのうしろ姿は見えなくなった。

木の懐《ふところ》ろで携帯電話が鳴った。〝C〟だった。

「――はい」

「今別れたのが、畑吹産業の息子か？」

坂本がいった。

「そうだ」

「まだ若造じゃねえか」

小馬鹿にしたような口調で坂本はいった。木はため息を吐いた。

「若造だが、あんたたちのことを見抜いていた」

「えっ」

「まあ、とにかく会って話そうや」

木はいった。


とりあえず銀座を離れることにして、木は日比谷《ひびや》のホテルで坂本と待ちあわせた。ロビーにあるコーヒーラウンジで向かいあう。

「お前、何か喋ったのじゃないだろうな」

「ちがう。あの男は李の友だちだったんだ」

不安と猜疑心《さいぎしん》で、坂本は今にもかみつきそうな顔をしている。人相がよくないせいもあって、ラウンジのウェイトレスが怯《おび》えた表情で注文をとった。

木は、カズオの話をした。李と友だちだったので、ケイを傷つけるなといわれたことには、坂本はたいして感心したようすは見せなかったが、ケイが八千万を慈善事業に寄付してしまったかもしれないと聞くと、目がまん丸くなった。

「冗談じゃねえぞ。なんでそんな馬鹿な真似をするんだ。第一、自分の金でもないくせに!」

「声が大きいぜ」

木は注意した。

「そうかもしれん、というだけだ。あながち外れちゃいないかもしれないが」

「ふざけんな。もしそうだったら、あの女、ソープに沈めてでもとり返してやる」

「だったら、私は手をひかせてもらう。畑吹産業とことをかまえるつもりはない。あとはあんたたちでやってくれ」

木はいった。

「待てよ、それはねえだろう」

「いや、ある。私は顔をさらしている。丸山の二代目にも、畑吹にも、もう完全に顔を覚えられているんだ。何かあって、命を狙われるのは、あんたらじゃなくて私なんだ。だから手をひくときは、自分で決める」

坂本は口を尖《とが》らせた。

「もし金が寄付されていたら、そのときは素直にあきらめることだ」

すねたような目で、坂本は木をにらんだ。

「やけにあんた、あのカズオってのの肩をもつじゃねえか」

「それは信じられるからだ。カズオは、この一件に関して何の利害関係もない。あくまでも死んだ男への友情で動いている」

「そんなの、どうとでもいえる」

「カズオを疑う理由が何かあるのか」

木は煙草に火をつけ、いった。やくざではない年下のカズオにはあれほど緊張したのに、元やくざで自分より年上の坂本は何ひとつ恐くないのも不思議だった。

「その件だけどよ……」

坂本は口ごもった。

「俺が、あいつを見たいといったのは、確かめたいことがあったからなんだ」

「何を」

坂本は間をおいた。言葉を探しているのか、考えを整理しているのか、その両方か。

「俺たちの三年前の仕事なんだが……。李を使ったのは、使うように勧めた奴がいたからなんだ」

「誰だ？」

坂本は首をふった。

「それはわからねえ」

「そんなあいまいな話じゃ、こっちがわからない」

坂本は身をのりだした。

「じゃあ、頭から説明してやる。あの仕事なんだがな、もともとは俺たちの計画じゃなかったんだ。別に計画を立てて、もってきた奴がいた」

「だから誰なんだ」

「だからそれがわかんねえんだよ。今になってもわからねえ」

きっかけは携帯のメールだった。当時、花口と二人でやっていた、競馬のノミ屋がパンクして、上納に苦しんでいた坂本の携帯にメールが入った。差出人は見たことのないメールアドレスで、

『大勝負をかける気はないか。警察にもバレず、億を稼ぐ方法がある』

と送られてきたのだ。

当然、いたずらメールだと考え、坂本は無視した。が、翌日もまた、

『腕と度胸の一発勝負だ。男ならやってみろ』というメールがきた。

坂本は思わず、

『手前、相手が誰だかわかってこんなメールを送りつけてきてるのだろうな』

と返事をした。

『丸山組の坂本永一《えいいち》組員とわかってのメールだ。これはあんたにしかできない仕事だ。最短で二日、長くて三日。人を殺す必要もない。警察に追われる心配もない。ただし、最低二人は仲間がいる。興味あるか？』

「俺は覚えてるんだが、俺の名前は栄える一の栄一《えいいち》で、永い一じゃねえ。その字のまちがいを別

にすれば、俺のことを知っているとわかる奴からのメールだった。からかわれてるんじゃねえかと思いながらも、実際切羽詰《せっぱつ》まってた俺は、返事のメールを打った」

『何をやろうっていうんだ。世の中にそんな甘い話があるわけねえ』

『甘い話じゃない。仕事は簡単だが、バレたら消される覚悟はいる。だが仲間選びをまちがえなければ、バレる心配はない』

『会って話そうじゃないか』

『それはやめておく。のる気があるのかないのか、まず聞かせてもらいたい』

『仕事の中身がわからないで、のれるわけがない』

『ある重要人物の誘拐だ。その人間のもとには警察に届けられない筋の現金が一億ある。それを身代金にいただく』

「それを読んで、馬鹿か、こいつは、と思ったよ。誘拐なんて一番難しい。第一、現ナマで一億もってる野郎が、ボディガードをつけねえわけがない。そんときはまさか、その重要人物が、あの人だとは思わなかった」

坂本はいった。

「で、どうしたんだ」

「『寝言は寝ていえ』って返したよ。二度とメールしてくるな、とも」

「そうしたら？」

「メールはこなくなった。ところが、その直後に上納に関する規則がかわることになった。俺と花口はパンクで組に借金しょってたんだが、借金のある奴はさらによぶんにだせって話になって、このままいくとそれこそ強盗でもやらねえ限り、払えねえってところにきちまった」

坂本はこの奇妙なメールのことを花口にだけは話してあった。

「こうなったら、のるかそるか、やるしかないのじゃないすかね」

花口がいった。

「このままじゃ俺ら、組に追いこみかけられて終わりっすよ」

その通りだった。

「その規則ってのは、誰がかえたんだ」

木は訊ねた。

「幹部会のことだから、俺らみたいな下っ端にわかるわけがねえ。だいたい、組長《おやじ》がごうつくばりで、伜《せがれ》がまたそれに輪をかけたごうつくばりなんだからよ」

丸山の組長が金にきれいじゃないという噂は前からあった。丸山組はもともと新宿《しんじゅく》を縄張りにする、愚連隊《ぐれんたい》あがりの組で、さほどの勢力はなかったのだが、今の組長になって組織が拡大した。それは、組長の〝計算高さ〟に負うところが大きいといわれている。

〝喧嘩《けんか》は下手だが、金の計算をやらせれば天下一品〟という評判の組長だった。組どうしのつきあいでも、金のかかることには一切加わらず、不義理一歩手前までいくのも珍しくない。

そのかわり、金儲けの匂いには敏感で、早くから闇金に手をつけたり、地域の再開発話にはフロントを一枚かませるなど、細かくはあってもマメなシノギに精をだしてきた。

そのあたりの性格は内向きにも発揮されていて、組員が新たなシノギを始めるにあたって、元手が必要なら、本部からの貸しつけがおこなわれ、その回収は闇金による追いこみを上回るほどキツいという。

「それでも組員《こども》が逃げねえのは、親が金持だったからさ。今の時代、何のかのといっても、本部に銭がなきゃ、組なんてやってけねえ。伝統だなんだといったところで、シノギにかける元手がなけりゃ、商売なんてできやしねえ。金をもってなきゃ、カタギにもなめられるしな」

「そういうものか」

「そうさ。威しくれたって、電話一本で御用だ。ツトメにいくにしたって、組の保証もなしで誰がいく。できたときにそれなりのことをするったって、組内の序列があがるより、なんぼの銭がもらえるんだって話になるわけさ。貧乏所帯じゃ、素人にハナからそれを見抜かれている。逆にせせら笑われるのが落ちよ。鉄砲玉飛ばすの何のといったところで、その玉代《たまだい》がでなくてぴいぴいってるのはお見通しって、な」

「なるほどな」

「その点、うちは、ケチだ、ごうつくばりだといったって、銭がある。銭があれば何でもできる。実際、やるやらねえは別として、銭があるというイメージで、組員も集まってくる。使えねえのはばんばん切ってっても、新しいのが入ってくるって寸法だ」

「結局、看板には看板料がかかるってことだな」

木がつぶやくと、坂本が頷いた。

「で、いよいよキツくなって、俺は、例のメルアドに打ってみた。『まだ、あの話は生きているか』って。すると、すぐ返りがあって――」

　生きている、ただし時間がそうはなくなった。顔を知られていなくて、腕の立つ人間をひとり用意する必要がある。できれば中国人がいい、という内容だった。

「なんで中国人なんだと考えたときに気づけばよかったんだが、俺も花口も馬鹿で、そのときはぴんとこなかった。花口は、前に中国人と仕事をしていたんで、何人か知ってるのがいた。それで、『中国人なら用意ができる。仕事の中身を教えてくれ』と打った」

「会おうとは思わなかったのか、そのメールを打ってきた奴に」

　木は訊ねた。

「ていうか、俺は、そいつも仕事に加わるもんだと思いこんでいた。奴のいう、二人の仲間てのは、奴と俺以外に二人という意味だと思ったのさ」

「ところがちがった？」

「ちがってた。まずもめたのは、中国人の人選だった。花口が知っている中国人を、奴は全部駄目だといってきやがった。いちいち名前をメールで送らされたんだ。あげくにいわれた。丸山組と一度でも仕事をした人間は使えない、と」

　木は首を傾げた。

「それは、名前を送った中国人が丸山組と仕事をしたことがあると、向こうが知っていたのか」

「そいつは覚えてない。名前以外にも、こんなことをやっている、と送ったんで、それでわかったのじゃないかな」

パチンコの裏ロムや偽造クレジットカードなどの仕事でつきあいのあった中国人の名を四、五人、花口がリストにしたのを送ったが、それらをすべて相手は拒否してきた。

「もっと知られてない奴を探せ。さもなけりゃ、任せられないとまでいいやがった。メールだけどな。そこで俺がキレた。思わせぶりなことばかりいいやがって、いったい誰をさらおうってんだ。そいつを聞かなきゃできないだろうって。そうしたら、電話がかかってきた」

「話したのか、そいつと」

「あとにも先にも一度きりだ」

坂本は頷いた。

「かけてきたのは男か女か」

木は訊ねた。

「男だ、話し方は確かに男だった」

電話の声は、明らかに作ったものだった。ヘリウムガスを吸ってかけてきたのだ。

「誰がターゲットかを聞いたら、あんたは戻れなくなる。その覚悟はあるのか」

声はいった。

坂本は答えた。

「覚悟はある。お前こそ、正体を隠して卑怯《ひきよう》だろうが」

「ならいい。私が正体を隠すのは、その方がチームのためだからだ。私が情報を提供し、あんたたちが仕事をこなす。警察は追ってこないが、金をとられた連中は必ず犯人を捜す。チームに関する情報は、少なければ少ないほど安全だ」

「ごたくはいい。誰をさらうんだ。いってみろ」

「丸山耕三《こうぞう》」

それを聞いて坂本は言葉を失った。

「お前、頭は確かか。そいつはお前――」

あとの言葉がつげないでいると、声はいった。

「丸山耕三のもとには今、一億の現金がある。それが何のためかは、いずれあんたたちにもわかるが、それを身代金としていただく」

「あのな、どうやってさらおうってんだ」

「丸山の女を知っているだろう」

「どの女だ」

坂本は訊き返した。組長には、三人の愛人がいる。

「若い女だ。三田《みた》のマンションに住んでいる」

一番最近の愛人だった。新宿のキャバクラで働いていた女だ。目下《もっか》のお気に入りで、組長の運転手の話では、週に二度は通っているらしい。

「宅配便を装って、三田のマンションにいるところをさらう」

「そんなのうまくいくわけねえだろう」

「日本人なら誰でもそう思う。それが狙いだ。だからこの仕事には中国人が必要になる」

「どうして」

「中国語を話し、身代金をうけとるときに顔をさらしても、日本人じゃないと丸山組にわからせるためだ。丸山組の知っている中国人は使えない」

「そんなもの、内側の情報がなけりゃできなかったと、すぐ見当をつけられる」

「だから私の正体を伏せている。三田のマンションの住所、女の本名、丸山がいる時間、すべて私が教える。あんたは知らない情報ばかりだ」

「まっ先に女が疑われる」

「かまわない。私はその女とは何のかかわりもない。絶対に私のことは、わからない」

「本当だろうな」

「本当だ。私がつかまらない限り、あんたはつかまらない。どうだ。やるか」

「考える」

「考えては駄目だ。やるといわなければ」

「なぜだ」

「あんたは私のことを組に売るかもしれない。恐くなって」

「そんなことでびびりゃしねえ。ただ相手はまがりなりにも親だぞ」

「その親からあんたは何をしてもらった？　追いこまれているだけだろうが」

「なんでそんなことまで知っている。お前も組の人間なのか」

「それは知らないほうがいい。だがもしあんたが疑われるようなら、私はあんたにそれを教えてやることができる」

「親をさらって、それで無事にすむわけがない」

「中国人だ。中国人のせいにすればいい。そのためには丸山耕三を生かして帰すことが必要になる」

「その中国人だがな、アテがない。あんたと話して気づいた。俺の知っている中国人は、多かれ少なかれ、組とつながりがある」

声は沈黙した。

「だったらこの話はなしだ」

やがていった。

「ふざけるな。お前が探してこい。そうすりゃ、お前を信じて、やってやる」

坂本はいった。すべての人間が、こちら側では、裏切られ、切り捨てられたらそれきりだ。なんとしてもこの〝メール男〟にも、手がかりとなる人間をださせたかった。

「わかった。探そう。またメールで連絡する」

いって、電話は切られた。

花口と話すと、花口は意外にものってきた。

「おもしろいじゃないですか。確かに俺ら、組にいたって今まで一度もいいことなかったっすよ。こりゃ、やるっきゃないっすね」

「お前そんなことといって、もしバレたら、指じゃすまねえんだぞ」

「バレりゃあ、でしょ。でも丸山組の組長をさらう人間がいる、しかも組うちにいるなんて、誰も思いやしませんて」

確かにそれはそうだ。不安があるとすれば、メール男の裏切りだった。だが金のうけとりをこちらがコントロールして、裏切ったら金は入らないとわからせておけばいい。

「その時点で、俺はまだ、メール男の正体は、いずれわかると思っていた。何といっても、分け前をうけとるときはツラを見せないわけにいかないのだからな」

坂本はいった。

「それとなく探りを入れたのじゃないのか、組うちで」

「もちろんだ。だが組長《おやじ》や倅のやり方に不満をもっている奴はごまんといたが、さらってどうこうしようとまで考えるようなのは見つからなかった。第一、そこまで煮詰まっていたら、組にいられないだろう」

「金の件や愛人とのことを知っていたとなると、相当の幹部じゃないのか」

木は訊ねた。メール男という黒幕がいたというのは初耳だった。

坂本は首を傾げた。

「確かに金の件は、よほどの幹部じゃなきゃ知らなかった筈だ。だからクスリを買うことになっていた中国人のほうからでてきたのかもしれない」

「メール男は日本人だったのだろう」

「話し方はまちがいなく日本人だった。だが誰かにかわりに電話をかけさせたかもしれない。俺はもしかすると、仕掛けたのは李だったのじゃないかとも思った」

「李が？　李が最初から計画にかんでいたのなら、中国人を探してこいなんていう必要はなかったのじゃないか」

「李は絵図だけを描いて自分は加わらないつもりでいた。だが取引の期日が迫っているのに、俺らが使える中国人を見つけられないものだからあせった。何といったって、取引が終わっちまえば、一億の銭は組長のもとからなくなる。そうなりゃ、身代金をかき集めるのに時間もかかるし、計画が失敗する確率が高くなる。やむにやまれず、自分を使えと名前をあげたのじゃねえか。李を殺して金を奪ったのは、そんときに連絡係をした男で、計画のことを知っていたのだから、それができた筈だ」

　坂本の言葉に木は唸《うな》った。

「だけど、李が一億の金のことを別の中国人から聞いて知っていたのはおかしくないとしても、組長の私生活のことまで知っていたのはどうなんだ」

「それは俺もわからない。李がうちの組とつきあいがあったなら、当然あの仕事にはかめないわけで、それができたということは、一切つきあいがなかった証拠だ」

「李が親しくしている中国人がいて、そいつがいろいろと知っていたとか」

「もしそうなら二代目の狩りにひっかかった筈だ。組のことをあそこまで知っている中国人がそんなにいたとも思えない」

「すると、メール男はやはり丸山組の人間で、それがたまたま李とつきあいがあったということになるな」

　坂本は頷いた。

「しかも仕事抜きのつきあいだ。そいつ以外は李の顔を知らなかったわけだからな」

「で、実際、どんな風にメール男は李のことを知らせてきたんだ」

　電話で話した翌日、坂本にメールが届いた。

『李偉文《ウェウェン》。語学学校教師』とあり、自宅アパートの住所と携帯電話の番号が記されていた。

「俺と花口は半信半疑で、李の身許を洗ってみた。そういうことは、闇金の取り立てなんかで慣れてたからな。すると奴が、留学ビザで来日して、中国語の家庭教師をやっているというのがわかった。組とのつきあいは一切ない。そのときは、西麻布の例の女のことまではわからなかった。二、三日、張りこんでようすを見て、こいつは確かにうちとは何のつながりもなさそうだとわかったんで、俺たちは話すことにした」

「つながりがないといっても、メール男が知っていたのだから、どこかで何かつながりがあるだろうとは思わなかったのか」

「もしそうなら、李本人から聞けるだろうと思ったのさ。もしかしたら、李は俺らが接触してくるのを待ちかまえていたのかもしれない。とっくにメール男から計画を聞かされて」

「で、実際はどうだったんだ」

「知らなかったのじゃないか。俺はそう思っている」

坂本は答えた。

突然、やくざ者二人が家にやってきて話をしたいといわれたら、誰でもひどく不安になる。何か因縁《いんねん》をつけにきたのかと思うだろう。

だが李は落ちついていた。日本語はかなり堪能《たんのう》で、坂本たちのいうことはすべて理解できたといって、怯えるようすもなかったという。

「何ていうか、妙に超然とした野郎だった。ただいろいろ話しているうちに、こいつは滞在期限の切れたビザで日本に残っているな、と俺は気づいた。そこに弱みがあるんで、歌舞伎町あたりにいた中国人と自分はちがうといいながらも、家庭教師くらいの仕事しかできないんだ。で、そいつをつっこんでみたら、あっさり認めたんだ。自分は黒孩子《ヘイハイズ》で、使ったパスポートも偽造だと」

「メール男についてはどうだったんだ」

坂本は首をふった。

「お前のことを推薦した奴がいる、といったら怪訝そうだった。丸山組って名を知らないかと訊いたら、弁当屋で働いていた時代に、仲間の中国人の口から聞いたことがあるだけだといった。組員は誰も知らない、と。たぶんそれは信じられると俺は思った」

「妙じゃないか。メール男は組員じゃなかったってことか」

木がいうと坂本は顔をしかめた。

「俺もさすがにわからなくなった。メール男は、丸山組の内情をよく知っている。知っているくせに、片方で、丸山組とは何のつきあいもない李のことも知っていて、こいつは使えるからと名前をあげてきた。これはいったいどういうわけなのか」

木は坂本の顔を見つめた。

「その時点で思ったのは、李はメール男を知っちゃいるが、丸山組の関係者だとは思っていない、ということだった。メール男は、丸山組のフロントか何かで、表向きカタギの顔をしている。そっちで李とつきあいがあって、李を推薦してきたんだが、李本人はそいつをすっカタギだと思っているんで、思い浮かべもしなかったんだな」

その可能性はゼロではない。

「うちの組長は、さっきもいったように、金儲けに目がない。だからいろんな商売に首をつっこんでいた。そのぶん、フロントの数も多い。下手すりゃ、そこで働いてる奴すら、バックが丸山組だなんて知らない商売もある。マッサージ屋だとか、居酒屋だとかな。そういうところで李と知り合ったのかもしれんと思ったんだ」

木は頷いた。

「で、どうした」

「ヤバいがでかい金儲けに興味はないかともちかけた。中国人が必要で、しかもお前みたいに他の中国人とあまりつきあいのないのがちょうどいい、とな。奴は少し考えて、すぐにのってきた。人を殺すのか、とも訊いたんで、今のところその予定はない、と答えても別に安心した顔もしなかった。けっこう度胸はありそうだと思ったよ」

「それで？」

「その日は具体的な話はせず、帰った。計画を教えてからやっぱりやめたじゃ困るからな。戻って、メールを打った。『李はのった』と。すると返事があった」

『身代金は八千万。きっちり一億を要求すると、知ってる奴の仕事だと思われて、こっちの立場がまずくなる。分け前は四分の一ずつで二千万。仕事が終わったらもらいにいく』

坂本は頭にきた。自分は一切危険をおかさず、平等の分け前を要求している。だが、ここで分け前をめぐってやりあってもしかたがない。

メール男は、組長の近くにいる人間だ。それはつまり誘拐後、犯人捜しが始まって、万一自分たちが疑われたときに、そう知らせてくれる可能性のある唯一の味方だ。この段階でもめるより、すべてが無事終わったときに、威すなり何なりして分け前を削《けず》ってやろうと考えたのだった。

「『わかった』と返事を打つと、すぐに組長が三田の女のところにいくだろう日にちの予定表が送られてきた。覚えているが、メール男が切った最終期限までひと月なかった。それを過ぎると、金は中国人のしゃぶ屋に渡る。それまでが勝負ってわけだ」

坂本と花口は再び李に会いにいき、計画をすべて話した。もし内容を知ってから李が二の足を踏んだら殺すつもりだった。李がいなくなって誘拐が不可能になったとしても、親をさらおうと自分たちが計画したことを知っている人間を生かしておくわけにはいかないからだ。

李は計画を聞かされても逃げなかった。それどころか、

「全員中国人のフリをしたほうが安全だ。そのために中国語の特訓をしよう」

とまでいいだした。

計画はスタートした。まず三田の愛人の動向を李が探った。その愛人、里香《りか》という十九歳の娘は、当時自動車学校に通っていた。そこで偽の不在配達票を用意した。組長がマンションにやってくる日、里香が自動車学校にいっている昼間にポストにそれを投げこんだ。戻ってきた里香がそれを見て電話をしてくればよし、してこなくとも、宅配便がそのあとくることを予期してはいるだろう。不在配達通知には、この仕事のために入手したプリペイド携帯電話の番号を書いてある。

里香は電話をしてきた。配送係を装った坂本は、

「今日中にお届けしますが、夜になるかもしれません」

と告げた。里香はかまわない、と答えた。

誘拐そのものは簡単にいった。一階のオートロックを、宅配業者のいでたちをした李が開けさせ、三人はマンションの内部に入った。

里香がドアを開けた時点で、三人は覆面をかぶっていた。里香を押さえつけてクロロホルムをかがせるのは花口の役目だった。

里香が倒れると、組長はちょうどシャワーを浴びている最中だった。三人は組長がバスルームからでてくるのを待った。

すっぱだかの組長が脱衣所に立つのを待って、李が拳銃《けんじゆう》をつきつけた。クロロホルムを染みこませたタオルを渡し、

「吸え」

とだけ命じた。組長は目をむいた。

「手前、俺が誰だかわかってやってんのか」

李は無言で銃口を組長の左目に押しつけた。

「今死ぬか、吸うか」

組長は言葉にしたがい、その場で昏倒《こんとう》した。

「そっからが大変だった。なんせすっぱだかでずぶ濡《ぬ》れだったからよ。まだ体が小せえんで助かった」

坂本はいった。

組長にバスローブを着せ、引っ越し用の大型ダンボールに、ガムテープで口と両手両足を動かせないようにした上で押しこんだ。目隠しもした。

ダンボールにもガムテープをかませ、台車で運びだす。マンションの駐車場には運転手の乗ったメルセデスが待っている。三人は駐車場ではなく玄関からダンボールを運びだし、レンタカーのトラックに積みこんで走り去った。

「今から考えても、あのときはいい手際《てぎわ》だった。一階のインターホンを押してから十分もかからねえで、ダンボールをトラックに積んでいたのだからな」

次にしたのは、組長の息子への連絡だった。電話ではなく、メールを使った。意識を回復した里香があわてて一一〇番する前に、組を動かす必要があったからだ。

木はそこまで聞いて訊ねた。

「その段どりを決めたのはあんたか」

坂本は首をふった。

「メール男さ。奴は実に細かい段どりを指示してきた。偽の不在配達票を用意しろといったのも奴だった。正直、頭の切れる野郎だ」

目論見《もくろみ》通り、警察への通報はおこなわれずにすんだ。

次に李が組長の息子と直接話した。これは中国人が犯人だとわからせるためには絶対必要だと、メール男が命じたからだった。

組長は用意したワゴン車の車内にいた。意識はとり戻していたが、目隠し、サルグツワでこちらのようすはうかがえない。三人は組長の前では、中国語のやりとりしかおこなわなかった。

「二時間で、親分を解放します」

李は決められた通りのセリフを息子に告げた。

「あなた、八千万円用意しなさい。それを私うけとる。親分、自由です」

「手前、誰にこんな真似してんのか、わかってんだろうな」

息子はいった。

「二時間です。それ過ぎると、親分帰ってきません。いいですか」

「ふざけんな！　たった二時間でそんな銭、用意できるわけねえだろう」

「二時間後、電話します」

一方的に告げて、李は電話を切った。

現金のうけとりは、渋谷でおこなうことになった。組長の息子ひとりを呼びだし、若者が集まるクラブの入口にあるコインロッカーに金の入ったバッグを預けさせ、クラブの店内で李がロッカーのキィをうけとるのだ。

クラブに入店する際は、ガードマンがボディチェックをする決まりがある。若い客がケンカでナイフなどを使うことがあるからだ。当然、拳銃も匕首《ヤッパ》ももちこめない。しかもひと目でやくざとわかる人間が複数入店しようとすれば、拒否もされる。

組長の息子と接触するのは李ひとりの役目だった。坂本と花口は、クラブの近くで、組長をワゴン車に乗せたまま待つことになっていた。

ところが誤算が生じた。予期すべきことではあったが、李が組長の息子に電話をかけてから十分足らずで、全丸山組組員に招集がかかったのだ。事務所に駆けつけなければ、制裁をうけることになる。

これには、坂本も花口も応じないわけにはいかなかった。愛人宅からの拉致《らち》ということで、息子は一番に組内部の人間を疑ったのだ。

事務所への招集は絶対で、もしいかなければ、犯人だとまちがいなく疑われる。

李と組長の二人だけにして、事務所に向かった。だが計画はそのまま遂行した。

李は組長の息子を電話で誘導し、クラブへと呼んだ。息子は命じられるまま、動いていた。

李の指示に従わなければ組長を殺す、といわれていたのだから、当然といえば当然だった。二時間のあいだに、八千万円も用意された。

李と組長の息子がクラブで会っている頃、坂本も花口も、事務所に詰めさせられていた。

組長の息子は、腕の立つ人間十名だけを連れて動いていた。

「ここからは、俺らもあとでわかったことだ」

坂本はいった。

「組長の伜は、連れてきた十人を、クラブの周辺において、ひとりで中に入った。八千万はもってな。そして、指示通り、ロッカーに金をおいた。そのクラブはイベントの最中で、えらく混んでいたらしい。李が伜に接触し、ロッカーのキィをうけとった。伜には、『十分、ここで待ちなさい。外にでては駄目、電話をかけても駄目です。私がいなくても、仲間があなたを見張っています。もし約束破ったら、親分は死にます』と告げた。伜はその言葉に従った。だが李がでていくとすぐに携帯電話で表を張っている連中に、李の格好を知らせた。店の外で李を押さえられると踏んだんだ」

そこで坂本は言葉を切った。

「で、どうなったんだ」

「どうもなりゃしねえ」

坂本は首をふった。

「いわれた通りの奴は、クラブから出てこなかった。伜が選んだ十人が目を皿にして見張ってたが、それらしい奴は誰も現われなかった。何時間も、夜が明けて、クラブが閉店になる昼近くまで十人は粘ったが、とうとう李はでてこなかった。そしてそれきり、姿を消しちまった。東京湾であがるまではな」

　木は唸った。

「李は変装してたのか」

「もちろんそれなりの準備はしてたのだと思うが、なにせ奴がクラブにいったとき、俺たちはもう本部に詰めていた。奴がどんな格好でクラブにいったか、俺にはわからねえ」

「クラブを身代金のうけ渡し場所に指定したのは誰だ、李か」

「メール男だ」

　頭の切れる男だ。丸山組のでかたを読み、先手、先手を打っている。

「親分はどうなった」

「その夜のうちに解放された。これも手筈《てはず》通りだった。盗んだ乗用車のトランクに入れて、駐車場に止めておいた。駐車場の場所と車種を知らせる電話が本部にあって、伜が駆けつけたら、組長がトランクに入っていた」

「電話は誰がかけてきたんだ」

「李だと思う。俺はとっちゃいないが、うけた奴が中国人だったといった」

「それであんたと花口はどうした？」

　木は坂本を見つめ、訊ねた。

「すべてが計画通りいったことは、本部にいた俺や花口にもわかっちゃいた。李を逃した伜は荒れ狂っていたし、組長は無傷で戻ったものの、中国人を片端から連れてこいとわめき散らしていた。表面じゃ深刻なツラして怒ったフリしてたが、俺も花口も腹の中じゃほくそ笑んでた。うまくいった。これで銭が手に入るってな」

「どのくらい本部に詰めさせられていたんだ?」

「丸一昼夜だ。本当はもっと長く足止めをくらいそうだったんだが、所轄《しょかつ》の組対《そたい》が妙だって疑いだしたのさ。そりゃ全員招集なんてのは抗争《でいり》でもない限り、ありえない話だからな。それでいったん解散、てことになった。ようやく俺は李と連絡をとれた」

「その時点では連絡がついたのか」

「ついた。俺も冷や冷やだったが、奴がちゃんと電話にでたんでほっとした。今から考えれば、それで安心したのがまちがいだった」

「李は何といったんだ?」

「『金は隠した。あんたたちが安全を確認したら、集まろう』。それには俺も賛成だった。きのうの今日で、組長や伜は頭に血が上《のぼ》っている。妙な動きを見せたら疑われかねない、とびってた。とにかく二、三日は、おとなしくしてなきゃなんない、とな」

「メール男からの連絡は?」

「あった。『ご苦労さん。金はどうなってる?』。安全な場所に隠していると返したら、『それが利口だ。一週間後、また連絡する。二千万を用意しておけ』ときた。そこで俺たちも、一週間後に李と落ちあうことを決めた」

一週間のうちに中国人狩りが始まった。始めは目星をつけた中国人をさらってきては威すというやり方だったが、〝犯人〟につながる手がかりが得られないので、だんだんエスカレートした。同時に里香という愛人も疑われ、見張りがついた。中国人と同じようにさらって威さなかったのは、中途半端な威しですませれば警察に泣きつかれる危険があるからで、といって殺すにはまだ組長に未練があったからだ。

「とはいえ、里香はすっかりびびっちまって、これまでもらったものを全部返すから別れてくれって組長に泣きついた。それが芝居《しばい》で本当は犯人とつるんでるかもしれないって組長は疑い、里香を危うく殺しそうになった。結局、里香はソープに沈められた」

「疑いは晴れたのか」

　顔をしかめ、木は訊ねた。

「晴れた。だが今でもソープにいるらしい。ソープから逃げたら犯人の仲間だと組長に疑われる。だから辞めるに辞められないようだ」

「十九でやくざ者の愛人になるような娘だから、自業自得といえなくもないが、少し憐《あわ》れだな」

「組うちで同情したのはいなかった。ガキのくせに姉御《あねご》気どりで、自分の親くらいのを顎で使ってたからな」

　坂本は答えた。

「なるほど。李に話を戻そう。一週間後、どうした」

「俺と花口は李のアパートにいった。ここだけの話だが、俺たちは奴を消すつもりだった。分け前のこともあるが、それより何より、奴がいつ中国人狩りにひっかかるか、心配だった。奴は面《メン》が割れてる。ひっかかればそれきりで、締めあげられりゃ、俺たちのことをうたうだろう。殺るしかねえ、と決めていた」

「それで?」

「アパートに奴はいなかった。家具も何もかもそのままで、奴だけがいなかった。金ももちろんなかったよ。俺と花口は交替でアパートを見張る一方、李が狩りにひっかかったのじゃないかと気が気じゃなかった」

「メール男は?」

「それさ。期日に李がいないんで、俺はメール男に『李がいねえ』って打った。『どこにいったか知らないか』。だが返事はすぐに返ってこず、しばらくして、『組長の伜が、どっからか李のことをつきとめたようだ。気をつけろ』って、きた。その時点で、俺と花口は、ぶるった。李がいなかったのはさらわれたからで、このままでは俺らがつかまるのも時間の問題だ。それで緊急避難したってわけだ」

「自分たちを密告《さ》したんだな」

坂本は頷いた。苦い表情になった。

「知らなかったがちょうど本庁の生安がうちのしゃぶの売《ばい》に、内偵をかけてた。その件ものっけられて、当初一年くらいででられると思ってたのが、三年にもなった。しかも、李はつかまってなんかいなかった。いたら俺らも終わりだったのだからな。メール男にやられたのさ。ただ刑が三年にもなったせいで、組は俺と花口の借金をチャラにしてくれた。とはいっても、でてきたときは何もなしだ。ふつうなら、三年も入りゃ、それなりの補償がつくだろう」

自分で密告して入ったくせに、坂本の口ぶりは憤懣《ふんまん》やるかたない、といった調子だった。

「まったく貧乏クジだったよ。命がけのヤマを踏んで、銭は入らねえ、長六四《ながむし》はくらう、そんときゃマジで組を辞めてやると思った」

「で、辞めたわけだ」

「ああ。ひき止められもしなかった。ご苦労さん、てなもんだ。三年のうちに、組長をさらったのが誰なのかはわからずじまいで、その一件は組うちのタブーみたいになっちまってた」

「李が犯人だったと結局、組はつきとめていなかった、そういうことか」

「俺はそう思ってたよ。あんたが西麻布で伜に会うまではな」

「李を殺したのが丸山組でないとすりゃ――」

「メール男だ」

坂本はいった。

「野郎が李を殺って八千万をパクったのさ。結局、俺と花口は踊らされたんだ」

「正しい解釈だな」

木は頷いた。メール男は最初からそうする計画だったにちがいない。李を仲間に加えさせたのは、居場所がわかっていて金も奪いやすい存在だったからだろう。坂本と花口はいいように使われ、切り捨てられた。裏切られたとわかっても、どこにも泣きつけない状況に追いこまれての上だ。

「だから何としても、メール男の正体をつきとめて、八千万をとり返すんだよ」

鼻息を荒くして、坂本はいった。

「それで畑吹の二代目を見たいといったわけか」

木の言葉に坂本は頷いた。

「あんたの話を聞いて、奴がメール男かもしれないと思った」

「で、どうなんだ」

木は訊ねた。

「どう、とは?」

「畑吹がメール男だと思うか」

「わからねえ。結局俺は、メール男の顔を見ちゃいないのだからな。畑吹を見れば、何かぴんとくるものがあるかもしれんと思ったんだが、そうはならなかった」

「それに畑吹が丸山組の内情にそこまで詳しいのも変だ」

「だから残ってる手がかりはあの女だけなんだ。あいつは、李の女だった。だから李がつきあってた男も知っている筈だ。もしかすると、あの女がメール男だったかもしれねえ」

「だがあんたは、男だといったろう」

「絶対にそうだとはいってない」

木はあきれていった。

「もし彼女がそうなら、どうやって丸山組の内情がわかるんだ。ただのOLだったのだぜ、そのときは」

「だからそいつを調べるのが、あんたの仕事だろう。ちゃんとやってるのかよ」

事件のことをいろいろと思いだし、腹が立ってきたのか、坂本の声は荒くなった。

「もちろんやってる。彼女と今度じっくり、さしで話すことにもなってる」

「締めあげるのか」

「そんなことをして警察にいかれたらどうする？　私はつかまるだけですむが、事情がすべて表にでれば、あんたらは命がなくなるぞ」

「サツにいかせなけりゃいいだろうが」

「それは彼女をどうにかするって意味なのか？　よしてくれ。もし彼女がメール男とつながっていたら、手がかりはそれきり失われる。つながっていないのなら、ただの人殺しだ。冗談じゃない。そんな頭の悪い仕事をする気はないね」

「だったら、いつまでかかるんだ！」

「急ぐのが一番よくないんだよ。だいたい、あんたたちは三年も待ったんだ。一週間や十日のびたからって、今さらどうということもないだろうが」

坂本は、

「くそっ」

とつぶやいて、頭をかきむしった。

「利用されたのには同情するが、あんただって李を消すつもりだったのだろう。決して善意の第三者だってわけでもないし」

「お前、俺を威す気か」

木はうんざりして首をふった。

「あんたを威したって何の得にもならないだろうが。忘れたのか。李と同じで、面《メン》をさらして危ない橋を渡っているのはこっちなんだ。それともあんたらは、李と同じように、うまく金が回収できたら、私を消すつもりなのか？」

「お前は中国人じゃない。この世界で長く飯を食ってる。そんなヘタは打たないよう、保険をかけているのだろうが」

「それがわかるならよかった」

「とにかく、俺はもう裏切られるのは二度とご免だ。そいつを忘れるな」

「覚えておくとも」

木は大きく頷いてやった。

8

坂本が隠していた〝秘密〟の中身はこれでわかった。これで少し、すっきりした、と木《もく》は思った。

まず、李を殺した犯人だ。丸山組ではなく、メール男だ。メール男は、事件の計画を思いついたときから、坂本と李に目をつけていた。この二人を組ませ、金を李に預からせておいて、全額かすめとろうと考えていたのだ。

全員がその計画にものの見事にひっかかり、メール男は正体を知られることなく、八千万を手に入れた。

そこまで頭の切れる人物が、いつまでもケイの周辺に残っているとはとうてい考えられない。が一方で、丸山組の内情に通じていたこと、あれだけ周到な誘拐計画を立てられたこと、を考えあわせると、当然素人である筈がない。

木は誘拐事件のあと、丸山組を抜けた他の人間に心当たりはないか、と坂本に訊ねた。

「もちろん俺らも同じことを考えた。だが修業の途中で音《ね》をあげたガキを別にすりゃ、あるクラスから上の連中で足を洗ったのはいねえ。もし組うちにメール男がいるのなら、そいつは今もいる筈だ」

という返事が返ってきた。

「それらしいと思えるのはいるか」

「わからねえ。こればっかりは。だいたい幹部は元から金回りがいいのが多いからな。たかだか八千万で、組長《おやじ》をさらおうなんて奴は、よほど切羽詰まってる筈だが、幹部にそんなのがいるわけねえ」

それも道理だ。丸山組の幹部クラスなら、八千万は、端金《はしたがね》とはいわないが、命を賭けるほどの金額ではない。

坂本と別れ、事務所に帰ってきた木は考えこんだ。すっきりしたぶん、メール男の正体に関しての謎は、かえって深くなった。

ケイがメール男とつながっているという可能性はあるだろうか。

大手広告代理店のＯＬだったというケイの経歴を考えると、およそなさそうに思える。

だが、この世の中には、ありえないことなどない。たとえばケイに不出来な兄貴がいて、丸山組の組員をしている、という可能性もある。そういうつながりならば、李をその兄貴が知っていて不思議はない。

ただ、もしそうなら、ケイは、恋人だった李を殺した犯人を知っていて、警察に届けていない、という話になる。また李の死体が見つかったとき、警察は当然、李やケイの身辺を調べた筈で、暴力団員の身内がいればその時点で問題にならなかった筈がない。

あるいは丸山組にいるメール男は、ケイの本当の恋人で、李は組長誘拐の捨て駒とするためにケイにたらしこまれた。丸山組と関係のない中国人を調達する目的で、ケイは中国語学校の教師に色仕掛けで接近した。

もしそうなれば、ケイはとんでもない女だ。木はあわてて否定材料を探した。

考えついたのは、李を誘拐犯にするつもりで一本釣りしたのなら、わざわざ坂本に中国人を探せと命じる必要はない。これこれこういう中国人がいる、そいつと組めと指示をすればすんだ、ということだ。

だがそれも、李とケイの関係をわかりにくくするためにいったん坂本に探させたとすれば、説得力を失う。メール男は、坂本に駄目だしをつづけ、逆ギレされて李の名を挙げた。それも、そうなるよう仕向けたのかもしれない。

ケイはそんな女じゃない、と思いたい。がありえないことなどない、とすれば、可能性を否定はできない。

その理由として考えられるのが、丸山組二代目の動きだ。

丸山組が李をつきとめられなかったのなら、なぜ二代目はケイに目をつけたのか。すっカタギの女であるケイは、丸山組とは何の接点もない。ケイに目をつけるからには、何らかの理由が必要になる。

それがケイの恋人かもしれない。

つまり、二代目は組うちに誘拐の絵図をかいた人間がいると疑っていて、その容疑者の恋人がケイなのだ。ケイの周辺を見張れば、誘拐の実行犯を捜しだせると考えている。

二代目はメール男の正体にうすうす気づいていて、その証拠がためをしているというわけだ。

もしそうなら、執拗《しつよう》に二代目が木を疑う理由も納得できる。

メール男は、丸山組でも相当高い地位にあるのだろう。だからさしもの二代目も、「お前がオヤジを誘拐したのか」とは問い詰められず、恋人のケイの周辺から誘拐につながる材料を探そうとしているのだ。

ただ、これにも反論がないわけではない。これまでの木の調査では、ケイの周辺に丸山組の関係者はいなかった。とはいえ、二代目の〝捜査〟に危険を感じてケイとの接触を一時的に断っている可能性はあるし、あるいは組員ではなくフロントか何かで、木が丸山組との関係を見抜けなかったという可能性もある。

メール男が丸山組の関係者であるのは、ほぼまちがいない。一億の現金が丸山組に用意されているのを知っていて、尚かつ、白羽の矢を立てた坂本の切羽詰まった状況を把握《はあく》できるのは、丸山組の関係者以外ではありえないからだ。

ではなぜメール男は李だけを殺し、坂本や花口には手をださなかったのか。

簡単なことだ。李から八千万を奪う必要があったのと、李だけはメール男の正体を知っていたからだ。

坂本や花口は殺す必要すらなかった。メール男をまったく知らないからだ。さらにいえば、李はメール男とケイの関係に気づき、利用されたことに気づいたので殺さざるをえなかったのかもしれない。

そう考えていくと、木の背中はぞくぞくしてきた。すっかり惚れてしまったケイは、実はとんでもない悪女で、ヘタを打つと、自分まで利用されかねない。

だが逆に、その状況をうまくつかえば、メール男から八千万をひっぱりだすこともできる。

すべてはケイしだいだ。

どうやら恋愛ごっこを楽しんでいる場合ではないようだ。

次にケイと会うときのため、じっくり作戦を練っておく必要があった。

9

イタリア料理店に現われたケイは、ふだん店にいるときとはまったくちがう和服姿で、木《もく》はすっかり見惚れてしまった。やっぱりこの人が悪女の筈はない、という思いがこみあげ、冷静さを失いそうになる。

「驚いたな。元山さん、すごくきれいです」

本音だった。髪も美容院にいってセットしたようだし、ふだんより化粧もきちんとしている。それでいて、そこらのホステスに見えないのは、和服の着こなしと、そこはかとない品のせいだ。

「何を着ていこうか迷ってしまって……。久しぶりに和服を着てみました。変、ですか」

はにかんだようにケイはいった。木は激しく首をふった。

「とんでもない。何ていうか、俺、あがってしまいそうです」

「やめて下さい。そのクライアントの方は？」

ケイの問いに木はわざとらしく腕時計をのぞいた。

「もうじきこられると思うんですが、わりに時間にはきちんとしていらっしゃる方なので。道に迷ったのかな」

ケイはくすっと笑った。

「こんな有名なお店なら、迷う方はいませんよ。誰に訊いてもすぐわかりますし」

「そうですよね」

そこへウェイターが近づいてきた。

「木村様、お電話が入っております」

携帯を鳴らさなかったのは、レストランへの配慮というより、ケイへの演技だった。大金持で高級レストランにいきつけている人間なら、席での携帯電話の使用が禁じられているのを知っていて当然だからだ。

「ちょっと失礼」

木はいって、席を立った。予約の際に頼んだ通り、奥まった一角にある、周囲の目や耳があまり気にならない席だった。

入口に近いバーコーナーで、電話をうけた。

占い師の初美だった。

「約束通りかけたよ。ずいぶんいいとこでお食事じゃない」

「自分で払うわけないだろう。クライアントの奢《おご》りさ」

周囲に人がいないのを確認して木はいった。

「へえー。そんな金回りのいい客がいるなら、こっちにも紹介してよ。男？　女？」

「女性だ」

「だったら尚さらよ。年寄りなんだろ。そういうのをつかむと大きいんだよね」

「考えておく。タイミングもあるからな」

「頼んだよ」

いって初美は電話を切った。木は息を吐き、困った顔を作って、ケイの待つ席に戻った。

「どうしました？」

「それが……クライアントの方が急にこられなくなってしまって。犬を飼ってらっしゃるんですが、アイリッシュコーギーだったかな。急に具合が悪くなって、獣医さんのところに連れていったらしいのですが、何かあまりいい状態じゃないようで、かなりとり乱されてました」

「あら」

「子供みたいにかわいがっているんですよ。俺からみるとまっ黒な、なんだかヌイグルミにしか見えないような犬なのですけど」

「まあ、それは心配でしょう」

「ええ。とりあえず元山さんがこられることはいってあったので、あちらも申しわけながっていました」

「しかたありませんわ。じゃあ――」

ケイが腰を浮かせそうになったので、木は急いでいった。

「せっかくですから、食事だけでもしませんか。予約をとってしまったわけですし」

「でも……」

「俺としては、元山さんとごいっしょできるのは嬉しいのですけど、ご迷惑でしょうか」

「迷惑だなんてそんな。でもここにきた主旨《しゅし》が」

主旨なんて言葉を久しぶりに聞いた、と木は思った。

「主旨。主旨は、おいしいイタリアンを食べることです」

そこはきっぱりいう。

ケイは驚いたように木を見つめた。

「どうせ兄貴たちに奢らせるんです。それにせっかく和服を着ていらしたのに、無駄にするのはもったいない」

ケイの顔に笑みが浮かんだ。

「いいのですか」

「いいなんてもんじゃありません。俺にとっては願ったりです」

「じゃあ……」

木は控えていたウェイターに合図をした。メニューとワインリストが届けられた。

最初のうちは、あたらずさわらずの会話をした。まずは作り話の自分の話をし、それから少しずつケイの身の上を聞く。

ケイは年齢も経歴も偽らなかった。木が調べた事実と一致する内容だがもちろん初めて聞くふりをする。

「つとめていらした広告代理店というのはどちらだったのです？」

「電広です」

「すごいじゃないですか」

「でも、ＯＬは何となく合わないなって、ずっと感じていたんです。もっといろんな人と直接会えるような仕事がしたいって」

「ああいう外国の品ものには昔から興味があったのですか」

「ええ。海外が好きで、学生時代からアルバイトでお金を貯《た》めては、安いツアーででかけていて。その頃はもちろん買えるようなお金もなくて見るだけでした。いつかそういうものを集めたお店をやりたいと思っていたんです」

「意外だな」

「意外？」

「俺は、元山さんはてっきりすごいお嬢さまだと思っていました。お金持の家に生まれて、小さい頃からそういう外国製の家具なんかに囲まれて育ったのだろうって」

「ちがいます。わたしの父は学校の先生です。数学の教師だとお話ししたと思いますが」

「ええ。でも学校の先生でもお金持はいます。もともとの地主の家とか」

　ケイは首をふった。

「ごくふつうの教師の家で、どちらかといえば質素なほうでした」

「じゃあ容姿のせいです。すらっとしていて、初めて会ったとき、なんか恐いものなしって感じだったので、きっとお嬢さまなんだと思ったんです」

「初めて会ったとき？」

ケイは思いだすような表情になった。

「ほら、自称やくざの丸山って人がお店の前に駐車していて——」

「ああ、あのとき」

「あの人、やっぱり本物のやくざのような気がするな。丸山組って、聞いたことがあるんですよ。建築関係の仕事をしていると、多少はそういうところと縁ができてしまうので」

ケイは小さく頷いた。

「すみません、こんな話をして」

「いいえ。本当は木村さんのおっしゃる通り、あの人はそういう人です」

木はケイを見つめた。特に決心しているとか、嘘をついたのを後悔している、という顔ではなかった。

「すると何か事情があるのですか」

ケイは木を見返した。

「木村さんには関係のないことです。お話ししてもいいのですが、聞くだけでも迷惑じゃありませんか？」

「迷惑だなんてことはありません。あの、もしお困りならば、俺でよければ相談にのります」

木はいった。

「そうですか」

ケイはいって、ワインのグラスに手をのばした。酒には強い。もう一本目のワインは空になっているのに、少しも酔ったようすがなかった。

「あの人はたぶん、わたしの恋人だった人を捜しているのだと思います」

「恋人だった人？」

「はい。その人は中国人でした。中国語の先生だったんです。それでわたしと知り合い、つきあっていました」

　表情が暗くなった。

「別れてしまったのですか」

「いいえ。行方不明になって、少しして東京湾で遺体が発見されました。本当にいいんですか、こんな話をして」

「大丈夫です。恐がったりしませんし、むしろ興味がある」

「興味？」

「のぞき趣味とはちがいます。元山さんのことをたくさん知りたいんです。その上で俺にできることがあるなら、何か、したい」

　ケイの目がわずかに鋭さを帯びた。

「後悔されるかもしれません」

「大丈夫です。俺も大人です。それなりの経験もあります」

「そうですか」

　ケイは微笑んだ。その笑みはどこか、「知らないわよ」とすごんでいるようにも見えた。

「遺体の身許を確認したのはわたしでした。ほとんど白骨でしたが、指輪でそうとわかったんです」

「あの、妙なことを訊いていいですか」

「何でしょう」

「その遺体の確認は、警察から連絡があってしたのだと思いますが、なぜ警察は元山さんのことを知っていたのですか」

「わたしが届けをだしていたからです。李偉文という中国人が行方不明になっている。滞在ビザが切れていて、もしかすると何かトラブルに巻きこまれているかもしれない」

「それだけで警察はわかったのですか」

「体格が一致したのと、歯の治療痕などで中国人だと判断したようです。治療法が日本とはちがうので」

木は息を吐いた。

「なるほど」

「李は、何か悪いことに手を染めていたと思います。わたしはそれを止められなかった。つきあっている間、悪い中国人仲間と縁を切らせようとしていたのですが……」

「あなたにとってはいい恋人だった?」

ケイは木を見つめ、頷いた。

「頭がよくて、頼りになる人でした。ただ、生まれ育った環境に問題があって、世の中をどこか醒《さ》めた目で見ていました」

「もしかすると黒孩子《ヘイハイズ》、ですか」

木がいうと、ケイは目をみひらいた。

「どうしてわかるんです」

「そういう話を雑誌か何かで読んだことがあります。中国にはひとりっ子政策のせいで戸籍をもたない子供がたくさんいる」

ケイは頷いた。

「その通りです。李は黒孩子《ヘイハイズ》でした。それだけでなく、実の親に売られるように、蛇頭のボスに預けられて育ったんです」

木は顔をしかめた。

「話を聞いていると相当つらい子供時代を送った人のようですね」

「ええ。生きのびるためには何でもした、と本人もいっていました」

〝かわいそうたあ、惚れたってことよ〟、木は胸の中でつぶやいた。同情が愛情にかわったのだろう。まっとうなお嬢さまにはありがちな話だ。

いかん、いかん、とあわてて自分を叱咤《しった》する。もしケイがメール男と組んで李をハメたのなら、それすら作り話かもしれない。

「でも、そんなひどい環境で育ったにもかかわらず、李は向上心をもった人でした」

「向上心？」

「ええ。日本語を勉強し、偽のパスポートを手に入れてまで日本にきたのは、蛇頭の下働きからぬけだしたいという、強い気持があったからでした」

「ぬけだして何をしようと?」

「まっとうな仕事をして成功したい、とよく口にしていました。戸籍もない自分のような人間は、ちゃんとした教育をうけられず、大企業につとめることもできない。だからといって一生、犯罪者のような暮らしはしたくない。どこかで人生を逆転して、人から敬《うやま》われるような人間になりたい、と」

「人生を逆転、か」

「そのためには大金が必要になる。そう考えて、悪い仕事に手をだした。その結果、あんなことになってしまったのだと思います」

「その悪い仕事というのは何です? もしかすると丸山組とはそこでつながっているのですか」

木は訊ねた。ケイは首をふり、あいまいな笑みを浮かべた。

「これ以上はわたしにもわかりません。わたしは彼に、地道に働くことを勧めた。上べではそれを聞くふりをして、何かをしたのでしょう」

「でもその李さんは死んでしまったのでしょう。だったらなぜ丸山組の人が捜すのですか?」

「ですから厳密にいえば、捜しているのは李ではなく、李がどこからか盗んだ何か、かもしれません」

「盗んだ……」

「ニュースなどで、暴力団と中国人が組んで盗みをやっている、というのを見ます。ＡＴＭを壊したり、地方のお金持の家に強盗に入ったり、とか」

「それで？」

「李は丸山組の人と手を組んで何か犯罪をおかした。ところが喧嘩になって殺されてしまったんです」

「なのに盗んだ品ものがどこかにいってしまって見つからない。それで丸山組が捜している？」

　ケイは頷いた。

「そんなところかしら」

「だったらなぜ警察にいわないのです？　警察は暴力団にはすごく厳しくしています。カタギの人を少しでも威したら、すぐに逮捕しますよ」

「ええ。でも李はその暴力団の仲間だったかもしれない。そう考えると、一一〇番する気になれないんです」

　木はケイを見つめた。

「それだけですか」

「それだけ、とは？」

　ケイは見つめ返した。

「怒らないで聞いて下さい。李という人が、人生の一発逆転を狙って何か犯罪をしでかした。それには丸山組も関係していた。その結果、李さんは命を失った。元山さんのお話はそういうことでしたね」

ケイは無言で頷いた。

「李さんが逆転を狙った背景には、あなたとのことがあった。つまり、あなたのために、といってはなんだが、これからの二人の人生をよりよく生きるために、犯罪に手をだした」

ケイは木を見つめている。

「責めているのではありません。ですが、李さんの動機の中に元山さんの存在が大きかったのではないか、と思っています」

「それはあったと思います。李はお金に困っていました。わたしが貸してあげることも何度かあって、それを彼は屈辱《くつじょく》に感じていたようでした」

木は頷いた。

「するとこういう推理が成り立ちませんか。李さんは丸山組と組んでおかした犯罪で、何か価値のあるものを手に入れた。そこで仲間割れが起こって、殺された。ですがその価値のあるものを、あなたに渡したくてどこかに隠した。それがいまだに見つからず、丸山組は捜している」

ケイは唇をかんだ。

「わたしがそれを隠していると?」

急いで木は首をふった。

「ちがいます。もしあなたが隠しているなら、とっくに西麻布のお店をたたんで、外国に逃げているでしょう。三年もたっているのですからね。それをしていないのは、あなたもその宝ものがどこにあるかわからないからだ。そしてその宝ものは、李さんが自分とあなたのために命がけで手に入れた品だ。それをあっさり、李さんを殺した丸山組に渡したくない、と考えている」

　ケイの表情はかわらなかった。木はつづけた。

「だから警察に届けなかったのではありませんか。もし警察がでてきたら、たとえその宝ものが見つかっても渡さなければならないからです。恋人が自分たちのために命がけで手に入れたものを、あっさり返すのは忍びない」

　ケイは小さく息を吐いた。

「木村さんは鋭い方ですね。そういう気持が、わたしにないといったら、嘘になるかもしれません」

「もうひとつ」

　木はいった。

「李さんを殺した犯人はつかまっていないのですか」

「ええ。警察からはその後何もいってきません」

「だとしたら、その宝ものを手に入れるのは、李さんを殺した奴の鼻を明かすことにもなる……」

「わたしがそんなことまで考えていると？」

　木はケイを見つめた。

「知り合ったばかりでこんなことをいうのは失礼かもしれません。でもあなたは強い人だ。自分の気持を裏切ることなく生きていらっしゃるように思います。あなたが本当に李さんのことを好きでいたのなら、今まで私がいったように考えない筈はない、と思うのです」

ケイは黙った。ただじっと木を見つめている。木は背すじがぞくぞくするのを感じた。この瞬間、自分とケイは、今までとはまったくちがう場所に踏みこみ、向かいあっている。

「つまり復讐、ですか」

ようやくケイが口を開いた。

「ある意味では」

ケイはワイングラスに手をのばした。グラスに半分近くあった赤ワインを一気に飲み下した。

「木村さんは、本当に頭のいい方ですね。わたしの考えていることをすべて当ててしまいました」

「──本当ですか」

「ええ。李が盗んだ品ものを見つけるのは、李を殺した犯人に対する一番の復讐だとわたしは考えています。ただし、それを自分のものにするかどうかは別です。本来のもち主に返したって、復讐は復讐なのですから」

「恐くないのですか」

「何が、です」

「仲間割れして、李さんを殺した犯人が」

ケイはわずかに目を伏せた。

「ときどき恐い、と思うことはあります。けれども、恐いより、李を殺した人への怒りのほうがたいてい勝っています。李が死んで、わたしの心も少し死にました」

　木も思わずワインに手をのばした。

「すごいことをいいますね」

「でも本当です。心の全部が死んでいたら、今わたしはここにいなかったでしょう」

「元山さんに同情します。同時に、その李という人に嫉妬《しっと》も感じる。死んでしまっても尚、ケイさんは李さんを愛している」

　ケイは不意に天井を仰いだ。その目が潤《うる》んでいることに気づき、木は胸が詰まった。

「愛、かしら」

　鼻声でケイはいった。

「そんな単純なものではない、と思います。怒りもあります。わたしとの約束を破って、悪いことに手を染めた。あげくに殺されてしまう。死んでしまったら、元も子もないのに……。愛と怒り、それに自分自身に対する後悔。気づいていたら、李を止められたかもしれない。そうすれば、彼は死なずにすんだ」

　木はケイを見つめていた。強い感動に、言葉がでない。自分の気持をひと言で表わすなら、「かっこいい」だ。ケイはきれいだとか好ましいを超えて、かっこいい女だった。

　自戒も役に立ちそうにない。もっと真剣に惚れてしまいそうだ。

「……参ったな」

ようやく木はいった。

「何が、です」

瞬きし、ケイはいった。その目尻からすっと涙がひと筋、こぼれ落ちる。

「これはもう、全面的に味方するしかありません。元山さんを助けられるなら、俺は何でもやりますよ」

「助ける？」

ケイは涙目で微笑んだ。

「そうです。元山さんを助けたい。本気です」

力をこめていった。

「木村さんが、わたしを？　助ける？」

笑みを浮かべたまま、ケイはくり返した。

「そうです。何か変ですか」

妙な胸さわぎを覚えながら、木は訊ねた。

「嘘つき」

ケイは短くいった。

「嘘じゃない。なぜそんなことをいうのですか」

「それは木村さんが嘘つきだから。木村という名前だって本当はちがうのでしょう」

血がひいた。

「どうして……」

ケイは鼻をすすり、さらに笑みを大きくした。

「お膳立てはすばらしかった。素敵なレストランだし、味も最高。ワインも本当にいいものを選んでくれて。すっかりだまされるところだった。いい人、頼れる人、あなたをそう思いかけていた」

「そう思って下さいよ。本心からいっている」

木は不安を押し殺していった。ケイが首をふった。

「それは無理よ」

「なぜです」

「あなたは三年もたっている、といった。わたしがいつ、李が死んだのは三年前だといった？」

雷に打たれた。頭が白くなり、木は体がこわばった。何も言葉が思い浮かばない。唯一、思ったのは、〝俺は大馬鹿だ〟。

黙りこんだ木にケイはやさしくいった。

「どうしたの？　何かいって。いいわけをして」

やさしいが、胸を抉《えぐ》る鋭さがある。

木は大きなため息を吐いた。自分の恋心が最大限にふくらんだ瞬間に、針がさしこまれた。ぺしゃんこだった。ずたずた、ぼろぼろ。

「あなたの言葉は半分当たって、半分外れている」

「外れているのはどこかしら」

「俺が本気であなたを助けたい、と思ったところ」

「当たっているのは？」

「俺があなたに自分を偽《いつわ》っていたところ。木村というのは俺の名前としてはまちがっていない。本名は別にあるが、俺を木村と認識している人間は多い。だからそれはどうでもいい。ただし、俺はあなたと李のことを知っていた」

「あなたが殺したの？」

木ははっと顔を上げた。

「とんでもない。俺があなたたちのことを知ったのは、ほんの一週間かそこら前だ。依頼人がいて、あなたのことを調べるように頼まれたんだ」

「探偵なの？」

「そう看板は掲げちゃいないけど、まあ、そんなようなものかな」

「依頼人は誰？」

木は舌を唇で湿らせた。

「三年前、李と組んだ連中だ」

ケイが何かをいいかけたので、あわててつけ加えた。

「李を殺したのはそいつらじゃない」

ケイは無言で木を見つめた。涙は乾き、木がこれまで見たことのない、冷たい顔になっている。

それが、嘘をついた自分への冷たさなのか、ケイの本性を示す素顔なのか、木は気になった。

「じゃあ誰が殺したの？」

　木は首をふった。

「俺は知らない。本当だ。俺の仕事は、李がもち逃げした金をあなたがもっていないかを調べることだった」

「金？　それはお金だったの？」

　木はそっと席の周囲を見回した。

「八千万円。丸山組組長を誘拐して奪った、身代金だった」

　ケイは息を呑《の》んだ。

「そんな……」

「組長は無傷で戻り、警察に届けもでなかった。だが犯人を、いまだに丸山組は捜している」

「それが李なの」

「李と、俺の依頼人だ」

「誰？」

「それをいうわけにはいかない。丸山組に知られたら、その連中は消される」

「ひとりじゃないのね」

　木は頷いた。

「そうだ」

ケイは目を閉じた。呼吸を整えようとしていた。やがてぱっと目を開けて、訊ねた。

「お金は見つかっていない、そういうこと？」

「たぶん。もしもっている人間がいるとすれば、あなたしかいない、そう誰もが思っている」

ケイは首をふった。自嘲《じちょう》的な笑みを浮かべた。

「ありえない。わたしにもしそんなお金があったら……」

あとはいわなかった。木は力をこめていった。

「俺もそう思っています。あなたは李から金を預かっちゃいない。あの日、丸山組の二代目のせいであなたと実際に喋る羽目になったけど、それ以前から俺はいろいろと調べていました。だからあなたが金を預かっていないと信じている」

「いろいろ調べた、とは？」

木はいい淀んだ。

「つまり……自宅とか、生活習慣とか――」

ケイの目に怒りの光がきらめいた。

「わたしを監視していたの」

木は目を閉じたくなった。

「まあ……そういうことです」

ケイが立ちあがろうとした。

「待って。もう少し俺の話を聞いて下さい」

木は急いでいった。中腰になったケイは、不信の気持を露《あら》わにした嫌な目つきで木を見つめている。

「これ以上、何を話す必要があるの。あなたは嘘つきで、お客さんを装ってわたしに近づいた。目的は李が盗んだお金。わたしはそのお金がどこにあるかなんて知らない。あなたのお役には立てないわ」

辛辣《しんらつ》な言葉だった。木はうなだれた。だが今ここでケイと別れたら、関係回復のチャンスは二度とない。けんめいに食いさがった。

「確かに俺はあなたをだました。でも今はこうしてすべてを話しています。あなたの知らないことを俺は知ってる。互いに知らない情報をだしあったら、復讐の役に立つかもしれない」

「お金を見つける、ということ？」

「それだけじゃない。李を殺した犯人がわかる」

ケイの目が木の目をとらえた。冷ややかではあるが、興味を惹《ひ》かれている。

ケイが席に腰をおろした。

「あなたを雇ったのは誰？」

「その話をする前に、ひとつ質問をさせてもらえないかな」

「いいわよ。そのかわりわたしがひとつ答えたら、あなたもひとつ答えること」

木は頷いた。頷く他なかった。いったん敵に回すと、ケイがこれほど容赦のない女だとは思わなかった。もっともそのことは、木のケイに対する気持を少しも覚めさせなかった。むしろますます尊敬の気持が強まったほどだ。

「じゃあ訊く。あなたの周囲に、身内、元恋人、あるいは仕事上のつきあいのある人でもいい、丸山組か関係する組織の人間はいるかな」

ケイの目を見つめた。

「いない」

即座にケイは答えた。

「本当に？　たとえばフロントと呼ばれている企業舎弟で、金貸しをやったり不動産屋をやっているようなのもいない？」

「いない。暴力団とかそういう関係の人間は大嫌いなの。少しでもそんなのとつきあいがある人だったら、口もきかないわ」

ケイは断言した。

「第一、もしわたしにそんな知り合いがいたら、李に悪い仲間とのつきあいをやめろなんていえる筈がないでしょう」

「確かに」

木は頷いた。ケイが途方もない〝女優〟でない限り、その言葉は信じてもよさそうだった。

「じゃあこちらから質問するわ。李と組んだという人は誰？」

木は息を吸いこんだ。勝負だ、と思った。

「坂本という男だ」

「他にもいるのでしょう」

「花口」

その瞬間、どこからか丸山組二代目が現われ、例のにやにや笑いを浮かべながら、

「いやあ、ご苦労、ご苦労」

というのではないかと、木は緊張した。

しかし、現われなかった。レストランの隅で、木とケイは二人きりで向かいあっている。

木はほっと息を吐いた。

「何者なの？」

「それは、こちらの質問に答えてもらってからでいいかい」

ケイは顎をそらせた。不満げではあったが頷いた。

「いいわ。どうぞ」

「丸山組の二代目だけど、いつ、どういう理由で、あなたのところにやってくるようになった？」

「その質問には、ふたつの問いが含まれている。どちらも答えたら、あなたもふたつ答えるのよ」

「いいとも」

「あの人がくるようになったのは、あなたが初めて店にきた少し前、そうね、半月くらい前かしら。突然店にきて、李の古い友だちだといったの。でもすぐ変だと思った。どう見てもまともな

仕事をしている人ではないし、李のことをいろいろ訊いたら、答があやふやだった。だから二度とこないでくれといったの」

「そのとき、李の起こした事件のことは聞かなかった」

「三つめの質問ね。いいわ。何もいわなかった。李の古い友だちで最近会ってない。恋人が西麻布で雑貨店をやっていると聞いていたので、探してきた、といったの。わたしが李は死んだというと、驚いたような顔をしていたわ。もちろんお芝居かもしれないけど」

木は頷いた。

「じゃあこっちの質問。坂本と花口という人は何者なの」

「元丸山組組員だ。三年前はそうだった」

ケイは首を傾げた。

「なぜ誘拐なんてしたの」

「組から借金があり、その追いこみで苦しんでいた。そこに大金を稼がないかともちかけた人間がいたんだ」

「何者?」

「わからない。メールだけで接触して、犯行の手順まで指示をした。李を使えといったのもその人間だ」

「今もわかっていないの」

「いない。李を殺したのだとすれば、その人間だと俺は思っている。とりあえず〝メール男〟と名付けているが」

　これで三つだ。

「メール男はなぜ李を使えといったの」

　質問の数はどうでもよくなってきた。

「丸山組と一切関係のない中国人を犯人として表に立たせる必要があった。坂本と花口にはそういう中国人に心当たりがなかった。困っていると、メール男が、李偉文という中国語学校の先生を使えといってきた」

　ケイの目が広がった。

「そうだ。つまり、李とメール男の間にはつきあいがあった。同時に、メール男は、丸山組の内情にも通じていた。メール男の正体に心当たりはあるかい？」

「ないわ」

　ケイは首をふった。

「ちなみにいうと、丸山組二代目と李は、実際に顔を合わせている。身代金のうけ渡しのためで、場所は渋谷のクラブだった。そのときに二代目が李の顔を知っていたら、すぐにつかまっていただろう。だがそうはならず、身代金をうけとった李はクラブからまんまと逃げだした。だがそれから行方がわからなくなった。そして――」

「東京湾で見つかった」

　ケイは苦しげにいった。

「そう。金は行方不明だ。坂本たちにも渡っていないし、丸山組もとり返していない。となると、メール男が奪ったか、あなたが隠しているかのどちらか、ということになる」

「わたしは隠していない」

「それは俺も信じる」

ケイはほっと息を吐いた。

「でも、なぜ今なの？　三年もたっているのに……」

「俺が雇われたのは、坂本たちがこの三年、刑務所に入っていたからだ。連中は万一、組にバレたときのために保険をかけた。李が行方不明になった直後、メール男から自分たちのことがバレそうになっているという知らせがきて、自分で自分を警察に密告したんだ。連中はしゃぶ、覚せい剤の管理を組から任されていたんだ。その罪で三年の実刑をくらった。ところがム所に入ってみると、自分たちのことはまったくバレていないことがわかった。あとの祭りだな。でてきて、組は辞めたが、金の行方がわからない。といって、今さら組やあなたの周辺を嗅ぎ回るわけにもいかず、俺を雇ったというわけだ」

ケイはつぶやいた。

「そうだったの……」

「三年あればいろんなことができる。なのに丸山組の二代目まで今になって動きだしたのはひどく奇妙だ。といって、その理由を本人に訊くわけにもいかない」

木はいって笑ってみせた。

つられたようにケイの唇もほころんだ。

「よかった。これで俺のことを少しは信用してくれますか」

笑みを浮かべたまま、ケイがいった。

「まさか」

がっくりきた。

「どうすれば信じてもらえる？　坂本たちに雇われたのは確かに仕事だが、あなたのことを助けたいと思っているのは、真心だ」

「真心……」

ケイはあきれたようにいった。

「わたしから話をひきだすためにここまで周到な準備をする人に真心なんてあるの？」

木は天を仰いだ。

「俺はクライアントの秘密をバラしたのは初めてだ。なぜかといえば、凛《りん》としたあなたの生き方に惚れこんじまったからだ。俺は――」

「もういいわ」

ケイが言葉をさえぎった。

「食事もそろそろ終わりだし」

「ここで俺を放りだすのかい」

ケイは息を吐いた。

「まだ聞きたい話はたくさんある。でもお酒を飲むとか、そんな気分にはなれない」

木はいった。

「じゃあこうしよう。こっからそれほど遠くない場所に俺の事務所がある。誰にも見せたことのない事務所だ。ふだんの居どころがバレたら、危ないこともあるからね。そこへあなたを連れていく。誤解しないで。コーヒーをご馳走《ちそう》するだけだ。それでどう？」

ケイは考えていた。

「こんな話を、そこらの酒場や喫茶店でつづけるわけにいかないだろう」

木は尚もいった。本気だった。力ずくで女を何とかしようと考えるほど田舎者ではないつもりだ。

「――いいわ」

ケイがいった。

「そこを見ておく。何かあれば警察にも教えられるし」

10

食事代は決して安くなかった。もちろん木《もく》は大喜びで払った。自分のドジのせいで、正体がすっかりバレてしまったが、この先よけいな芝居をケイにしないですむのは、怪我の功名という奴かもしれない。ケイが自分を信じて、これから組んでくれればの話だが。

殺風景な事務所だったが、足を踏み入れたケイは珍しげに中を見回した。

「ここで暮らしているの」

「半分以上はね。このビルはもうじきとり壊される。俺みたいな仕事の人間にとっては、どこに事務所があろうが、信用には関係ない。俺個人の名前も、だ。要は依頼した仕事をきちんとやれるかどうかがすべてなんだ」

コーヒーメーカーでコーヒーを落としながら木は説明した。ケイは応接セットにかけている。膝《ひざ》の上に上品なバッグをおいていた。

せこい事務所に、和服姿のケイはおよそ似合わない。

「家族は？」

「いない。ひとりだ」

「楽しい？」

意表をつかれた。マグカップにコーヒーを注ぎかけていた手が止まる。

「何が」

「こういう仕事、それにこういう暮らし」

コーヒーを注いだカップをケイの前におき、木は向かいに腰をおろした。コーヒーをすすり、考えこむ。

「たぶん、楽しいのだろう。嫌だったらきっとちがうことをしている」

「でも誰も信用していないのでしょう。だからすぐになくなってしまうようなビルにオフィスをかまえる。何年かしたら、あなたの痕跡《こんせき》が消えてしまうから」

「参ったな」

木はつぶやいた。

「二度目よ、そういうの」

ケイはコーヒーをひと口飲み、

「おいしい」

とびっくりしたようにいった。

「コーヒーは好きなんだ。酒は、別にこだわらないけど」

「人を信用しないのは昔から？」

ケイが訊ねた。

「誰も信用しないわけじゃない。ただこの世界では——」

「待って、この世界って何？」

ケイが訊いた。

「つまり、俺が仕事をしている世界」

「暗黒街？」

木は苦笑した。

「古いね。まあ、でもそれに近い。きちんとした企業がかかわることがあっても、裏の面だし、あとはやくざとか金貸しとか、マトモじゃない連中と顔を合わせる機会のほうが多い。そういう連中は、仕事の上での信用や評価は大切にするけど、個人的にあまり仲よくなったりはしない。前の仕事では組んだ、でも今度の仕事では敵、みたいなことがある。だから、深くつきあうとかえってしんどくなる」

「そういうのがあなたにとって楽なのね」

「楽とか楽じゃないとかは考えたことがないな。そういうものだと思っているだけさ。タクシーの運転手が、車の運転をするときにハンドル切るのを楽とか楽じゃないとかは思わないだろう。コックが料理をするのとも同じ。包丁でキャベツ切るのを面倒くさいとか思わない」

「運転や料理は、それじたいを楽しいと思って職業にする人もいる。あなたはどうなの」

木は返事に困った。こんなことを訊かれたのは初めてだ。もっともケイでなければ、まともに答えようとはしなかったろう。自分がなぜそうなのかすら、ふだんは考えないのだから。

「俺は、そうだな。楽しいとまでは思わない。もちろんつらいと感じることも少ないが」

ケイの目が木をじっと見すえた。

「初めからこういう仕事をしていたわけではないのでしょ。元は何をしていたの」

さすがにこの問いにまで馬鹿正直に答えるのはためらわれた。

「ふつうの仕事さ」

「ふつうの仕事って?」

「サラリーマン」

ケイは無言で見つめている。まるで信じているようすではない。しかたなく木はつづけた。

「あんまり向いてなかった。何ていうのかな、本人はマジメに働いているつもりだし、それなりに仕事をこなしているのに、はたから見ると手を抜いているように映るらしいんだ。もっとマジメにやれ、とか、あげくには、この仕事を馬鹿にしているのだろう、とかいわれて、上司とケンカになることもあった」

これは実話だ。

「わかるわ」

ケイが頷いた。

「あなたは嘘がうますぎる。そのせいで、初めのうちは全部を信じてしまうけど、一度疑いをもち始めたら、いっている言葉はどれひとつとして信用できない。まるで二十四時間、誰かを演じているようにしか見えないのよ」

「役者になればよかったかな」

「そうね。でも主役は無理」

「厳しいな」

「顔が悪いとか、そんなことをいっているのじゃないわ。どこか真実味に欠けるの」

木は息を吐いた。

「そういう人間に興味をもったりはしないのかな」

「もつわよ。あなたが本当のことを話してくれるなら。わたしがなぜ李に惹かれたかわかる？」

木はすわり直した。首をふり、ケイを見つめる。

「教えてほしい」

「李もあなたに似たところがあった。黒孩子《ヘイハイズ》で、子供の頃から作り話ばかりして生きてきた。そうしないと自分を守れなかったから。別に、嘘をついて人からお金をだましとったり、利用したり、ということではなかったのだろうけど、相手に自分の本質をわからせないやり方に長《た》けていたの」

「自分の本質をわからせないやり方……」

木はつぶやいた。

「とても愛想がよくて冗談をいったりして、相手の警戒心を解く。ふつう、人は相手を信用するためにいろんなことを知りたいと思う。たとえば出身地や仕事、育った環境。でも李は、相手がそういう質問をする前に自分のペースに巻きこむの。いつのまにか打ち解けてしまって、何となくこの人はいい人だな、と思わせるのが得意だった」

「あなたにもそうだった？」

ケイは頷いた。

「だから逆にわたしは警戒した。この人は何か隠している、だから自分をわからせない演技をしているのだ、と感じたの」

「それを李にぶつけた？」

「あるときね。個人レッスンで、彼と会う機会は増えていった。授業のあと、いっしょにお茶を飲んだり、ときどきはご飯を食べたわ。それが何度かあって、彼との距離がまったく縮まっていないことに気づいたの」

「なるほど。初対面のときから愛想がよくて親切で、でもそれがずっとかわらない」

「そう。自分の本当の姿は何ひとつ教えない。個人的な質問は冗談ではぐらかす。すべて演技だった。『感じのいい李先生』の演技」

「それで？」

「わたしが怒ったの。たぶん李もわたしのことを嫌いじゃないだろう、とわかっていたから。『ずっとこのまま、いい人をつづけるの？　それとも生身の人間を見せてくれるの？』って」

「見せたんだ」

ケイは微笑んだ。

「少しずつね。自分の生《お》い立ちや日本にきてからのことを話してくれるようになった。わたしのまるで知らない世界。わたしが興奮して聞くので、彼は驚いていた。きっと嫌がると思っていたのよ」

それはそうだろう。不法滞在中国人の日常をおもしろがる一流企業ＯＬなど、そうはいない。

眉《まゆ》をひそめ、距離をおこうとするのがふつうだ。

「女はね、秘密が好きなの」

ケイはいった。

「それも、他の人が知らない、自分だけが知っている秘密。李の話はそれだった。中国語学校の他の生徒や先生には決して話さないような、生い立ちや、悪い仕事のことを、わたしだけが知っている。それがわたしを惹きつけたの。この人は、わたしだけに本当の自分を見せている、そう思ったら特別な存在になった」

俺もそうしてるぞ、胸の中で木はつぶやいた。

「わたしがかわっているのかもしれない。でも李のことを知れば知るほど、何とかしなきゃ、と思うようになった」

「何とかって？」

「真実を話してくれたお返しに、何かをしてあげたいって思ったの。あの人は、まともな人間になりたかった。犯罪じゃなくて、お金をいっぱい稼げるようになりたい、と考えていた。それを手助けしなきゃ、と考えたわ」

「それで他の連中とのつきあいを断たせた？」

「そう。まともになりたいと思っていても、李のような立場の人は弱みがある。病気になったって病院にはいけないし、早い話、自分ひとりの力じゃアパートひとつ借りられない。その結果どうしても、悪い人たちとのつきあいが生まれる。医者を紹介してくれたり、部屋を世話してくれるような人は、たいてい悪事にも手を染めている。だからこそいろんなコネがあるわけでしょう。そういう借りを作ってしまったら、人手が足りない、力を貸してくれといわれても断われない。もしかするとそれが犯罪行為かもしれないと疑っていても、嫌だといえず手伝うことになる」

その通りだ。日本にいる不法滞在外国人の百パーセントが犯罪を目的としてやってくるわけではない。彼らを犯罪にひっぱりこむのは、ある種の〝互助会〟のような組織なのだ。〝互助会〟

がなければ、日本で生きていくことはできない。その結果、〝互助会〟への借りを返すため、犯罪に手を染めることになる。

つまり、日本にくるまでは、犯罪とは縁のなかった人間が、〝互助会〟のせいで犯罪者になっていくのだ。

「するとあなたは、李の中国人仲間にかわって、李がこの国で暮らしていけるような手助けをしたということかい」

「そう。一番簡単なのは、彼と結婚することだった」

どきりとした。

「でもさすがにわたしもまだそこまでの決心はできなかった。結婚となれば、両親や親戚にもかかわってくる。だから、友だちに頭を下げて、保険証やアパートの名義を借りた。幸い、わたしのことを信頼してくれる友人はたくさんいたから」

木はほっとした。

「それに李も、結婚には反対だった。わたしたちがうまくいくようになればなるほど、李はわたしの世話になるのを嫌がるようになった。結婚は、最も安易な手段だから嫌だっていわれたわ」

「プライドだな」

木はいった。

「そうなの？」

ケイは涼しげな目で木を見た。

「そうさ。ただ利用するだけの女に、男はプライドなんて感じない。だから嘘をついたりもする。結婚詐欺師を見ればわかる。連中は、偽の経歴や家柄で女を釣って金をひっぱる。だけど本気で惚れた女には、そんな見栄は張らない」

「じゃ詐欺師だと告白するの」

「さすがにそこまではしないだろうけれど、医者だの、大金持のお坊っちゃんだのという嘘はいわない。李はあなたに惚れていた。だからプライドがあった。結婚なんていう手で安全圏に逃げこみたくなかったのだろうな」

ケイは目を伏せた。

「わたしは逆に後悔した。もし、結婚をしておけば、あの人は殺されるような悪事に手を染めることはなかったろうって」

「確かにそうかもしれないが、ずっとあなたに負い目を感じて生きていく結果になった。それじゃペットとかわりがない」

ケイはさっと目を上げた。

「ひどいことをいうのね。わたしがいつ李をペットにしたというの」

「あなたはそうは思わなくても、李のほうがそう感じたろうという話さ。男はそういうものなんだ」

ケイは言葉を失ったように黙りこんだ。木はそれ以上は責めず、コーヒーを飲んだ。今日ので、きは確かに悪くない。

「わたしは――」

やがていいかけ、再び黙った。

木は気づいた。李が死んでからこっち、ケイは李と自分とのことを、誰にも話さず胸にしまいこんできたのだ。

それは当然かもしれなかった。ふつうのカタギの日本人の家庭に育ち、一流企業のOLをやっていた女が、不法滞在外国人で犯罪をおかしたあげく殺された中国人の恋人との思い出話など、いったい誰とできるというのか。忘れたフリをして胸の奥底にしまいこむか、可能なら本当に忘れてしまうだろう。

「わたしは、李を苦しめていたのかもしれない。ずっと考えたあげく、そういう結論に達した」

やがてケイがいった。

「でもそれはあなたのせいじゃない。生きていた世界がちがいすぎた。そういうことでしょうが」

木はいった。

「そう。だから会社を辞めたの」

ケイは木を見た。

「学校をでて、たまたま就職できたからという理由で、わたしは電広にいた。一流企業で、それだけで人は信用してくれる。日本人で一流企業につとめている、自分では何とも思っていなかったそういう立場と、李のおかれていた立場はまるでちがっていた。それに気づかなかったわたしは、知らないうちに李を追いつめて、あんなことをさせてしまった。李がいったいどんな思いで生きていたのか、少しでもそれを知りたいと思って、会社を辞めた。日本人を辞めることはできなかったから……」

　木は首をふった。ため息がでる。本心からのため息だった。

「あなたって人は、とことん、なんだな」

「とことん？」

「とことん李に惚れているってことですよ。死んで三年近くもたったっていうのに」

　木の本音は、ケイにも通じたようだ。

「それだけじゃない。謎が多すぎた。誰に、なぜ殺されたのか、そうなった理由はわたしにある
としても、実際に起こったことを知りたい、とずっと思っていた」

「李が失踪して、死体が見つかった直後とかは、誰からも接触はなかった？」

　ケイは首をふった。

「なかったわ。その頃はまだわたし、会社にいた。もちろん、李のことは誰にも話していなかっ
たけれど、ショックで何日か休んだほど。休んでいる間にずっと考えて、辞表をだしたの。知ら
ない人には〝寿退社《ことぶきたいしゃ》〟か、とかいわれてつらかった」

「辞めてからも、誰からも何も？」

「何も。何かをしようと思いたって、少ない退職金と貯金、それに親からの借金を元手にして、
今のお店を始めた。そのための買いつけにもいった。でも、李が死んで以来、誰かが李のことを

わたしにいってきたのは、丸山が初めて。あなたが二人目よ」

「それはちがう」

木はいった。

「ちがう?」

「畑吹産業の畑吹カズオという男がいた筈だ」

「畑吹?」

わずかに眉をひそめ、ケイはあっという表情になった。

「そういえばお店を始めてすぐの頃、そういう人が訪ねてきた。何となく暗い印象の人で、忘れていた。わたしに困っていることはありませんかって、とてもていねいな態度で訊いた……」

「そう。彼は李の友だちだった。李とはウマがあったそうです。李から、自分に何かあったら、あなたのことを頼むといわれていた。それで――」

「思いだしたわ。あの人も、どこかふつうじゃない感じがした。やくざっぽいとかそういうのじゃないけれど。それでわたし、とっさに、何も困ってないっていってしまった」

「李のことをいろいろ訊かなかったのですか?」

「訊きたいという気持もあったけれど、そのときはお店を始めたばかりで、そんな余裕がなかったの。別れてから、連絡先とかいろいろ訊いておけばよかったと後悔した。でも、その畑吹という人がわたしを訪ねてきたのは、あとにも先にもその一度きりで……」

「あなたの勘は当たっている。畑吹は、非常にヤバい筋の人間です。丸山組ですら、無視したり、怒らせたりできない」

「何をしている人なの」

　木は首をふった。

「今は知らないほうがいい。ただ、畑吹も、李が殺されたいきさつについては、全部を知っているわけではないといっていた」

「あの人がメール男かもしれない、とは思わない？」

「メール男は、丸山組の内部の人間だと、俺も坂本も考えている。畑吹は確かに裏の世界の住人ではあるが、そこまで丸山組の内情に詳しいとは思えません」

「どういうこと？　畑吹さんは、やくざなの、ちがうの？」

「厳密にいえば、やくざではない。やくざというのは、何々組とか何とか会の盃《さかずき》をもらい、組織の一員になっている人間だ。畑吹のいる会社は暴力団ではなくて、その……、暴力団の取引先のようなところなんです」

「弁護士事務所みたいな？」

「近いけど、決定的にちがう点がひとつある。弁護士事務所には、カタギの人間もやってくるけれど、畑吹の会社はカタギの人間とのつきあいがまったくない。取引先は暴力団にせよ、そうでないにしろ、法をおかしている者ばかりなんだ。それもちょっとおかしているとか、そういうていどじゃない。大きく法をおかしている連中だ。逆にそうでなけりゃ、畑吹の会社とのつきあいは生まれない」

「そうなの」

ケイは首を傾げた。

「畑吹はその会社の社長の息子です。いってみれば丸山と同じで二代目だ。ただ丸山とちがうのは、やくざはまだ自分をやくざだと名乗れるが、畑吹は自分んちの稼業をとうてい人にはいえない、という点です」

「いったい何なの？　人殺しをしているとかそういうこと」

「人殺しではないが、それにかなり近い仕事です。ただし、人をだましたりとか、おとしいれたりするような仕事ではない。その点では、畑吹のいっていることは信用できると思います」

畑吹産業に運ばれてくる「マキ」は死人ばかりだ。死人をだますことはできない。

ケイは息を吐いた。

「何となく暗い人だな、とは思っていたけど……」

あれで明るい性格だったらもっと恐い、と木は思った。

「なんでそんな人が李の友だちだったのかしら」

「それは俺にもわかりません。畑吹とは一度、じっくり話しました。どこで李と知り合ったかは教えてくれなかったが、李とは本当の友だちだったといっていた。李が死ぬ前にやった誘拐のことも知っていた」

ケイは木を見つめた。

「知っていた？　丸山組の内情を知らない人が、どうして知っていたの」

「あなたの言葉を借りれば、畑吹も暗黒街の人間だからです。身代金のうけ渡しを李がしたので、丸山組は誘拐犯に中国人がいると知った。そこで事件のあと、片っ端から中国人をさらっては犯人のことを知らないか、威したのです。そのときの騒ぎを、畑吹も知っていた。そこで李から電話がかかってきたときに、大丈夫かと訊いたそうです。そうしたら李ははっきりとしたことは答えず、ただしばらくいなくなるから、あなたを頼む、と畑吹にいった。やがて、死体が見つかった」

ケイは深々と息を吸いこんだ。

「それっていつ？」

木は首をふった。

「具体的な日時まではわかりません」

「でも李と仲がよかったといっているのは、その畑吹さん本人だけでしょう。他には誰もそのことを知っている人はいない。わたしですら知らなかったのだから。それとも、誰か、畑吹さんと李の関係を証明できる人がいるの？」

木はケイを見た。確かにその通りだ。李と畑吹が親しかったことを知る人間はいない。すべては畑吹の言葉でしかない。

「畑吹さんがメール男じゃない、とは断言できないと思うわ」

「確かにそれはそうです。しかし畑吹の味方をするわけではありませんが、もし彼がメール男なら、事件のことを調べている俺に、自分から李との関係を話す必要はないと思いますがね。俺が刑事なら、わざと自分から李との関係を告げて信用させる、というやり方もあるだろうけれど」

「じゃあなぜ、あなたに自分から李との関係を話したの」

「理由は二点あります」

ここは正直にいこう、と木は思った。畑吹はケイにそれほど強い印象を残してはいないようだ。正直にいっても大丈夫だろう。

「ひとつは、あなたを守ってもらいたい、と俺に思っている」

「わたしをあなたが守るの？」

ちょっと傷つくいい方だ。

「丸山組のことがあるからです。あの二代目はひと筋縄ではいかない。ですが畑吹は、あなたに以前拒否されたこともあって、表だっては動けない。そこで俺に頼んだ。まあ、正直にいえば、彼よりは俺のほうが、仕事の中身はまともですし」

売りこんだがそれには反応せず、ケイは訊ねた。

「もう一点の理由は何？」

「畑吹は、李を殺した犯人を知りたいと思っているようです」

「なぜ？　お金？」

「お金ではないでしょう。彼は金に困っていないし、事件から三年もたっている。別に李にお金を貸していたという話も聞かなかった。これは俺の想像ですが、畑吹は敵《かたき》を討ちたいのかもしれません」

ケイは瞬きした。

「事件のことを畑吹と話しました。畑吹は推理をめぐらせていて、それはかなり当たっている。李には共犯者がいて、その共犯者に李が殺されたと考えている」

「それくらいはわたしにだってわかる」

「ここからです。李は身代金を共犯者に渡してはいない。それが理由で殺されたのだ、と畑吹は考えている」

「じゃあ、お金は？」

「畑吹は、あなたがもっていると」

ケイは激しく首をふった。

「馬鹿ばかしい。わたしはもっていない」

「俺もそう思っています。ですが、李が身代金のありかを吐かずに仲間に殺されたと考えるなら、一番もっていそうなのはあなただ」

ケイは顎をひき、まじまじと木を見つめた。

「やはり疑っているのね」

「何を」

「わたしがお金を隠している、と。だから畑吹さんの話までもちだして、わたしに白状させようとしている」

「ちがう、ちがう」

大あわてで木は首をふった。

「なぜそんなことをいうんです。畑吹との話はすべて本当にあったことです。今は、彼がメール男である可能性が低い、という話をしているんです。金をもっているのはメール男だ。李を殺したのもね。だけどメール男のことを知らなければ、李を殺したのと金をもっているのは別の人間だと思う。その結果、あなたが李から金を預かっているかもしれない、と畑吹は思ったのです。俺はそのとき、畑吹にいいました。元山さんは、犯罪で得た金を平気でもっていられるような人には見えない、と」

木を見るケイの目がわずかにやわらいだような気がした。

「本当に？」

「本当だ。何だったら、畑吹をここに連れてきたってかまわない」

「で、畑吹さんは何と答えたの？」

「彼も同感だ、といいました。ただし、その金をあなたがどこかに寄付してしまうことはありうるだろう。赤十字だとか、困っている人を助けるところに」

ケイは笑った。木はほっとした。

「そこまで？」

「ええ。俺もありうる、と思いました。恵まれない子供に、やくざの金を寄付し、何もなかったように平然と生きていく。あなたならそうするかもしれない」

「わたしがお金を預かっていたら、そうしたかもしれない。あの人に悪いことをするなといっておいて、犯罪で得たお金を自分で使うなんて、もちろんできないわ。でもわたしはもっていない。考えてもみて。わたしは李に、悪い仲間とは縁を切ってくれって頼んでいた女よ。そんなわたしに、犯罪で得たお金を預けるなんて、できた筈がない。もしわたしがそれを知ったら、その場で一一〇番するか、彼を連れて警察にいったわ」

ケイの目は真剣だった。

「それは李もわかっていたと思う。だから、わたしにお金は預けなかった」

木は頷いた。やはりメール男が李を殺し、金を奪った犯人なのだ。

「結局、メール男の正体がすべてだ」

「すべて？」

木はコーヒーのお代わりをケイと自分のカップに注ぎ、説明した。

「李には謎が多かった。たとえば人間関係。畑吹と李のあいだにつきあいがあったのを、恋人だったあなたすら知らなかった。それと同じように、メール男と李のあいだにもつきあいがあったが、それをあなたも畑吹も、坂本たちも知らない」

ケイは息を吐いた。

「そうね。あの人は、秘密ばかりだった。わたしには本当のことを話してくれたって思いこんでいたのに、今になってこんなに知らない話がたくさんでてくる」

それは、ついさっきまでたたみこんできたケイとは打ってかわって寂しげで、木はぐっとくるのを感じた。

「李にもいいぶんはあったでしょう。悪い仲間とのつきあいは、そう簡単に断てるものじゃない。畑吹とはいいつきあいをしていたようだが、その畑吹にしたって、まともな仕事じゃない。その上、人生を逆転したいという野心をもっていたら尚さら、秘密は多くなる」

ケイは無言だった。その目が赤く潤んでいる。やがて鼻声でいった。

「忘れようって、ずっと思ってた。あの人を殺した奴は憎いけど、忘れなけりゃ自分まで殺されたのと同じことになる。だから――」

木は頷いた。

「わかります」

ケイが木をにらんだ。

「わかりますなんていわないで。あなたも思いださせた張本人なのよ」

「それはそうですが、その前に丸山がいる」

ケイは小さく頷いた。

「犯人をつきとめないと駄目ね」

小声でいった。

「え？」

「メール男よ。李を殺し、お金を奪った奴。そいつがわかれば、皆、わたしをそっとしておいてくれるでしょ」

「確かにね」

ケイは顔をあげ、訊ねた。

「メール男の正体がわかったらどうなるの？」

「それは、誰に、ということ？」

「あなたの依頼人」

木は考えた。金はとり返そうとするだろう。だが、殺すほどの度胸は、坂本たちにはない。しかも二人はつとめを終えたばかりだ。木は正直に答えた。

「金はとり返そうとするでしょう。ですが、殺すことはない。メール男が今も丸山組と関係しているなら、正体を組にバラすぞと威すだけで、金は戻ってくるかもしれません。ただ――」

「ただ？」

「誘拐にかかわった者の中では、メール男が最も頭が切れるし、容赦がない。正体をつきとめたからといって、下手につつけば、あべこべに殺られてしまう可能性がある」

ケイは頷き、考えていた。やがて訊ねた。

「畑吹さんが正体を知ったら、どうするかしら」

「それは畑吹の腹しだいだ。彼は俺には、もし李を殺した奴がわかったら個人的に挨拶にいきたい、といっていた」

「それは――」

「まあ、今の段階で、実際、どうなるかを考えてもしかたがありません」

木ははぐらかすつもりでいったが、駄目だった。

「木村さんは畑吹さんとじっくり話したのでしょう」

「ええ」

「つまり畑吹さんは、あなたが、李を殺した犯人や奪われたお金について調べているというのを知っている」

「その通り」

「犯人がわかったら教えてほしい、といわれなかったの」

「そこまではいわれてません」

だが訊かれたら、ごまかすのは難しいだろう。畑吹は〝知らん顔〟を許す人間ではない。あの夜、じっくりと話してしまったことで、借りとまではいわないが、一種の義理のようなものが、畑吹に対しては生じている。それは木も否定できない。

ケイは見抜いているのだ。

「――たいへんね」

ケイがそういったので、木は目をみひらいた。

「何がです」

「木村さんの立場。依頼してきた人たちにはせかされ、わたしや畑吹さんには、わかったことをあれこれ話さざるをえない。でも最後の最後まで、公平に皆に話をすることはできない。お金が欲しい人、犯人を知りたい人、木村さんはどんどん追いつめられるわよ」

「よくわかりますね」

感心して、木はいった。

「その通りです。なんでこんな羽目になってしまったのか」

「だったら断わればば？　今、仕事を降りるといったら、木村さんは何かされるの？」

「いや、何もされはしないでしょう。ただ相当疑われる。身代金のありかをつきとめたので、それを独り占めしようとしているのではないかと。もしかすると、あなたに丸めこまれたと、連中は思うかもしれない」

その可能性は高い。殺されはしないだろうが、疑心暗鬼《ぎしんあんき》になった坂本たちが、最悪の場合、自分をさらって痛めつけるくらいまではあるかもしれない、と木は思った。

「そうなったらどうなるの」

「さあ、依頼人はがっかりするでしょう。それに俺の評判も悪くなる」

ケイはおかしそうな顔になった。

「評判？」

木は頷いた。

「けっこう大切なんです。法律に触れるようなやり方をしていても、依頼人に正直で尚かつ答をだせば、評判は悪くならない。でも、依頼人を裏切ったり、頼まれたことがきちんとできなければ、評判は悪くなる」

「それって仕事がこなくなるってこと？」

「もちろんそれもありますがね……」

木は答えて、ひと呼吸おいた。

「評判の悪い人間てのは、いつかババをつかまされるんです。それが恐い」

ババをつかまされるとは、本人だけが知らずに抜けだせないような危ない立場に踏みこんでしまうことだ、と木は説明した。

「つまり、ハメられるのね」

「そう。評判のいい人間なら、誰かがハメようとしても、まだその人間がいなくなったら困ると思う人が忠告をしてくれるんです。『その仕事はヤバいからやめたほうがいい』とか、ハメようとしている奴に、『あいつは使える人間なのだから、潰すような真似をしたらただじゃおかないぞ』と威しが入ったり。でも評判の悪い人間はちがう。本人だけが知らずハメられているのを見ても、誰も助けちゃくれない。それどころか、『やっぱりな。ああいういい加減なことをやってるからだ』なんていわれちまったりする」

「ハメられたらどうなるの？」

木は肩をすくめた。

「刑務所に長いこと入るか、殺されるか。ハメた奴のやり方とその理由によります。要は、別に俺が憎くてハメるのではなくて、誰かババをひく役目が必要な仕事をするときに、『あいつならちょうどいい』と、その役を知らされずに押しつけられる。皆んなそれをわかっていて知らんふりをするわけです」

ケイは手もとに目を落とした。

かれた立場にぴったりあてはまってしまう。

「李もそうだったのかしら」

　木はしまった、と思った。なにげない〝業界〟についての話のつもりだったが、まさに李のおかれた立場にぴったりあてはまってしまう。

　しかしいい加減な慰めは口にできない。本当に李がそうであった可能性もあるからだ。

「何ともいえません。李は、メール男の指名で、坂本たちの仲間にひき入れられた。坂本の話では、組長を誘拐するという計画を打ち明けられたときも動揺はしなかったそうです。それどころか、人を殺すのか、とも訊いた」

　ケイの顔にショックをうけたような表情が浮かんだ。が、あえて木は無視した。いつまでも死んだ李のことをひきずっているなら、このくらいのショックは与えておいたほうがいい。それに嘘をついているわけではない。

「もし李がその時点で二の足を踏んだら、坂本たちは李を殺すつもりでした。計画を知っていて仲間に加わらないような人間を野放しにしておいたら危険ですからね」

　ケイは無言で頷いた。

「ところが李は、この際、全員、中国人のふりをしたほうが安全だと、中国語の特訓を買ってでたそうです」

　ケイは目を閉じ、息を吐いた。

「そこでひとつ訊きたいことがある」

　木がいうと、目をぱっと開いた。感情をすべて押し殺したような、厳しい目だった。

「何？」

「坂本は、変声器を使ったメール男と、電話を通して会話した、といっている。李の日本語はどのていどのものでしたか」

「それは、電話だったら、日本人だと相手に思わせられるかということ？」

さすがだった。ケイは質問の意図を見抜いている。木は頷いた。

ケイは首をふった。

「それは無理。ヒアリングはほぼ完璧だったし、ボキャブラリーも豊富だったけど、あの人の喋り方には訛《なまり》があった。電話だけでも日本人じゃないと見抜かれたと思う」

「すると李が自作自演で自分を推薦したという可能性はやはり消えるか」

木はつぶやいた。

「李は、その人たちとどうやって会ったの？」

「会ったも何も、坂本たちはいきなり訪ねていったそうです。連中は以前、闇金の仕事をやっていたので、名前や仕事さえわかれば、あれこれ調べるのは得意だった。いきなりきた坂本に、お前のことを推薦した人間がいるといわれたときは、怪訝そうではあった。しかも、丸山組には知り合いがまるでいないといい、坂本もそれは信じられると考えた」

ケイが何かいいたげにしたので、木は先回りした。

「その点に関する、坂本や俺の結論はこうです。李はどこかでメール男と知り合っていたが、それが丸山組の関係者だとはまるで知らず、メール男も隠していた」

ケイはぼんやりとした顔で頷いた。

「そうね、そうかもしれない。でもどこで？」

「それをあなたに訊きたい。たとえば李の生徒とかに、それらしい人間はいませんでしたか」

ケイは瞬きし、考えこんだ。

「自分の生徒のことは、ときどき話してくれた。彼は個人授業専門で、生徒の家までいっていたから……」

「どんな人間がいました」

「どこかの工場のオーナー。中国に工場を作ろうとしていて、勉強をしている。もう六十を過ぎているから覚えが悪くて困る、といってた……」

「他には？」

「中国語学校の生徒もいたわ。学校の授業についていけないので、家庭教師がわりに頼んだ」

「他は？」

ケイは首をふった。

「わたしが知っているのはそれくらい」

「では李がつきあっていた友だちはどうです？　日本人で名前を聞いたことのある人は？」

「いない。あの人は、わたし以外の日本人とのつきあいを話さなかった。初めの頃、新宿時代に知り合った中国人の名前はときどき聞いた。でも日本人は……」

「いなかった？」

「ええ」

やはり自分のすべてを決してさらけださないタイプの人間だったのだ。

木が黙っていると、ケイは泣き笑いのような表情を浮かべた。

「なんだかわからなくなってきちゃった。わたしは李とつきあっていて、自分たちは恋人どうしだと思っていた。でも李はどうだったのだろう。わたしを利用しているだけだったのかしら。それを知らず、わたしはあの人をマトモにしようと無意味な努力をしていたのかもしれない」

「そこまで考えることはない」

木はいった。

「人にはいろんなタイプがいるものです。たとえ相手を信頼し、好ましいと思っていても、自分のすべてを打ち明けられないような人間もいる。子供の頃、周囲にひどい裏切りをうけたり、自分に強い自信をもてなかったり、理由があれば、それはありえないことではない。李がたとえあなたに秘密をいくつかもっていたからといって、あなたをだましたり利用していたとは限らない」

「木村さんもそういうタイプなの？」

不意に質問のほこ先が自分に向いたので、木はどぎまぎした。

「俺ですか」

ケイはまっすぐ木の目を見つめている。

「あなたも自分のことをすべてはさらけだしたりしないでしょう」

「ええ。確かにそうです。俺の場合は、安全上の問題もある。こういう商売ですから。だからといって、たとえばあなたをだましたり利用しようという気はない」

「本当に？」

「誓ってもいい」

木はいった。ケイはいく度か頷き、腕時計に目を落とした。

「あら、もうこんな時間だわ」

十二時近くなっていた。

「送っていきますよ。酔いももう醒めたし」

「そんな……」

「車がすぐ近くにあります。もう、俺が送り狼になるなんて心配はしなくていいでしょう？」

ケイはくすりと笑った。

「そうね。わたしも木村さんは信じていいかもしれない、と思い始めた」

「よかった。だったら頼みがあります」

「何？」

「つらいかもしれないが、李のことを思いだして下さい。メール男の正体につながるようなつきあいがなかったか。なにげないひと言とか、以前いったことがある、といった場所や店、そういうのを思いだしてほしいんです」

ケイは真剣な顔で頷いた。

「木村さんは、仕事をつづけるのね」

「今のところ、俺が仕事をつづけることと、あなたとのおつきあいは、矛盾しない」

どきどきしながらいった。

「そう。そうね。考えてみれば、李のことをこんなに話せた人は初めて」

「だったら、最初に嘘をついたのは勘弁してくれますか」

ケイは考えていた。

「――全部を帳消しにはできないけれど」

そのいい方が気になった。信じていいかもしれないといっているのに、すべてを帳消しにはできないという。

「それはなぜですか」

「嘘が嫌だから。結局、李はわたしに嘘をついていて、しかもそれを責めることもわたしには許されなかった。好きだった人が死んでしまって、なのにその人に嘘をつかれていたとわかったとき、どうしようもないくやしさや悲しさが残る。本当ならひっぱたいてやりたいし、あんたなんかどこかいってしまえ、と罵《ののし》ってもやりたい。でもそれができない。もどかしい、くやしい、腹が立つ、いろんな感情があって、でもそのどれひとつとして、解消することができない。全部呑みこんで、他人には打ち明けず、生きてきた。だから、なの。嘘は嫌」

木は深く頷いた。それはその通りだろう。

「わかりました。あなたには嘘をつかないと約束します。もしつかなければならないようなことになったら、前から消えましょう」

本音だった。やっぱり俺はこの女に惚れている、と木は思った。

11

ケイのマンションまで、木《もく》は車で送った。木がその場所を知っていることに、ケイは驚いたようすを見せなかった。

「知ってるのね」

といっただけだ。

「ええ。中に入ったことはありませんよ」

木は急いでいった。マンションの前で車を止めた。

「そうだ。今日はごちそうさま」

ドアを開け、ケイはいった。

「いいえ。また、近いうち、情報交換をしましょう。それと、もし何かあったら、俺の携帯に電話を下さい」

ケイは小さく頷いた。

「じゃ」

「おやすみなさい」

するりとケイは助手席から降りた。和服なのに、信じられないような軽やかな身のこなしだ。

木は息を吐き、車を発進させた。ケイとの関係がぐっと近づいたことは確かだ。だが、依頼された調査の仕事は、すっかり暗礁《あんしょう》にのりあげてしまった。

事務所には戻らず、木は新宿へと車を走らせた。できれば使いたくなかったコネを使う他ないようだ。

走りながら、イヤフォンマイクをつけた。携帯の〝A〟で、ある番号を呼びだした。相手も携帯電話で、何度かの呼びだしのあと、留守番電話にかわった。

「木だ。連絡をくれ」

吹きこんだ。

五分とたたず、かかってきた。

「久しぶりだな、おい。生きてんのか、心配していたぞ」

相手はいった。

「何とかな。今、どこだ」

「サウナだよ。当直なんだ。署にいんのも馬鹿くせえからよ、ひとっ風呂浴びにきた」

「どこかで会えるか」

「マッサージの予約入れちまったからな。そうさな、二時半だったらいいぜ」

歌舞伎町にある終夜営業の喫茶店の名を相手は口にした。

「わかった。二時半にそこにいく」

木はいって、電話を切った。

信号で止まり、財布の中身を確認した。レストランの支払いをしたので、やや心もとない。コンビニのATMで少しおろしていったほうがいいだろう。

これから会うのは、四谷《よつや》警察署の刑事だった。もとは新宿署にいたが、あまりに評判が悪くなりすぎて、異動となったのだ。それでも管轄のうんと離れた署までトバされなかったのは、上の弱みを相当握っているからだという噂があった。

たぶんそれは本当だろう。しこたま金を貯めていて、クビになっても、困ることは何ひとつないと豪語している。恐いのは、パクられて、貯めこんだ悪銭《あくせん》を洗いざらいもっていかれることだ。あとはもうひとつ。警官じゃなくなれば、これまで痛めつけた連中が、一気にお礼参りにやってくる。殺されはしないにしても、腕や足の一本はとられるだろう。

それくらい、あちこちに恨みを買っている男だった。

時刻ぴったりに、その男、鬼塚《おにづか》はやってきた。名は体《たい》を表わすというが、性格にはまさにぴったりの名前だ。ただし風貌《ふうぼう》はそうでもない。

細い黒ぶちの眼鏡をかけ、ノータイで白いワイシャツにピンストライプのスーツを着けている。中背だがほっそりとしていて、刑事につきもののいかつさはみじんもない。むしろ、水商売か、やり手の金貸しのように見える。黒ぶちの眼鏡は実はだてで、左の目尻にある傷跡を隠すためのものだ。傷跡が露わになると、とたんに鬼塚の顔には凶悪な雰囲気が漂う。

「よう、久しぶりだな。もう消された頃かと思ってたぜ」

奥まったボックスで高々と足を組むと、鬼塚はいった。洒落たブーツをはいている。

「俺が消されるくらいなら、先に消されていい人間が目の前にいる」

むっつりと木がいうと、鬼塚はけたたましい笑い声をあたりに響かせた。

「あいかわらずだな、おい。その強気がいいよ」

腕時計をのぞいた。

「じゃ、早速《さっそく》、仕事に入ろうか」

鬼塚は〝情報料〟として、十五分一万円の料金をとる。一時間いっしょにいれば四万円だ。何でも知っているわけではないが、嘘はつかない。ただし、知っていてもいいたくないこと、喋ってはマズいことについては、「知らない」というときはある。

鬼塚が知っていて「知らない」といっているのか、本当に知らないのかは、木の側で見きわめる他ない。ただ黒いものを白いといったり、ないことをある、といわないのだけは信用できる。

「丸山組だ」

木はいった。

「最近、何か噂を聞かないか」

「別に聞かないな。しみったれの組長はそろそろ引退したがっていて、輪をかけてしみったれの二代目は、まだ面倒な親分稼業を継ぎたくないみたいだ。その二代目は、親父よりは頭が回るという評判だが」

「組のシノギはうまくいっているのか」

鬼塚は顎をなでた。

「そこそこ、だろうな。ケンカは下手だが、商売はうまい。指定をうけるほどの大所帯じゃないんで、闇金やら不動産に手をだしていても、暴対法にひっかからないフロントを上手に使っている」

「そのフロントだが、目立つのはいるか」

「目立ったらフロントとはいえねえだろ。極道の匂いをこれっぽっちもさせねえで商売してこそのフロントだ。バックをちらつかせたりするようなのはフロントとはいえねえ。そんな真似をすりゃ、すぐもってかれる」

「三年ちょっと前、中国人がやたらにさらわれた話を知ってるか」

わずかに間をおき、鬼塚は、

「知らねえな」

と首をふった。

知っている、と木は思った。だが答えたくないのだろう。

「じゃあ、李という中国語学校の教師が東京湾に浮かんだ一件は？」

これについてもとぼけるかと思ったが、ちがった。

「そいつは覚えてる。妙な一件だったからな」

「妙、とは？」

「李はもともと新宿にいた男だった。その頃は使い走りだったが、要領がよくてそこそこ度胸もあったんで、のしていくだろうと周りからも見られてた。昼間弁当屋で働きながら、夜は中国人相手の博打場《ばくちば》のしきてんや用心棒みたいな仕事をしていた」

しきてんとは見張りのことだ。警察の手入れや強盗、殴りこみなどに備え、博打場の近くの路上でじっと立っていなければならない。最も下っ端の仕事で、それだけにつらい。

「しきてんから用心棒には、早くあがったのか」

「半年やそこいらだな。つっ立ってるだけの馬鹿じゃそうはいかねえ。それなりにはしっこかったのだろうよ」

しきてんを卒業してようやく、中の仕事にありつける。用心棒というと、腕っ節だけのようだが、実際はボーイのようなものだ。客のために煙草を買いに走ったり、タクシーを止めて待たせておくような仕事も、用心棒の役割だ。

「その頃、李を使ってたのはどんな奴だ」

「康《コウ》って男だ。黒龍江《こくりゅうこう》省の出で、博打場の他に飲み屋を二軒やってた。二年前に送還された」

「二年前か」

木はつぶやいた。

「李は三年ちょっとで、康に博打場を任されるくらいのとこまで出世した。だがあるとき、ふいっと康のもとをでてった。カタギになったらしいって噂もあったが、ろくすっぽビザももっていないような野郎が、そんな簡単にカタギになれるわけがねえ、と俺は踏んでた」

「それで？」

「それから二年くらい音沙汰《おとさた》がなかったのが、骨になって見つかったというわけさ。俺は直接見たわけじゃねえが、日本人の女がきて、死体の身許を確認したらしい。おそらくその女のヒモみてえなことをしていたのじゃないか」

「どうしてその女に身許確認の役目が回った？」

「指輪だ。死体の指に指輪が残っていて、名前だか日付が刻まれてた。それで調べたら、作ったのが銀座の一流どこの宝石屋だった。その宝石屋に指輪を買った女のクレジットカードの記録が残ってた」

電広の本社は銀座にある。ケイにしてみれば、銀座の宝石屋で指輪を買ったのは、あたり前の選択だったのだろう。

「李に犯歴は？」

「ない。つかまりゃ、入管難民法違反じゃあったろうが」

木は不思議な気がした。犯歴もない李について、なぜ鬼塚はここまで詳しいのか。

「やけに詳しいな。理由があるのだろ」

鬼塚は横目で木を見た。煙草の煙を吹きあげた。

「お前と同じ理由だ」

「同じ理由って？」

「三題噺《さんだいばなし》じゃねえか。丸山組、中国人、李、とくりゃ」

「わからんね」

木はとぼけた。鬼塚はあきれたように笑った。

「三年前、中国人グループが、どっかの組の親分をさらって、身代金を一億がとこ、せしめた。外聞をはばかった組は被害届をださなかったんで、どこの組だかはわかってない。が、このご時世で一億ものキャッシュを右から左に動かせるような組はそうない。しかも指定広域あたりの親分をさらったんじゃあとが恐い。そうすっと丸山組あたりがちょうどはまる。犯人がつかまったって噂は聞かないが、親分が戻ってきてからその組は血眼《ちまなこ》になって犯人捜しをやったらしい。それから少しして、カタギになっていた筈の李が骨になって見つかった。李が誘拐グループの一味だったらしいとは、誰でも思いつくことさ」

「他の犯人についちゃどうだ。たとえばさっきの話ででた康とかは」

「康はやってねえ。康のところの手下がずいぶん疑われたが、その一件があったとき、康は別の中国人グループ、確か上海《シャンハイ》系のどっかとケンカのまっ最中でな。そんな余裕はなかった筈だ。康の手下が二人殺られ、康も仕返しを命じた。それが原因で奴は送還されたんだ」

「じゃあ、他の中国人は」

「わからねえよ、そんなのは。李が誰と組んでたかがキモの話だが、何せ奴は二年近く、新宿には近づいていなかったんだ」

「金についちゃどうだ」

鬼塚は首をふった。

「李を殺した奴がもっていったに決まってる。そいつが何者にしろ、日本に残っている理由なんかないね。中国に帰るか、カナダあたりに飛ぶか、いずれにしても今頃は左うちわだろうよ」

「じゃあ李は殺され損か」

「そんな世間話で金を使っていいのか？　まあいいや。早い話がそうなるな」

「だがそこまで間抜けじゃなかったと、あんたはいったぜ」

「はしっこい、といったのさ。どんなに頭が回ったって、それより回る奴は、世の中にいる。李はそいつに使われたのだろうさ」

木は鬼塚を見つめた。

「あんた、その一件について調べたな」

鬼塚はとぼけた顔になった。

「なんで被害届もでてねえのに俺が動く？」

「被害届がでてないからこそさ。犯人を見つけりゃ、金をとれる」

鬼塚は答えなかった。貧乏ゆすりをしながら、アイスコーヒーをストローで吸う。

「それで、見つけたのか、犯人を」

木は訊ねた。

「見つけてたら、ここで小銭を稼いじゃいねえだろう。俺が働くの嫌いなの、知ってるだろうが」

おもしろくなさそうに鬼塚は吐きだした。

「何か手がかりはなかったのか」

「犯人のうちの最低ひとりは、丸山組の関係者に決まってる。身代金で使った銭は、しゃぶの買いつけのために用意してあったものだ。ところが誘拐の直後、しゃぶの保管係をやっていた組員が二人、密告《ちくり》でさされてツトメにいった。タイミングがよすぎる。ム所の中は一番安全だからな。最初はそいつらかと思った。というのも、でてきてすぐ、そいつらは足を洗ってる。金もねえのに足を洗えるわけがないからな。ところが、二人とも本当に食いつめてるらしくて、昔の知り合いに金をせびりにいっている始末だ。だからちがう、と俺は踏んだ」

坂本と花口が聞いたら震えあがるだろう。知らぬ間に刑事に疑われ、内偵にかけられていたのだ。

「じゃ、誰だ」

木の問いに鬼塚は首をふった。

「わからん。そいつらじゃないとすりゃ、犯人はまだ丸山組の中にいるな。事件のあと、チンピラを除きゃ、丸山組から足を洗った人間は他にいない。とすると、まだ残っているわけだ。ただし――」

「ただし？」

「そこまで周到な絵図を描けるようなのがいるとは、思えねえんだ」

木は息を吸いこんだ。

「なるほど」

「もしかすると犯人は全部中国人で、たまさか丸山の組長をさらってみたら、現ナマがあった、そういうことかもしれねえ」

　息を吐いた。

「運のいい奴らだな」

「そうなるな」

　鬼塚は答え、煙草を灰皿に押しつけた。

「他に質問は？」

　木は頭を働かせた。

「ないようだ」

　時計を見た。三十五分経過している。四十五分と同じで三万円だ。

　木が財布をとりだすと、鬼塚が止めた。

「今日はいらん」

「え？」

「かわりに話をしてもらいたい」

「何の」

「俺とじゃねえよ」

　鬼塚はいって、にやりと笑った。木の背中に冷たいものが広がった。

「やあやあ、伊藤さん、じゃなくて木村さんか」

　背後から降ってきた声に、木の体はこわばった。ふりむくと、満面の笑みを浮かべて、丸山組二代目が立っていた。

　木は鬼塚に目を戻した。

「どういうわけだ、これは」

「俺もいろいろ義理があってな」

　鬼塚は唇を指先でなでながら答えた。

「心配するな。俺の目の届くところで、切った張ったはなし、というのが約束だ」

　木の隣に、丸山は腰をおろした。

「今日のスーツはまたぐっと決まってますねえ」

　笑いながらいう。

「ずっと捜してたんですよ。で、こちらの先生に相談したら、そういう人なら心当たりがある、という。だからもし次に会うことがあったら、ぜひ教えて下さいとお願いしてました」

「条件は俺といっしょだ。嘘はつかねえ。知らねえことは知らねえといっていい。そうだな、三十五分じゃキリが悪いから、四十分てとこでどうだ」

「四十分、何なんだ」

「丸山さんと話をしてもらう」

　丸山はにたにたと笑っている。木はあたりを見回した。

「大丈夫、俺ひとりですから」

　その言葉通り、店内にやくざらしい者の姿はない。

「何を話すんだ」

「まあまあ」

丸山はいって、左腕を木の肩に回すと、木の頭ごしに腕時計を見た。ロレックスの金ムクだ。

「じゃ、今から四十分、てことで」

木は向かいの鬼塚を見た。

「あんたもここにとどまるのか」

いきなり丸山の腕が木の首を絞めつけた。

「話す相手は俺だよ」

「おいおい、あんまり俺の前で無茶すんな」

鬼塚がいった。

「こいつだって元は俺と同じ商売だ。何かあったらうるさいことになるぞ」

「何だと」

丸山は木の顔をのぞきこんだ。

「お前、元デカか」

「あんたには関係ない」

「そういうことはきっちりしといたほうがいいぞ。場合によっちゃ身を守ることもある」

鬼塚がいったので、木はにらんだ。

「場合によっちゃ消されることもある」

「答えろよ」

丸山が木の肩を揺さぶった。

「そうだよ。それがいけないのか」

木はいった。

「どこだよ」

「いいたくないね」

「築地署だよ」

鬼塚がいった。

木は唸った。

丸山が訊ねた。

「なんで辞めたんだ」

「関係ないだろう」

丸山は鬼塚を見やった。

「いいのか、こういう答え方をしても」

「うーん、嘘をついているわけじゃないからな。答えたくないといっているのと同じだ。まあ、いいのじゃないか」

鬼塚は足を組みかえ、余裕のある表情でいった。

「あ、そう。じゃあいいよ。本題に入るとするか。お前、探偵なのだろ。誰に雇われてんだ?」

「答えたくないね」

「あのさ、全部そんな返事する気なら、殺すよ」

丸山が木の耳に口を寄せ、いった。ついでに耳たぶをかんだ。

「痛っ」

「福耳じゃないの。削《そ》いだら、運が落ちちゃうかな」

「これは脅迫じゃないのか」

木は鬼塚にいった。

「ん？　聞こえなかったな」

「誰が雇ったって訊いてんだろ」

丸山が再度訊ねた。

「あんたも会ったろう」

しかたなく木はいった。ここはもう一度、畑吹カズオの名を借りるしかない。

「いろいろ会ってるよ、俺は」

「畑吹さんだよ」

ん、と鬼塚が唸った。

「なんで畑吹がお前を雇うんだ」

「李と畑吹は仲がよかった」

「仲がよかったから何だってんだ」

「畑吹は、李を殺した奴を知りたがっているんだ。見つけたら挨拶にいきたいといってたよ」

木は丸山の顔を見つめ、答えた。

「そうかい」

丸山の表情はかわらなかった。

「物騒な奴が物騒なことをいってるじゃねえか。え、おい」

鬼塚がいった。

「なんで李と畑吹は仲よしだったんだ」

木は鬼塚をにらんだ。

「知らんね。訊いたが教えちゃくれなかった。知りたかったら、訪ねていって訊いたらどうだ」

「お前さ、俺が畑吹を訪ねていって困るのは誰だ？　お前だろうが」

鬼塚はため息を吐いた。

「畑吹の狙いは本当は金なんだろう」

丸山が訊ねた。木は首をふった。

「俺はそうは思わん。どっかの組がせっせと畑吹産業に『マキ』を送りこんでいたとき、畑吹は心配して李と話したそうだ。『お前は大丈夫なのか』と。李はそれには答えず、『自分に何かあったらケイを頼む』といった」

「ケイって誰だ」

鬼塚が訊ねた。しまった、と木は思った。この上、鬼塚までケイの周囲をうろつきだしたら、収拾がつかない。

「李の女だ。この女が李をバラして金をがめた」

丸山がいったので、木は思わずいった。

「証拠はあんのか」

「ない。だが他にいないだろう。誰が金をがめる」

「李の中国人仲間さ」

丸山は首をふった。

「ありえねえ。うちはとことん中国人を洗ったんだ。李の仲間は見つからなかった」

「そりゃ中国に逃げ帰ったからじゃないのか」

鬼塚がいった。丸山が答えた。

「野郎が日本にきてからこっち、つきあいのあった中国人て中国人を洗った。だが、李と組んだという野郎は見つからなかった」

「ケイが李を殺したのなら、なんで堂々と店をやっているんだ」

木はいった。

「そのほうが怪しまれないからさ。あの女はカタギだ。変に逃げ回らないのが一番安全だとわかっている」

「だったらなんで締めあげねえ」

鬼塚が訊ねた。

「デカのセリフじゃねえな」

丸山があきれたようにいった。木も同感だった。

「カタギだからさ。李が死んじまった今、三年前のうちの被害とあの女をつなぐ線はねえ。あの女がサツに駆けこんだら、うちは痛めつけられる」

「試してみろよ。もしその女がほしなら、駆けこまねえかもしれないぞ」

鬼塚がいった。確かに一理ある意見だ。だが丸山は首をふった。

「駄目だ。この一件じゃ、直接、俺が動いている。裏目にでたら、もっていかれるのはこの俺だ」

「なんで二代目のあんたがそこまでやるんだ?」

「決まってるだろう。親父の恥を上塗りしたくないからだよ」

妙だ、と木は思った。

「三年前の一件は組中が知ってる。今さらそんなカッコをつけてどうするんだ」

木がいうと、首を絞めつけられた。

「お前は黙ってろ」

木は鬼塚を見た。

「どうやら俺たちの知らないことを、丸山さんは知ってるみたいだ」

「やかましい」

「丸山さんよ」

鬼塚が反応した。

「本当はあんた、組うちにいた誘拐犯のメンバーを知ってるのじゃないか」

「知ってるわけないだろう。知ってたらその野郎は今頃、生きちゃいない」

「証拠がないのさ。それでケイの周りから何かつながる線がでないか、嗅ぎ回っているんだ」

木はいった。丸山は怒りを爆発させるかと思ったが、意外に平然としている。

「何いってんだ、お前。身内の人間だったらそんな手間暇かける必要がどこにある。金は女がもってる。まちがいない」

木はあてが外れた。丸山は木の首をさらに絞めつけた。

「よう、お前は畑吹に頼まれて女を洗ってるんだろ。女が犯人だったら、畑吹は女を殺って、金を横どりしようと考えているのだろうが」

「畑吹はそこまで金に困ってない。第一、もしケイを犯人と考えてたのなら、三年前にとっくに自分で何とかしているだろう」

木はいった。鬼塚が同意した。

「それは筋が通る話だ。確かに知ってて三年もほったらかしというのは妙だ」

「そんなの何があるかわからないだろう。三年の間に、金に困ってあの女のことを思いだしたのかもしれん」

「畑吹は俺にケイを守ってやってくれといった。狙っている奴がそんなことをいうか？」

木はいった。丸山は首をふった。

「お前はハメられてるんだよ。畑吹は女をバラして金をとる気だ。だが相手がカタギだからスケープゴートが必要になる。女の周りをうろちょろしているお前は、格好だ」

「もしケイが殺されたら、まっ先に疑われるのは俺じゃなくてあんただろう」

木はいい返した。これは図星だったようだ。丸山の表情がかわった。

「いいか、こっちは被害者なんだ。なのにさらって痛めつけもせず、穏便《おんびん》に調べてやってんだ。それをつけあがりやがって、何因縁つけてんだ」

「それは俺にいってるのか。それともケイにいってるのか」

「両方だよ。手前ら、極道を甘く見るんじゃねえ」

鬼塚が笑いだした。

「まったくだ。この一件は本当に笑えるぜ。世間じゃ泣く子も黙る極道者がさらわれたり、金をふんだくられたり。あげくの果てに警察が恐くて、犯人の一味の女にも手だしできないときている」

木は嫌な予感がした。鬼塚がこんなに機嫌がいいのは、金の匂いを感じとったからだ。つまりはこの騒ぎに加わる気なのだ。

丸山も同じ印象のようだ。身をひき、嫌なものを見る目つきで、鬼塚をにらんでいる。

「よう」

鬼塚が丸山にいった。

「この件、俺に預けないか」

「何を、どう預けろっていうんだ」

「決まってる。お前はとられた組の金を回収したいのだろ。相手がカタギと畑吹産業なんで、ふだんのやり方ができなくて煮つまってる。だったら警察手帳が役に立つってもんだよ」

「ほっといてくれ」

丸山は首をふった。

「あんたの手をわずらわせるほどのことじゃない」

「大丈夫だって。丸山組に迷惑がかからないように、その女を締めあげてやるよ。金のありかを吐かせ、ついでに組うちにいる誘拐犯の正体もつきとめてやる」

鬼塚はうけあった。最悪だ、と木は思った。

「いくらだ」

丸山がいった。

「一億の半額といいたいが――」

「八千万だ」

丸山が鬼塚の言葉をさえぎった。

「親父の身代金は八千万だった」

「じゃ八千万の半額といいたいが、これだけでどうだ」

鬼塚は指を二本立てた。二千万という意味のようだ。

「金をもってるのが誰にしろ、全額が残っているわけないだろう。三年もたっているんだ」

木はいった。丸山と鬼塚が同時に木を見た。

「残ってなきゃ、あの女と家族の一切合財《いっさいがっさい》をふんだくってやる。それでも足んなきゃ、ソープでもどこでも沈めてやらあ」

丸山がいった。いってから、ちらりと鬼塚を見てつけ足した。

「八千まるまるとれなかったら、二千は無理だ。回収できたキャッシュの四分の一。それ以外の回収ぶんは、こっちのものにさせてもらう」

「馬鹿いえ。銭を、金《きん》や宝石にかえてたらどうするんだ」

鬼塚が唸った。

「株って可能性もある」

木はいった。ここは何とか、鬼塚と丸山を決裂させなければならない。

「俺はケイはほしだと思わんが、仮りにほしだとしても相当頭がいい。キャッシュで今の今までもっているわけがない」

鬼塚は横目で木を見た。

「じゃこうしようぜ。回収が、どんな形でいくらできたかにかかわりなく、千五百万だ」

「五百万だ」

丸山がいった。

「一千万」

鬼塚がいった。丸山は考えこんだ。

やがていった。

「いいだろう。そのかわりこいつを預かっていく。もっと叩《たた》きたいんだ」

木の首をひきよせた。鬼塚は口をへの字に曲げた。

「しかたねえな」

「俺に何かあったら、ケイは警察にすっとんでいくぞ」

木は必死でいった。ここで丸山組にひき渡されたら、死ぬまで痛めつけられるのは見えている。

「それに今夜、あんたと俺が会ってることを知ってる人間は他にもいる」

鬼塚の表情がかわった。

「誰だ」

「築地の知り合いだ。情報が欲しくて、さっきまで会ってた」

木は思いつきでいった。

「心配ねえ。あんたと別れたあと、さらわれたことにすりゃいい」

丸山がいった。

「大声だすぞ。あんたらの名前を叫んでやる」

木はいった。鬼塚が破顔《はがん》した。

「冗談だよ。かつてのデカ仲間を売ったりしねえって。駄目だ、丸山さんよ。こいつに今何かあったら、俺が動きづらくなる」

木はほっとした。

「お前らデカは結局、そうやってつるむんだ。人の弱みにつけこみやがって」

丸山は吐きだした。

「そうカッカすんなって。丸山組が被害者だというのはわかってる。だから悪いようにはしない」

涼しい顔で鬼塚はとりなした。

「ふざけんな。俺は失礼させてもらうぜ」

丸山はいって腰を浮かした。

「待てよ」

鬼塚がいって、釘を刺した。

「俺が動く以上、よけいな真似はしないでもらおうか。組の人間をちょろちょろさすのじゃないぞ」

丸山は苦い表情で頷いた。

「動くとすりゃ、俺ひとりだ。親父の恥を上塗りしたくねえっていったろうが」

「ならいいよ。ただし俺のことは喋るなよ」

木には、鬼塚のやり口の想像はついた。丸山を悪者にして、ケイにとりいる気だ。正義の味方の刑事登場というわけだ。

丸山はやってられない、という顔で頷き、店をでていった。

丸山の姿が見えなくなると、鬼塚はにやりと笑った。

「危なかったな、おい」

「よくいうぜ。人のことを売ろうとしやがって」

「野郎に元デカを殺せるほどの度胸はねえよ。本気でお前をぶっ叩くのなら、若い奴を待たせていた筈だ」

鬼塚はいって、ウェイトレスに手をあげた。

「おおい、ここコーヒーお代わり」

「俺も失礼する」

いった木をひきとめた。

「待てよ。捜査情報て奴をもらおうじゃないか。まずそのケイって女のヤサからだ」

「本気なのか」

「あたり前だ。今どき、千のキャッシュをこんなに簡単に稼げると思うか」

「簡単じゃない。ケイのバックには畑吹がついてる。奴は腹がすわってる。いくらあんたが現役でも、いざとなりゃ『マキ』にされちまうぞ」

せいぜい木は威してみた。だが鬼塚はこたえたようすもなくいった。

「だいたい畑吹のところだってのさばりすぎだろうが。そのうちぶっ叩いてやろうと思っていたんだ。もしガタくれやがったら、本庁の組対にチクってやる」

組対とは、組織犯罪対策部のことだ。かつての捜査四課（暴力団担当）が組みこまれている。

木はあきれていった。

「なんでそんなヤバい橋渡ってまで、金が欲しいんだ」

鬼塚がつかまって悪事が露見するのを恐れるやくざは決して少なくない。そのために金を払ってはいるが、いったん裏切られると疑えば、まっ先に鬼塚を消しにかかるだろう。警察官を殺せば、報復は生半可ではすまない。だがそれでもいざとなれば、鬼塚を消そうと考える組はいくつもある筈だ。

「もったいねえからだよ。銭儲けのチャンスが目の前にあんのに、みすみすフイにする馬鹿がどこにいる。お前とはちがうんだ」

「その話はしなくていい」

木は尖った声をだした。鬼塚は、木が警官を辞めた理由を知っている。

ふん、と鬼塚は笑った。

「俺たち警官は役者みたいなものなんだ。舞台の上にいるときだけ、役割を演じていりゃいいのさ。今は舞台の上じゃない。プライベートの時間だ。役者だってバイトするだろう？　それと同じだ」

「役者のバイトは、手がうしろに回らんぜ」

「お前は小心者すぎるのさ。俺のバイトは、悪党から銭をせしめるだけだ。上を見てみろ。平気で税金を食ってやがる。あんなきたねえ裏金作りに比べりゃ、俺のやってるのは、世直しみてぇなもんだ。さっ、吐けよ、その女のヤサ」

しかたがなかった。ここで逆らえば、鬼塚は丸山組を動かすか、あることないこと並べたてて、木を拘束してくるだろう。元警官とわかって煙たがってくれるのは極道くらいのもので、警察組織は容赦しない。むしろ辞めた奴ほど怪しいと考えている。

木はケイの住居と仕事を話した。

「接触してんのか、お前」

「ああ」

「もうやめとけ。こっから先は俺がやる」

「冗談いうな。俺にも仕事がある」

「そんなの忘れちまえ。殺されるよりマシだ」

鬼塚はいやらしい目で木をにらんだ。

「お前、その女とできてるんじゃないだろうな」

「いいねえ、そうなりたいと思ってるよ」

「ふざけるな。どう考えてもその女は被疑者だ」

「パクる気なのか。パクったら、金は入らんぞ」

木はいった。鬼塚は反応しなかった。木は無気味になった。いざとなれば、覚せい剤か何かをケイの店に隠しておいて逮捕するくらいの荒わざを使いかねない男だ。

「輸入雑貨店か。大麻あたりを所持してても、おかしくはないわな」

案の定、鬼塚はいいだした。

「やめろって。彼女はまっとうだ。一件とは関係ない」

「馬鹿いうな。どう見たって、この絵図じゃ、その女は一枚かんでる」

「かんでるのは、丸山組の誰かだ。そいつが李を殺して金を奪ったんだ」

「それはまちがいないだろうがな。丸山はそう考えてないみたいだ」

鬼塚はいった。

「妙だ。やけに自信たっぷりに金は女がもってるっていってたし」

首をふった。それを見て、木は鬼塚と話をつづける気になった。鬼塚はとんでもない悪徳警官だが、馬鹿ではない。鬼塚が事件をどう読むか興味が湧いた。

「〝うちの子に限って〟て奴だ。まさか組員に親父がさらわれたとは思いたくないのだろうよ」

木はいった。

「いや、奴はそんないい奴じゃない」

「いい奴?」

「組員を信じてねえってことさ。度胸は今ひとつだが、頭は切れる。何かしら匂ってるものがあるから、今になって動いているんだ。三年もたってるんだ。ひとりで動いているのは、親父が知ったらいい顔をしないからだろう。さらわれた本人にしてみりゃ、忘れちまいたい思い出だろうからな」

鬼塚はおかしそうにいって、笑った。

なるほど、と木は思った。そういう見方もあるのだ。

確かに丸山組の組長は事件のことを忘れたいだろう。愛人の家にいて、すっ裸のところをさらわれたのだ。極道の親分としては屈辱的な経験だ。奪われた金は惜しいし、やった奴を一寸刻み五分試しにしたい気持はやまやまだろうが、いつまでも覚えていたくはないできごとだ。組員が面と向かっては口にしなくとも、いないところでは何といわれているかわからない。

それが三年たって、ようやくほとぼりが冷めかけている。いくら息子でもつつき回しているとわかったら、腹が立つにちがいない。

「親父の顔色をうかがっている、というわけか」

木の言葉に鬼塚は頷いた。

「そんなところだろうよ。問題はなぜ今なのかってことさ。何かしら材料が見つかったのか。三年前あれだけやって見つからなかったものがよ」

「そういや三年前はあんた、新宿にいたんだな。本当は『マキ』の騒ぎを知っているのだろう」

「そりゃ知ってたさ」

「知っていて知らん顔したのか。けっこうな数の中国人が殺られたっていうじゃないか」

「殺られたのは、マトモじゃない中国人ばかりだ。街の浄化を邪魔しちゃいかんだろう」

木はあきれて鬼塚を見つめた。確かに殺されたのは不法滞在者ばかりかもしれないが、それにしても刑事のセリフとは思えない。

「だがそこまで人を殺しても、丸山組は犯人を見つけられなかった」

木はいった。

「それはつまり、犯人は中国人じゃなかったってことだ」

鬼塚はこともなげにいった。

「李はどうなんだ」

「李はまちがいないだろう。丸山からも聞いたが、奴は身代金のうけ渡しで、面《メン》をさらしてる。だがあとの連中は、中国人のふりをしていたんだ」

「日本人か」

「たぶんな。新宿には韓国だの、ナイジェリアだのいろいろいるが、中国人が組むなら日本人だ」

「すると李だけが中国人で、あとは日本人だったということか」

「丸山の話じゃ、ほしは三人組か四人組だ。主犯は日本人、こいつはまちがいない。李は、全員を中国人と思わせるための看板役だ。だがそのことを喋られちゃ困るんで、日本人の共犯が口を塞いだ。そのぶん分け前も増えるしな」

「堂々めぐりだ。だったら丸山組にその共犯がいる、ということになる」

「そうさ。で、そいつをつきとめる鍵が、三年という歳月だ。なぜ今か、というより、なぜ三年もたって、あの二代目が動きだしたかだ」

鬼塚は分析した。

「やっぱり怪しいのは、事件の直後パクられた二人の組員だ。元組員か」

「名前は何というんだ」

「お前は知らなくていい」

鬼塚はとぼけた。

「だがそいつらは金に困っているのだろう」

木はいった。

「そうなんだよな。だがよ、足を洗いや、すぐにでも金詰まりをおこすことはわかってた筈だ。なのになんで揃いも揃って、二人とも組を辞めたかだ。それも妙な話だ」

木は黙っていた。坂本たちについて何かをいえば、鋭い鬼塚は、本当の依頼人だと気づきそうだ。

鬼塚ひとりが知っているなら問題はないが、丸山に伝われば、まず確実に二人の命はない。

「丸山はその二人がクサいとにらんでいたということだな」

かわりにそういった。

「ああ。だがクサいと思えば叩いたろう。よほど古参の組員ならともかく、二人ともたいして丸山と年はちがわないんだ」

鬼塚はいった。

「すると丸山組の現役の中に怪しいのがいて、最近になって疑いをもった。ただ手をだしづらい相手なので、ケイの側から攻めている」

木はこれまでの調査で落ちついた結論を口にした。

「いや、それだけじゃない。丸山は女が金をもってると確信しているみたいだ。そこにも何かしらわけがある。もしかすると、もう共犯者はつきとめていて、そいつが金をもっていないことも知ってるのかもしれん」

　木は息を吸いこんだ。

「ケイが金をもっていると吐かせたというのか」

「そこまで握っていりゃ、女をさらってる。近い線だが、確信はねえってところだな」

　といって、鬼塚は笑った。

「そして俺の出番だ」

「俺はもってないと見てる」

「そいつは信用できん」

「なぜだ」

「一、お前はどうやらその女に気がある。二、女がもっていたならいたで、自分とその女でおいしい思いをするつもりだ。だから、釘を刺しているんだ。俺の邪魔をするなと」

　鬼塚は笑いながら木を見つめた。

「いいか、こいつは本気だぜ。もしよけいな真似をしやがったら、痛い思いじゃすまないくらいの目にあわせるぜ。俺は丸山とちがって、いろんな手管《てくだ》を知ってる」

　木は無言だった。

　鬼塚は舌を鳴らし、首をふった。

「納得いかないみたいだな。そうだ、こうしようぜ。俺をその女に紹介しろ。信用できる刑事さんだといってな。そうすりゃお前も俺を裏切れなくなる」

「冗談いうな」

鬼塚は笑みを消した。

「冗談なんかでいってねえよ。俺はその女なんざどうでもいい。もしそんないい女だったら、丸山がソープに沈めたあと、買いにいきゃいいのだから。今は金だ、金。明日、俺をその女のところへ連れていけ。いいな」

何とか鬼塚を排除したかったが、今の段階では難しいようだ。ここは態勢を立て直す他ない。

「わかった」

しかたなく、木は答えた。

12

翌日、起きてすぐ、木《もく》はケイの携帯電話を呼びだした。

「きのうはどうもごちそうさま。もう新しい情報が入ったの？」

「え、いや。今日、あとでお店にうかがっていいですか。紹介したい人がいるんです」

「どんな人？」

木はため息を吐いた。

「仕事でちょっとつながりがある……刑事です」

「刑事、さん？」

「ええ。四谷署にいるんですが、その、あなたの役に立つかもしれない」

ケイは黙った。やがて訊ねた。

「木村さん、その人につかまったの」

「いや、そうではなくて、李のことを知っているんです。元は新宿署にいた人間なので」

「李を？」

ケイの声がわずかに高くなった。

「ええ、それで接触したら、あなたに会わせろ、といいだして」

声に苦々しさが加わるのをおさえられなかった。

「いいわ。李のことを知っている人なら、わたしも会ってみたい。そうね、今日はバイトの子がくるから、夕方なら」

「わかりました、五時くらいにうかがいます」

四時半に六本木《ろっぽんぎ》で鬼塚と待ちあわせた。鬼塚はきのうとかわらないスーツ姿で、ネクタイを締めている。

「いちおう初対面だからな」

鬼塚はにやついていった。その笑みは、六本木通りを歩き、「K's Favorite Things」に到着して、ケイの顔を見るなり、消えた。

「驚いたな」

初めまして、といったケイにつぶやいた。

「どうしました？」

訊ねるケイを、惚れ惚れと見つめている。木は天を仰いだ。

「驚きました。信じられない。何てことだ。いや、すみません」

鬼塚はいい、身分証を見せた。

「四谷署の鬼塚です」

「元山です」

鬼塚は首をふった。

「失礼ですが、岩手《いわて》のほうに親戚がおられますか」

「岩手ですか？　いいえ」

「そうか……」

「なぜでしょう」

ケイが訊ねた。

「私が小さい頃、すごくかわいがってくれた叔母《おば》がいて、叔母といっても、当時二十四、五だったのですが、元山さん、すごく似ているんです。私は実の母よりその叔母になついてました。実家が商売をやっていたせいもあるんですが。だけど、その叔母は、私が十一歳のときに病気で亡くなってしまいました。もともと病弱な人だったんです。元山さんは本当にウリふたつだ。いや、縁起《えんぎ》でもない話で、申しわけないのですが」

木は横を向いた。叔母でなく、病弱な姉、という話を、以前新宿のキャバクラでしている鬼塚を見たことがあった。

「まあ」

ケイは目をみひらいた。

「いや、驚いた。一瞬、言葉がでなかった」

鬼塚はいって、頭をかいた。

「こんなこともあるんだな、ねえ木村さん」

何が木村さん、だ。木は怒りを押し殺し、頷いた。

「あの、ここでは何ですから」

ケイがいい、三人は店をでた。ケイの案内で向かいのカフェテラスに移動する。

「李をご存知だったそうですね」

落ちつくと、ケイが訊ねた。

「ええ。彼は、きた当初からけっこう目立った存在でした」

「目立った存在？」

「何かをやるだろう、ということです。不法滞在をしている中国人の中には、ずるずると不法滞在者になり、その結果、さらに犯罪に手を染めていく者と、最初から法を犯すことを念頭においてて日本にくる者の二種類がいます。後者はたいてい、日本は初めてではなく、以前きておいしい思いをしたので、今度はもっと金を稼いでやろうと野心をもってきます。そのぶんやることも荒っぽくなるし、悪い仲間と徒党《ととう》も組みやすい。日本の言葉や社会にも詳しくなって、悪知恵が働くようになっている。李は、初めての来日だったと思うのですが、明らかにあとのほうでした」

　ケイの顔が曇った。いいぞ、もっと李の悪口をいえ、心の中で木はけしかけた。あげく嫌われてしまえ。

「あの人は……中国人としても、ふつうではありませんでした」

「ふつうじゃない？」

「黒孩子《ヘイハイズ》だったんです」

「ヘイハイズ……ああ、戸籍のない、捨てられっ子ですか」

　鬼塚は無遠慮な笑い声をたてた。

「それじゃあ、尚さらだ。この世に生まれる予定もなくてでてきちまった。親からも歓迎されない子供。幽霊みたいな代物《しろもの》ですよね」

　ケイが居ずまいを正した。

「そこまで悪くおっしゃらなくともいいのじゃないかしら。確かに李は不法滞在者だったかもしれませんが、わたしには何ひとつ悪いことはしませんでした」

　鬼塚を見つめ、厳しい顔で告げた。

「そりゃそうです。元山さん、私は新宿の悪い中国人をくさるほど見てきた。そいつらは仲よくなった日本人の女には決して悪さはしない。なぜだかわかりますか」

　ケイは首をふった。

「結婚したいからですよ。結婚しちまえば、ビザでびくびくせずにすむ。李はあなたと結婚するのが最終目的だった。そんな女に、嫌われるような真似をするわけないでしょう」

　ケイは唇をかみ、息を吸いこんだ。鬼塚はさらにいった。

「賭けてもいい。李は他にもあなたと同じような日本人の女とつきあっていた筈だ。カタギで、裏社会のことは何も知らない、ウブなＯＬさんの――」

「いくらなんでもいい過ぎじゃないですか。元山さんは、本気で李とつきあっていたんだ」

　木はいった。鬼塚は横目で木を見た。

「わかってる。死に別れってのはつらいもんだ。元山さんはだから、今も李のことをひきずっている。けれど、そいつは元山さんの中だけの思い出だってことを俺は教えたいんだ。あなたが覚えている李と本物の李はまるでちがう人間だった」

「鬼塚さんは李と会ったことがあるのですか？」

　ケイが訊ねた。

「ありますよ。奴が康って中国マフィアの下で使いっ走りをやっている頃にね。その頃はまだ駆けだしだったが、けっこうはしっこい奴だと思った記憶があります」

「康さんの名前は、わたしも李から聞いたことがあります」

「李はあのままいけば、康のグループでそれなりの顔になったでしょう。けれどあるとき、すっぱりグループと手を切った」

「わたしが頼んだのです。悪い仲間とつきあうのはやめてほしい、と」

　鬼塚は半信半疑の顔になった。

「表向きはそうかもしれない。でも俺にいわせれば、あいつはもっとでかいことを考えていたんです。康なんざ、せいぜい十人か二十人の小さなグループの頭領にすぎなかった。その中で頭角を現わすといったところで、二番手か三番手だ。李はそんなので満足するタマじゃなかった。もっと大物になりたかったのだと、俺は思いますね。そのためには、永住権をとる必要がある。そこであなたに近づいた」

「では、最初から李はそのつもりでわたしと知り合ったというのですか」

「そりゃそうでしょう。中国語学校の先生なんて、給料は安いし、とうてい食っていける商売じゃない。奴は賭場《とば》の見張りをするだけで、月に三十からはもらい、用心棒になってからは、五十はもらってた筈だ。中国語学校の先生が、そこまで給料をもらえますか。せいぜい月に十か二十だ。ビザもない野郎が、そんな端金で働くには必ず理由がある。あなたみたいなＯＬに近づいて、たらしこむのが狙いだったんです」

「いい加減にしろ。元山さんを傷つけて何の意味がある」

　木はいった。

「傷つけてるんじゃねえ。俺は現実に気づいてほしいだけだ。中国人だけじゃなくて、アフリカ人でもイラン人でも、永住権ほしさにウブな日本人の女をたらしこんでいるワルはごまんといる。その子たちは籍をよごされ、貯金をもっていかれ、あげくにゴミみたいに捨てられているのさ」

「わたしもそうなる筈だったというのですか？」

「おそらく」

平然と鬼塚はいった。

「もちろん李が死んでしまった以上、証明はできませんよ。だけど奴には二つの顔があった。元山さんが知っているのは、その片方だけなんです」

ケイはじっと鬼塚を見つめた。

「わたしがその現実に気づいたとして、何がかわるのです？」

冷静な声でいった。鬼塚はケイを見つめ返した。

「それは元山さんが一番よくご存知じゃありませんか」

「何のことでしょう」

「俺の考えがまちがっていないなら、元山さんはひどくヤバい立場にいる。丸山組はあなたに目をつけている。ふつうならカタギの女の人にやくざ者ががたがたいってくれば、一一〇番すればすむ。警察は、何の落ち度もないカタギをいじめるやくざには厳しいですからね。でもあなたは一一〇番できない」

「できますよ」

「だがまだしてない」

「実害がないからです」

「それだけじゃないでしょう」

「何がおっしゃりたいんです？」

にやりと鬼塚は笑った。

「今日、そこまでつっこんだ話し合いをすることはありません。ただ、俺は警官だ。そいつを忘れないで下さい。何かあったとき、やくざや、この木村みたいのが頼りになりますか？　俺にはバッジがあるし、ピストルもある。あなたは頭がいい人のようだから、少し考えればわかるでしょう」

「おっしゃる意味がわかりません」

「ならいいんです。でも頼れるのは俺だってことは覚えといて下さい」

ケイは静かに息を吸いこんだ。

「元山さんの周りにいるのは、どんな奴らです？　丸山組、畑吹、それにこの木村？　悪いが皆、法律の外側にいる奴ばかりだ」

「俺は犯罪者じゃない」

木はいった。

「そうだな。外じゃあねえ。だがせいぜい、境界線だ。その点、俺はちがいます。俺は法律の内側で、外から攻めこんでくる奴を食い止めるのが仕事だ。信頼できるのは、俺しかいません」

「鬼塚さんを信じたとして、それで何がかわりますか」

「それは、元山さんしだいだ。今はまだ序の口だ。これからいろんなことがあなたの周りで起こってくる。そうそう、これを渡しておきますよ。携帯の番号も書いてあります」

鬼塚は名刺をさしだした。

「一年三百六十五日、二十四時間、いつでもかまいません。困ったことがあったら連絡をして下さい。いやあ、ちょっと心配ごとがある、でもかまわない。いいですね」

ケイは名刺をうけとった。鬼塚は自信たっぷりにいった。

「いずれわかります。初対面なのにいろいろと失礼なことばかりいいましたが、俺はプロなんです。それも、市民を犯罪から守るプロだ。俺と知り合っておいてよかったと、きっと心から思える日がきますよ」

わざとらしく腕時計をのぞきこんだ。

「おっといけない。署に戻らなくては。では失礼します」

鬼塚はいって、木に目配せした。よけいなことは喋るなよ、という威しだ。そしてふりむきもせず、カフェテラスからでていった。

13

二人きりになった。ケイは何もいわない。ひどく気まずいものを感じ、木《もく》は咳《せき》ばらいをした。

ケイが木を見た。感情の読みとれない目をしている。

「すみませんでした」

「何が、です」

「今の、あの鬼塚です。きっと嫌な思いをしたでしょう」

ケイはテーブルにおいた鬼塚の名刺に目を落とした。

「あの人、本物の刑事さんなの？」

「ええ。四谷署の刑事課で、元は新宿署にいました」

「刑事さんて、給料はいいの？」

「さあ。よくも悪くもないでしょう。一般にテレビとかでいわれているほどは安月給じゃないでしょうが」

「金のロレックスが買えるほど？　それにあのブーツ、十万円はします」

　ケイは木に目を移した。

「つまり……？」

　木はいった。

「つまり、よほどお家がお金持か、お金の稼げるアルバイトをしている、ということね」

　木は息を吐いた。

「その通り。あの鬼塚は、頭は切れますが、あまりまっとうとはいえない刑事です」

「でもそれだけに、いってることには説得力がある」

　ケイはぼんやりとした表情になっていった。

「何が」

「李のこと。李は、わたしを利用するのが目的で近づいたのかもしれない。わたし以外にも、つきあっていた日本人の女がいたのかも……」

「畑吹はちがうことをいっていた。李はあなたを大切にしていた、と」

「畑吹さんだってだまされていたのかもしれない。日本人の女を利用したとわかったら、同じ日本人として、畑吹さんは怒るだろうから」

「考えすぎだと思いますよ」

「あの人は初めわたしにお世辞《せじ》のようなことをいい、次に怒らせるような、李の悪口ばかりをいった――」

ケイは木の目を見つめた。

「何がいいたかったの、あの人は。何が起きたら、わたしがあの人を頼りにすると思っているわけ？」

木は息を吐いた。

「金です」

「お金？」

「李の奪った身代金。あなたがもっていると思ってる」

「なぜ？」

「丸山がそう思っているからです」

「丸山とあの人はつながっているの」

「おっしゃる通り、いろんなワルと奴はつながっている」

「木村さんもそうなの？」

木は煙草をくわえた。火をつけ、深々と煙を吸いこんだ。

「本当は、どういう関係なの、鬼塚さんとあなたはどこで知り合ったの？」

ケイが訊ねた。木はカフェテラスを見回した。二人の話に注意を向けている者はいない。

「昔、大昔のことです。二人の刑事が、ある大がかりな詐欺事件を捜査していて、被害金の一部ではあるが、もうもち主のわからなくなった金を見つけました。というのは、詐欺グループは犯行のあと仲間割れを起こし、二人が殺され、ひとりが刑務所に入り、もうひとりは逃亡中でした。逃亡している奴も、暴力団に追われていて、もしかしたら殺されているかもしれないという噂があった。刑事たちは本当に偶然に、その金を見つけたんです。バブルが弾けて、オーナーが借金まみれになり、しかも貸していたのは、いろんな暴力団がからんだ闇金業者で、競売にすらかけられないようなビルの一室に、他のいろんなガラクタといっしょに、ダンボール箱に入っていた」

「いくらあったの？」

「ざっと、四億円くらい」

ケイは目をみひらいた。

「刑事たちは、それを盗んでしまおうかどうしようか迷いました。正直、その場では結論をだすことができなかった。もしバレれば刑務所いきだし、といって、こんな一生かかっても手に入らない金を得るチャンスは二度とない。迷いに迷って、明日、もう一度こよう、という話になった。何カ月、ひょっとしたら一年近くも、そこにおきざりだった金だ。今夜ひと晩ほったらかしても、誰ももっていく心配はなかった」

木は言葉を切った。アイスコーヒーで喉を湿らせた。

「二人ともいったん家に帰った。ひとりは結婚していて、ひとりは独身だった。だけどどちらも同じで、ひと晩中、まんじりともしなかった。そしてついに朝方、寝床から起きだして、そのビルに向かった」

「どっちが？」

「二人とも。お互い、相手には秘密で。そのとき、ひとりはやはりその金を届けようと考えていた。ところがもうひとりはちがった。相棒と会う前に、その金を奪おうと思っていた。まあ、両方とも自分だけの考えだったので、本当のところどうだったのか、証明する方法はありませんがね」

「で、どうなったの」

「朝方のビルで、二人は鉢合わせをした」

ケイは真剣な顔で木を見つめている。

「互いに互いを疑った。相手の裏をかいて、ネコババしようとしているのじゃないかと。まあ、片方はまちがいなくそうだったのだけれど、届けようと決心していたほうだって、もう一度金の山を見たら、心がわりをしていたかもしれない」

木は苦い笑みを浮かべた。

「それで？」

「いい争いになり罵りあいになった。金は人を狂わせる。さんざんそれを見てきた仕事だったのに、浅ましくも自分たちもそうなった。そして、もみあいになった」

木は黙った。ケイも今度はつづきをうながさなかった。やがて木はいった。

「ビルは、手抜き工事か老朽化《ろうきゅうか》か、床がひどく傷んでいた。もみあった弾みにひとりがその床を踏み抜いた。そこに尖った鉄筋がとびだしていて、太股に刺さってしまった。すぐに救急車が呼ばれたけれど、大怪我をした……」

「お金は？」

「警察に届けられました」

「もうひとりの人は？」

「退職して、怪しげな仕事を始めた。鬼塚のいう、法の内でも外でもない、線上の仕事だ」

ケイは木を見つめた。

「それが木村さん？」

「それが俺です。だから鬼塚を知っているんです。短い間だけど、同じ署にいたこともある」

「木村さんはどっちだったの？」

「どっちとは？」

「お金をネコババしようと考えた人か届けようと考えた人か」

「どっちだと思います？」

木はいったが、ケイが返事をする前につづけた。

「どちらだとしても似たようなものです。一度は不正な金をつかもうとした」

「つまり届けようと考えたほうなのね」

「ええ」

「それを他の警察の人は信じてくれた？」

「何ひとつ俺のいうことなんて信じてませんか。初めは金欲しさに同僚を殺そうとしたという疑いをかけられたくらいだ。だが殺そうとするくらいならその場から金を奪って逃げている。それをせず、救急車を呼んだのです。なのにまったく信用されなかった。厳しい取調べをうけ、現場検証が何度もおこなわれた結果、事故じゃなかったとは証明できない、ということになった。つまり、殺人で俺を逮捕、起訴しても、裁判では勝てない。だから俺を放りだすしかなかった」

「なぜ？」

「警察のメンツがぼろぼろになるのを恐れた。仮りに俺を殺人未遂で逮捕したとしましょう。当然、マスコミの餌食《えじき》になる。現役の刑事の犯罪ですからね。刑事が金を盗むために同僚を殺そうとしたなんて、とんでもない話だ。警察はどんな組織なんだとばかりに叩かれる。それが裁判で有罪にできなかったなんてことになってごらんなさい。管理能力だけでなく、捜査能力まで疑われる。そんな結果になるくらいなら、俺を放りだし、知らん顔をしたほうがいいと考えたんです。お偉《えら》いさんたちはね」

「なかったことにしたというのですか」

「その通り。刑事の怪我は、職務執行中の事故という形で処理された。もちろん周囲にとっては、そのほうがよかったに決まっていますが」

「じゃあ結婚していた刑事さんというのが――」

「大怪我をしたほうです」

　ケイは口を閉じた。まじまじと木を見つめる。

　木はケイと目を合わせられなかった。

「軽蔑《けいべつ》しますか」

「なぜ？」

「もしかしたら俺は金のために仲間を殺そうとした、刑事の風上にもおけない男かもしれない」

「実際はちがうのでしょ」

「だからそれを証明する方法はありません」

「信じればいい」

　木はケイを見た。

「信じられますか、俺が」

「鬼塚さんよりは」

　木は笑った。

「奴に聞かせてやりたい。怒るだろう」

「木村さんは自分より鬼塚さんを信じるべきだと思うの」

「思いません。鬼塚は、自分のことをまず考える。自分と利害が一致する者に対しては、信用できる存在です。そうでなければ、むしろ危険な人間だ。だけど俺がそういったとはいわないで下さい」

ケイの目にわずかだが怒りの光が浮かんだように見えた。

「あの人が恐いの」

「恐い。奴は現役です。つまりやろうと思えば、犯罪者を作りだすことができる。もちろん裁判だ何だというところまでいけば、でっちあげだと証明されるかもしれない。しかしそのときまでにこちらがうけるダメージははかり知れない。しかも奴は賢いので、でっちあげをしかけたのが自分とは証明できないようなやり方をするでしょう。敵に回せば厄介《やっかい》なことになります」

「そんな人をひっぱりこんだのね」

「まさしく俺の責任です。奴が丸山とつるんでいるとは思わなかった」

木は頭を下げた。ケイは黙っていた。

「奴は金の匂いに敏感です。どこかにある身代金を回収して丸山に戻し、上前をはねようとしている」

「つまり丸山とは利害が一致する？」

「今のところは」

「あなたともそうでしょう」

「目的は同じです。身代金を見つけようとしている点では。しかしにらんでいる場所がちがう。奴と丸山はあなた、俺はそれ以外だ」

「わたしはもっていないと確信しているわけ？」

「ええ。確信しています」

ケイは顎をあげた。

「じゃあわたしと利害が一致する」

「俺はそれを望んでいますから」

ケイの口もとに笑みが浮かんだ。

「捜しましょう。見つけて、丸山や鬼塚さんをくやしがらせましょ」

木は瞬きした。ケイは本気でいっているのだろうか。

「どうやって？」

「木村さんの考えでは、李を殺してお金を奪ったメール男は、丸山組かその近くにいる、ということだった。だったらメール男を捜せばいい」

「それが簡単にできれば苦労しない」

「切り札があるわ」

「切り札？」

「木村さんのクライアントよ。坂本さんという人。その人を使うの」

ケイはいった。

14

「何考えてんだ、手前！」

坂本が怒鳴った。

「俺らのことをあの女にチクっただと。よくそれでのこのこ、俺らの前にでてこられたもんだな、え!?」

「落ちつけよ」

木《もく》はいった。六本木にあるカラオケボックスの一室だった。密談にはもってこいだし、万一話がこじれても、店内で切った張ったまではできないだろうと踏んで、坂本と花口を連れてきた。

「ふざけんな。これが落ちついていられるか。いつ殺されるかわからねえんだぞ」

「いいか、あの女は金をもってない。メール男でもない」

「だったら金のありかをつきとめるのがお前の仕事だろうが」

「そのためにあんたたちが必要なんだ」

「わかんねえこというんじゃねえよ。手前、俺らが的《まと》にかけられるような羽目になったら、即、殺してやるからな」

「すごむのはかまわんが、こっちの話を聞く気があるのか」

「誰が聞くか、この野郎。首洗って待ってろや！」

立ちあがろうとした坂本を花口が止めた。

「聞くだけ聞きましょうよ」

「何⁉」

「このままじゃ俺ら八方塞がりだ。こいつの話聞いたって、これ以上損はしませんて」

「何、人のいいこといってやがる。あの女が二代目にさしたら、俺らいちころなんだぞ」

「それはこの男だってそうですよ。この男がチクらないって信用したからこそ、仕事を頼んだのじゃないですか」

「それをチクリやがった」

「どのみち誰かに話した段階で、俺らは首を洗ったも同然なんです。口にチャックして逃げまくるか、命張って金をとり返すか、ヤバい思いをしないで何とかしようと考えたのが甘かったんですよ」

木は驚いて花口を見つめた。腹の中は坂本とはちがうだろうと思っていたが、ここまで冷静だとは思わなかった。兄貴風を吹かしている坂本のかげで目立たなかったが、実は花口のほうが腹がすわっているのかもしれない。

坂本は舌打ちし、テーブルを蹴りあげた。

「くそったれが。好きにしろ」

「話せよ」

花口がうながした。木は頷き、手にしていたレモンサワーで口を湿らせた。

「事態が急激に動いている。丸山はやはり金を回収しようとしていたんだが、そこに鬼塚がつるんだ」

「何ぃ！」

坂本がまた叫んだ。

「あのクソ刑事か」

「奴は三年前の一件を嗅ぎつけていて、丸山に一枚かませろといったんだ。しかも実行犯に日本人がいたと気づいている。それどころか、容疑者としてあんたら二人のことも調べてた」

坂本と花口の顔が青ざめた。

「マジかよ」

花口がいった。

「ああ。腐っちゃいても奴は刑事だ。丸山から事件の内容を聞いて、李が看板役だったというのを見抜いた。丸山組の内部に協力者がいたのはまちがいないと踏んで、最近足を洗った人間に目をつけた」

「最悪だ」

坂本は目玉をぐるりと回した。木は指をつきつけた。

「あんたらにとってラッキーだったのは、金詰まりを起こしているという話がそこここで聞こえてることだ。事件のあとすぐム所に入ったあんたらには、奪った身代金を使う時間はなかった。だから金詰まりを起こしているのなら、犯人じゃない、と鬼塚は思っている」

「やれやれだな」

花口がつぶやいた。

「だが完全に疑いを捨てきったわけじゃない。この先ことあるごとに、あんたらについては調べてくるだろう。油断は禁物だ」

「鬼塚はなんでまた丸山とつるんだんだ」

「金だ。一千万の報酬で犯人捜しと金の回収を請けおった。丸山も相手が鬼塚じゃ嫌とはいえず、値切るのがせいいっぱいだった」

「二代目と畑吹がいるだけで頭が痛かったのによ、今度は鬼塚かよ。泣けるね」

坂本が本音を吐いた。

「丸山とちがって確かに鬼塚は恐い相手だ。奴は俺に無理やりケイを紹介させた。金はケイが隠していると丸山が踏んでいるんで、鬼塚も今のところそれにひきずられている」

「じゃ、やっぱりその女だ」

木は首をふった。

「ケイはもっていない。メール男の正体についても見当がつかないといっていて、俺もそれは信用していいような気がする」

「馬鹿野郎、だったら打つ手がないじゃねえか」

「それがあるんだ。あんたたちはメール男の正体を知らない。だが李は知っていたかもしれない」

「そりゃそうだ。じゃなきゃ誰が李を殺る。メール男が李を俺たちに推薦し、金をネコババするために李を殺したんだ」

「あんたらが、李からメール男の正体を聞いていたとしたら？」

「聞いてねえつったろう」

坂本がいうと、花口が首をふる。

「いや、聞いてたってことにする、そうなのだろう」

木は頷いた。

「そうだ。メール男は、自分の正体がバレてないとタカをくっている。が、もしバレているとすれば、それはあんたら二人しかいない。そこを逆手にとって、メール男を燻《いぶ》りだす」

「どうやって」

「あんたらが動いているという噂を流す。正体はわからないが、誘拐犯のメンバーがケイに接触し、李を殺した奴を知っている、そいつは自分たちのことも裏切ったのできっちり落とし前をつけてやるといっていたという情報を流すんだ。それを鬼塚を使って丸山組の組うちに広めさせる」

「冗談じゃねえ。そうしたらまず、俺たちの正体を調べろってことになるぜ」

「だからこれは作戦なんだと丸山に鬼塚から納得させる。実際はケイに接触した人間などいないといってな」

「それで？」

「不安になるのはメール男だ。本当に自分の正体をあんたらが知っているのか。確認しようと思ったら、あんたらかケイに接触する他ない。おそらくはまずケイのところへいく。そこであんたらの名前をケイがだせば、これは本物だとメール男は気づく。あんたらが犯人だったと知っているのは、あんたら以外にはメール男しかいないわけだからな」

「なるほど……。それでどうするんだ」

「取引をもちかけるのさ。三年前の分け前を利子も含めてきっちり払えばよし、もし払わなかったら、丸山組組長にすべてバラす、とな。あんたらはもう失うものはない。だが今も組内部かその周辺に残っているメール男はそうはいかないだろう、そう威す」

坂本は花口と顔を見合わせた。

「だからあんたらの名前をケイにいう他なかったんだ。その点で、ケイとあんたらは、これからチームになる」

二人はしばらく黙っていた。やがて坂本が吐きだした。

「わからねえ。本当にそんなのでうまくいくのかよ」

「うまくいくかどうかはわからんが、今のところこれよりいい手があるとは思えない」

その手を思いついたのがケイであるとは、木はいわなかった。

「整理させてくれ」

花口がいった。

「メール男を罠《わな》にかける。そのために、名前は秘密で、俺たちが動いているという噂を丸山組に流す。流すのは丸山じゃなく、鬼塚だ。こういうことだな」

「そうだ。丸山の二代目は自分が率先して動いているというのを親父には知られたくない。三年前の一件は、今も腹にすえかねているらしくて、その話がでると機嫌が悪くなるらしい。だから噂を流すのも、二代目からじゃなく鬼塚からのほうがやりやすいのさ」

「それは作り話だと、鬼塚も丸山も納得しているんだな」

「もちろんだ。じゃなけりゃ何の意味もない。メール男は自分の正体がバレていないとタカをくくっていた。ところがあんたらがム所をでてきて、李から正体を聞いていたということになれば、ケツに火がつく」

「つかなかったら？」

坂本がいった。

「つくにきまってる。メール男は絶対に丸山組の人間なんだ」

「もしメール男が動かなかったらどうする？」

「そのときは仕切り直しだ。だが考えてみろよ。あんたらが出所したことは当然、メール男も知っている。それで波風が何ひとつ立たずにすむとは、メール男も思わないだろう。あんたらは結局、クサい飯を食うだけの役割だったのだからな」

「何だと、こらっ」

坂本がまた怒った。

「しかたがないですよ。本当のことだ」

花口がいさめた。

「お前、こんな野郎にぼろくそいわれて、腹が立たねえのか」

花口は一瞬黙りこんだ。坂本を見つめる。その目がひどく冷たいことに木は気づいた。

「こんな野郎っていうけれど、俺らがこいつをひっぱりこんだんですよ」

「そりゃ、ム所で聞かされたときは、信用できるって話だったからだろうが。こんなに役に立たない奴だとは思っちゃいなかった」

「人のせいにするのはやめましょうよ。俺らがよくなるわけじゃない」

坂本は鼻白《はなじろ》んだように黙った。花口が木を見つめた。

「仕切り直しじゃ困るんだよ。一度俺らの名がでれば、どこでどうつながって組に伝わらないとも限らない。そうなりゃもちろん、俺らは無事じゃすまないが、そんときはあんたも道連れになってもらうぞ。その覚悟はできているのだろうな」

妙に光る目でいった。

木は頷いた。

「ああ。鬼塚がからんできた以上、俺も腹をくくった。こいつは簡単には片づかない」

答えながら、鬼塚から守りたいものがあるとすれば、それは金でも自分の立場でもなく、ケイなのだと木は気づいていた。ケイが自分をパートナーとして扱ってくれる限りは、相当なヤバい橋でも渡るだろう。

木は思わず苦笑していた。

「何がおかしい」

坂本がすごんだ。

「いや。おもしろいことになるだろうと思ったのさ」

「おもしろがっていられるのは今だけだ」

坂本がいった。その言葉ばかりは否定できない、と木も思った。

15

ケイに呼びだされた鬼塚は、翌日の午後には「K's Favorite Things」にやってきた。扉を押すとき浮かんでいた、さも愛想よさげな笑いが、ケイとともにすわる木《もく》に気づくと跡形もなく消えた。

「なんでお前がいるんだよ」

「元山さんに頼まれたんだ。臨時のボディガードだ」

鬼塚は首をふった。ケイの目を見ていう。

「元山さん、こういう人間をそばにおくのは勧められない。あなたはまっとうなんだ。つきあう人間は選ぶべきです」

ケイはにこやかに応じた。

「でも、木村さんは本当に親身になって下さるんですよ。それにとても紳士ですし」

「そりゃ確かにこの男には元山さんを押し倒すような度胸はありません。そういう点じゃ、番犬くらいの役には立つでしょうがね。本当に危険な連中が押しかけてきたら、まっ先にとんで逃げますよ」

「心外だな。俺だって少しは役に立ちたいんだ」

腹立ちを抑え、木はいった。鬼塚は何度も首をふった。木を無視していう。

「必要なら、麻布署から呼んだ巡査のひとりでも店の近くに立たせますよ。一応、それくらいの権限はある」

口からでまかせだ。たかが所轄の巡査部長にそんな権限がある筈はない。だがそれをいえば鬼塚を怒らせる。木は黙っていた。

「あれからいろいろ考えたんです。もしかしたら、李を殺した犯人をつきとめられるかもしれない。でもそれには鬼塚さんに助けていただかなくては」

鬼塚は用心するような顔で木を見た。素知らぬ顔で木はいった。

「それがどんな考えなのか訊いたんだが、元山さんは話しちゃくれなかった。鬼塚さんがきてからの一点張りで」

鬼塚の顔に満足そうな笑みが浮かんだ。

「そうですか。じゃ、聞きましょうか。あ、もし邪魔《じゃま》ならこいつは外にだしますか?」

ケイは首をふった。

「いえ、木村さんにも聞いておいていただきたいので」

「そうですか。しかたがないな。そのかわりお前は口をだすなよ」

鬼塚は木に釘を刺した。木は無言で頷いた。

「じゃ、聞きましょうか」

手をふって木を立たせ、かわりにケイの向かいに腰かけた鬼塚は身をのりだした。

「木村さんの話から、李が亡くなる前にいったい何をしたのか、だいたいわたしにもわかりました。情けない話ですが、そんな悪いことに手をだしていたなんて、まるで気がついてなかったんです」

「こいつが何を話したんです？」

「李が誘拐事件を起こしたことです。さらわれたのは暴力団の組長さんで、李がいたことで犯人は全員中国人だと思われた。でも本当は日本人もいて、その中にはさらわれた組長さんの組の人もいた」

「なるほど」

「木村さんの話を聞いてまず思ったのは、李は利用されたということです。犯人が全員中国人だったと思わせるための看板役を押しつけられた。そして身代金うけ渡しのメッセンジャーをやらされたあとは、口封じのために殺された。ちがいますか」

もったいぶるように鬼塚は眼鏡を外し、ジャケットの胸ポケットに入れていたハンカチーフでレンズを磨いた。

「おおむねまちがってはいないようです。犯人グループは、三ないし四名と思われ、内、素顔をさらしているのは李ひとりでした。この事件は死傷者がでておらず、被害者である組長が外聞をはばかったこともあって、正式な被害届はだされていません。もちろん身代金目的の誘拐は重大な犯罪ですから、届けがなくても事態を把握すれば警察が動くことは可能です。しかし発生から時間が経過しているのと、犯人グループのうち唯一特定できる被疑者の李が死亡しているのが障害となって、捜査はかなり困難だと思われます」

「丸山組の人が中にいる、というのはいかがですか」

鬼塚の、眼鏡を外した目がちらりと木を見た。嫌な目つきをしている。

「可能性としてはかなり高いでしょう。当時、丸山組内にそれだけの現金があるのを知っていた者は限られる。また組長の私生活や行動パターンを犯人グループが知っていたことからも、ええ、まちがいなく丸山組の関係者は含まれています」

「その人は、今はどうしているのでしょうか。丸山組にいるのか、それとも辞めてしまったのか」

「すぐに辞めれば疑われますね。事件のあと、足を洗った組員に関しては、実は私も調べました」

「すごい。やっぱり気づいてらしたのですか」

ケイがいったので鬼塚は満更でもない表情になった。

「もちろんです。ごく基本的なことですから。その結果、服役後、組を辞めた者が二人いることはわかっています。ただ、連中が犯人だと考えるには、やや問題がある」

「ひとつは、二人とも今、金に困っている、という点です。奪われた身代金は一億近い額で、事件後すぐ別件で逮捕され服役した二人には、その金を使う暇がほとんどありませんでした。すると、今金に困っているという状況がそぐわない。もう一点、この二人は確かに丸山組の正式な組員ではありましたが、組長を誘拐して金をとれるほどの腕や度胸があるとはとうてい思えないのです。仮りに実行犯に含まれていたとしても、主犯ではない」

ケイは頷いた。

「二人がもし犯人でないとすれば、今も犯人は丸山組にいる、そういうことですよね」

「私もその可能性は高いと思っています。この事件の犯人は、かなりの知能犯です。李を使って、丸山組の追及をそらし、しかも身代金だけはしっかり手に入れている。こういう奴は、何をするべきで、何をしてはいけないかがよくわかっています」

「でも李はその人を知っていた」

「おそらく。李を殺したのは、身代金をとりあげるためもあったが、口封じの目的もあったでしょう。でなければ殺して海に捨てるまでのことをする理由がない」

「わたしが李からその人の名を聞いていたということにしたらどうなります？」

ケイがいうと、鬼塚は驚いたようすもなく訊ねた。

「聞いていたのですか」

「いいえ。まったく」

ケイはみひらいた目で鬼塚を見つめ、答えた。

「残念ですね」

「でも、聞いていたことにはできます」

「それで？」

「わたしが犯人を知っていると、それとなく噂を流したらどうなります？」

「あなたが殺される」

「鬼塚さんが守って下さるのでしょう。それに木村さんもいます」

鬼塚はあきれたように首をふった。

「何のためにそんなデタラメを流すのです？」

「もちろん、犯人をつきとめるためです。犯人はきっとわたしのところにくるでしょうから」

「罠にかける、そういうことですか」

「はい」

「あまりいい計画じゃありませんね」

鬼塚がいったので、ケイは驚いた顔になった。

「なぜです」

「確率が低い。犯人の側に立って考えてみましょう。李が犯人を知っていたというのは、充分にありえる話だ。そしてあなたが李と関係があったのを、犯人も知っている。それもいいでしょう。だったらなぜ今なのか。李の死体が見つかってから二年半も経過している。あなた自身が身許確認をした。そのとき、どうして犯人の話をせず、今になってもちだしたのか、犯人ならそう思います」

「じゃあ、今になって、犯人がわかる証拠を見つけたことにすれば？　李の残した手紙でも日記でもいい。見つけたことにしたらどうです？」

鬼塚は黙った。

「警察にもっていこうか迷って、鬼塚さんに相談した。あるいはこんな手もあります。犯人は李以外にもひとりか二人、いた。その人がわたしに会いにきた」

「何のために？」

「身代金を独り占めされたからです。そして李を殺した犯人を知っていると教えた」

「なぜそんなことをするんです？」

「考えたんです。李は殺されたけれど、あとの人は殺されていない。身代金のひとり分を惜しんだというのは不自然です。もしかしたら仲間割れがあって、李の他にも裏切られた人がいるのかもしれません。でもその人は、丸山組にバレるのが恐くて、裏切った人を責められずにいる。でも何とかしたいので、わたしのところへやってきた。手を組まないかともちかけたんです」

「待って下さい。裏切られた奴は犯人を知っていて当然だ。今さら元山さんと組む必要もない」

木は咳ばらいした。鬼塚が見た。

「喋っていいか」

「つまらんことはいうなよ」

「畑吹カズオが李と親しかった話はしたな。畑吹も同じようなことをいっていた。やくざの親分をさらって身代金をとるなんてヤバい犯罪は、よほどチームワークのいいグループか、互いを知らない人間を集めてヤマを踏み、そのあとは解散、というやり方をしない限り不可能だ。丸山組の組長をさらったのが仲よしチームじゃないことはまちがいない。つまり、裏切られたのが李だけじゃない可能性は高い」

「お前、何か知ってるな」

「何も知らん。想像さ。ただ丸山組の内部にいる主犯格は、今までは自分のことがバレやしないかとビクついちゃいなかった。李の口が心配ならとっくに元山さんに何らかのアプローチをしかけていたっておかしくない。それをしていなかったのは、絶対バレちゃいないという自信があったからだ。ところがバレたとする。そうなると、ほうってはおけない」

鬼塚はケイを見た。

「今までの話は本当はこいつが考えたのじゃありませんか」

「わたしがすべて考えました」

ケイは鬼塚の目をまっすぐ見ていった。

「話を戻しましょう。犯人の名前を元山さんが知って俺に相談したとする。それからどうなるのです」

「鬼塚さんは、丸山組の人に話します」

「あんたも仲よしの二代目だ」

木はいった。

「うるさい。それで？」

ケイは鬼塚と木を見比べた。

「犯人がわかったらしいという噂を、丸山組の人たちに流します。でもそれが誰だかはわたしはいわない。警察に届けるべきか、李の復讐をすべきか、迷っているからです」

「それは非常に危険なことですよ。犯人は本気であなたを殺しにかかるでしょう」

「いや、この犯人はそこまで単純じゃない」

木がいったので、鬼塚はにらんだ。

「誰がお前の意見を訊いた？」

「俺にも喋らせてくれ」

木はわざと哀願《あいがん》するようにいった。鬼塚はしょうがないといわんばかりに舌打ちした。木は言葉をつづけた。

「この犯人が馬鹿じゃないのはわかっている。李を殺し、それ以外の仲間を殺さなかったのは、そいつらが犯人のことを知らなかったからだろう。つまり四人グループだと仮定して、Aが主犯、B、Cに李という構成とする。Aのことを李は知っていたが、B、Cは知らなかった。李に集められた中国人かもしれないし、全然関係のない日本人だったかもしれない。李を殺せば、BとCはAのことをつきとめる術《すべ》がない。しかも金をAが独り占めしていたとしても、B、Cにはどうすることもできなかったろう」

「だとすると、BだかCが元山さんに会いにきたって何の役にも立たない」

　鬼塚はいった。

「Aのことを知らない人間がいくら集まったって、Aにとっちゃ恐くも何ともないだろうが」

「その通りさ。だからこそAは今まで知らん顔をしていた。よぶんな真似をして注意を惹くのが一番危険だとわかっていたからだ。そんな奴が、ただ自分の正体がバレたかもしれないという噂だけで、いきなり彼女を殺しにくるとも思えない。まずその話にどこまで信憑性《しんぴょうせい》があるか確かめようとするだろう」

「どうやって？」

「最初にあんたに近づく。そして、誰か名前を聞いていないか、探りを入れるだろう。自分の名はもちろんだが、BかCの名でもいい。どれか知っている名がでてくれば、元山さんの話が本当だと裏付けられる」

「そんなまだるっこしい真似をするか」

　鬼塚は腕を組んだ。

「考えてもみろよ。元山さんがこの話をあんたにした時点で、あんただってA、B、Cの名を聞いているかもしれないんだ。そうなったら元山さんを殺すだけじゃすまない。といって、これが自分をハメるためにしかけられた罠かもしれないということは当然、Aも考える筈だ。いきなり逃げだしたりすれば、これはこれで疑われるもとになる。逃げるにしても殺すにしても、まずどこまで元山さんが知っているのかを確かめようとする筈だ」

「話を訊きにくる、といいたいのか」

「そうさ。その上で、元山さんを消すかどうかを決める。そのときAが一番知りたいのは、自分のことを元山さん以外の誰かが知っているかどうかだ。あんたや、かつての仲間のBやC、それに丸山の二代目……」

鬼塚は顎をなでた。

「元山さんが危険だということはかわらん」

「そんなことは覚悟の上です」

ケイはいった。

「李を利用して殺した犯人をわたしはつきとめたいんです」

鬼塚はケイを見つめた。

「つきとめてどうするんです？　俺に逮捕しろというのですか」

「できますか」

ケイはいって、鬼塚を見つめ返した。鬼塚はたじろいだような表情になった。

「いや、それはすぐには難しい。おそらく丸山組は望まないでしょうし」

「丸山組の味方をするのですか」

「味方をするというか……この事案に限っていえば、丸山組は被害者です」

「だがそのあと中国人をやたらに殺して燃やしている。それが明るみにでればえらいことになる」

木はいった。鬼塚は不機嫌な顔になって答えた。

「証拠なんか今さらどこにもない。畑吹がおおそれながらと訴えりゃ別だろうが」

「つかまえられないとしたら、犯人のことを見逃すのですか」

ケイが訊ねる。

「いや、仕返しをしたいと思うのなら、それは方法はある。丸山組に教えればいい。その時点でそいつは死んだも同じだ」

「だが李のただ働きは報《むく》われない」

木はいった。鬼塚は目をむいた。

「お前、何を考えているんだ」

「あんたは丸山から成功報酬を保証されたろう。だが李の遺族ともいえる元山さんは一円も手に入らない。不公平だと思わないか」

鬼塚はケイを見た。

「本気でこいつのいっているようなことを考えているのですか」

「李はわたしのために、大きなお金を得ようとしていたんです。なのに犯人をつきとめて報いをうけさせるだけというのでは、何か物足りない気はします」

鬼塚は考えこんだ。

「じゃあ丸山組に金をださせる？　そいつは無理だ……」

「犯人は奪った身代金を全部使っていると思うか」

木は訊ねた。

「いや、これだけ用心深い奴ならそれはない。生活が派手になれば目をつけられるとわかっているだろうからな。といって、犯人から金をとるつもりならあきらめたほうがいい。丸山組が黙ってない」

「そこをうまくやるというのはどうだ」

「馬鹿いえ。下手すりゃ丸山組のほうが先に元山さんをさらうかもしれん。犯人の名前を知っているのなら吐け、とな」

「止めるのはあんたの仕事だ。たとえ元山さんが犯人を知っているという噂を信じたとしても、よぶんな真似をして捜査を混乱させるなと、あんたからいえる筈だ」

「それもこれも、とられた金を回収してやれたらの話だ。もし金が回収できないとなれば、俺がただじゃすまなくなる」

「鬼塚さんは刑事でしょ、それでもただではすまないのですか」

ケイは意地の悪い質問をした。さすがに鬼塚は真顔になった。

「刑事と暴力団は正反対の立場に立つ、と元山さんは考えているかもしれない。ですが本当はそんなことはないのです。ときと場合による。反対の立場に立つとすれば、それは〝仕事〟のときです。そうでないときは、むしろ友だちに近いんです。だからこそ必要な情報を入手したり、罪をおかした奴を自首させたりすることができる。仕事で敵対しても、それは仕事だからと、恨みを買うことはあまりない。しかし、今回のこの件では、俺は仕事としてではなく、丸山組の側に立っている。なのにそれを裏切って金を横からさらうような真似をしたら、裏切り行為だ。これは連中を怒らせます。刑事としてどうこうというより、人間として許せない、と思われる」

「つまり丸山組が恐いのですね」

鬼塚は瞬きした。

「ピストルをもっている、警察という組織がバックにいる、そういう鬼塚さんでも恐いのですね」

ケイはたたみかけた。

「それは……」

「女のわたしでも、ピストルも組織のうしろだてもないわたしでも、ひとりでここまでやってきたというのに」

「しかも丸山の二代目はしつこくつきまとっていた」

木はつけ加えた。

「お前――」

鬼塚は本気の怒りを目に浮かべた。

「恐いんですか、鬼塚さん。答えて下さい」

ケイがいった。鬼塚は首をふった。

「何がいいたいんですか」

「簡単なことよ。わたしの仲間になるのか、丸山組の仲間になるのか、という話」

鬼塚はあきれたように目をみひらき、まじまじとケイを見つめた。

「あんた、相当なタマだな」

「恋人を殺され、やくざにまとわりつかれていれば、ただのOLだってそれなりの根性は身につくわ」

ケイは吐きだした。

「恐い恐いといったって、誰かが助けてくれるとは限らない」

鬼塚は木に目を移した。

「参ったな」

木は笑いをこらえ、肩をすくめた。ケイの追いこみぶりは見事だった。

「現役の刑事であることをあれだけ売りこんだんだ。ここは腹をくくるしかないのじゃないか」

鬼塚は荒々しく息を吐いた。

「わかったよ。そっちにつこう。本ぼしを燻りだして、丸山組より先に身ぐるみはいでやろうじゃないか」

「はいだあとはどうする？」

「そんなもの、畑吹にでもいって始末する以外ないだろう。生かしておいて丸山に捕まれば、今度は俺たちが中国人の二の舞いだ」

木はケイを見た。ケイは小さく頷いた。

「じゃ、どんな噂を流すのか、相談しましょう」

16

鬼塚が「K's Favorite Things」をでていくと、木《もく》は店内に隠しておいたヴォイスレコーダーを回収し、録音がきちんとできているか確認した。

どう使うかはまだ決めていないが、鬼塚の「決意表明」は何かの役に立つ筈だ。

録音はしっかりできていた。

「うまくいったわね」

ケイが微笑んだ。

「奴は、警察にも丸山組にも弱みをもったことになります。万一、俺たちを罠にかけようとしたら、このことを教えて思いとどまらせてやれる」

ケイの笑みが消えた。

「あの人は裏切る？」

「まず、まちがいなく。自分の生命を賭けてまであなたの味方はしない。金も欲しいが命も惜しい。一千万も入れれば、奴にとっては充分です。李とちがって、一発勝負に賭ける理由はない」

木はいった。

「これからどうなると思う？」

「噂の流れ方にもよりますが、二、三日以内に、犯人はあなたに接触してきます。そしてこれが罠なのかどうかを確かめようとするでしょう」

「どうやって？　ここに直接くる？」

「そんな危険はおかさない。まずは電話か何かで接触してきます」

木は考えた。

「たぶん、李についてあなたの知らないことを知っているとか、そんなエサをぶらさげてくると思いますよ」

ケイは真剣な表情で聞いている。

「そこでの会話から、あなたが実際にどこまで知っているか探ろうとするでしょう」

「つまりは探り合いね」

「そうです。こちらの切り札は、BとCの名前、つまり坂本と花口の名です。したがって簡単にはこちらもその札を切ることはできない」

「それを相手にいうときが、正体をつきとめるチャンスということね」

木は頷いた。

「とにかく用心に越したことはありません。今日からは二十四時間、俺がガードします」

ケイはわずかに息を吸いこみ、木を見つめた。

「なぜそんなにわたしに親切にしてくれるの？　仕事だから？」

「ちがいますよ。お金が欲しいからだ」

木は首をふった。

「でも本当に入るかどうかわからない。犯人はつきとめられたけど、お金は丸山組にもっていかれてしまうかも」

「確かに。でも少しは可能性がある。何千万というお金を手に入れられるチャンスはめったにない」

「嘘」

「嘘？」

「四億のお金が黙って入ってくるチャンスを捨てた人が、たかだか何千万かのためにそこまでする？」

木は顔をそむけた。

「人はかわるものです。今の俺なら、きっとあの金をネコババしていた」

不意にケイが近づいた。一瞬後、頬《ほお》に唇の感触があり、木は熱いものに触れたようにとびあがった。

「木村さんは嘘つきよ。でもそういう嘘は、わたしも嫌いじゃない」

木は歯を食いしばった。

「俺は本当によごれた人間です。自分の利益のことしか考えない。だから、変な期待はしないように」

「よごれた人は、自分をよごれているなんていわないわ」

木は首をふり、強い口調でいった。

「やめましょう。ガードの段どりをいいます。俺は今日から、あなたの近くにずっといる。店にいるときは、そこに止めた車の中に。マンションに帰っているときは、リビングかどこかに。妙な電話がかかってきたら、電話機の録音機能を作動させること。そして相手のいうなりにはならず、直接会いたいといって下さい。いいですか」

「わかったわ」

木を見つめ、ケイは頷いた。目がきらきらと輝いている。

「妙だな」

木はつぶやいた。

「嬉しそうじゃないですか。これから危ない目にあうかもしれないというのに」

「嬉しいのよ」

ケイはきっぱりといった。

「李を殺されてからずっと、一番したくて、でもどうやったらいいのかわからなかったことを、木村さんが現われたおかげでできるのだもの。すごく充実した気持。生きてるって感じる」

木は首をふった。

「いけない?」

「いけなくはない。だけど——」

何といってよいか言葉が浮かばなかった。ケイは今でも李を愛しているのだ。だからこそ復讐のチャンスを得て、生き生きとしている。ひきかえそれにつきあう自分は、片想いに命を賭ける、シラノ・ド・ベルジュラックだ。

「張りこみの準備をしてきます。何かあったら携帯を鳴らして下さい」

木はいって、表に止めた車に向かった。

食物、飲みもの、携帯トイレは、絶対の必需品だ。さらに懐中電灯、スタンガン、手錠、簡単な変装道具まで、木は用意した。本当はこういう張りこみの場合は、二人ひと組で三チームが、種類の異なる車を最低三台は用意してあたるのが理想的なフォーメーションだ。が、実際は木ひとりで車も一台しかない。長期化すれば、体力的にもきつくなるだろう。

すべての準備が整ったのは、その日の夕方だった。西麻布の「K's Favorite Things」の前に車を止めたときは、午後六時を回っていた。

木の車を認め、ケイが店からでてきた。バッグとジャケットを手にしている。無言で助手席のドアを開けた。

「どうしたんです？」

木は驚いて訊ねた。

「買物にいくの。つきあって」

ケイは澄ました顔で答えた。

「買物？」

「そうよ。これから何日間かは、木村さんと同じ屋根の下で暮らすことになる。そうそう外食にもでかけられないでしょうし、そのたび二人で食べていたら大変でしょ。わたしたち二人のその間の食事の材料を買いだしにいかなきゃ」

「そんな必要はありませんよ。あなたはふだん通りの生活をして、俺はカップラーメンでも何でも食ってりゃいい」

「駄目」

ケイはきっぱりといった。

「わたしを守ってくれる人に、そんなかたよった食事はさせられない。ひとり分も二人分も同じことよ。あなたの食事はわたしが作るの」

「でも——」

「つべこべいわないで車をだして。ゆっくり買物したりできるのも今日だけでしょ。明日になったら、いつ、どこから犯人がやってくるかわからない」

それはその通りだった。木はケイの言葉にしたがうことにした。指示通りに車を走らせ、渋谷のスーパーの駐車場に乗り入れる。ケイは木にカートを押させ、肉や野菜、魚などの食材をてきぱきと選んでいった。

「好き嫌いはあるの?」

「いや、特には……」

「肉の中では何が好き? 牛、豚、鶏」

「鶏、かな」

「じゃ中華風がいいわね」

「元山さん、料理は得意なのですか」

「得意かどうかはともかく、好きよ。中華は、李によく教えてもらった。料理人もしていたことがあったから、下ごしらえのしかたや、いろんな調味料の使い方を教わった。最近はあまり作っていなかったけど」

「なぜですか」

召使《めしつかい》のようにカートを押し、ケイのあとをついて歩きながら木は訊ねた。

「簡単なこと。ひとりで食べるだけなのに凝ったものは作る気になれない。料理は、いっしょに食べる人がいてくれて初めて、作りがいがでるのよ。作っても楽しいなら、料理研究家になってるわ」

「そうか。そうですね」

木がつぶやくと、ケイは立ち止まり、何かをいいたげにふり返った。が結局何もいわずに、買物をつづけた。

支払いはすべてケイがおこなった。半分払わせてほしいと木はいったが、きっぱりと断わられた。

「わたしはあなたに一円もギャラを払っていない。ご飯代くらい、わたしがもつべきよ」

大きな紙袋にふたつ分の食材を車に積みこみ、ケイのマンションに向かった。

マンションの前に着くとケイはいった。

「三十分だけわたしに時間をくれる？　木村さんに泊まってもらうのはいいのだけれど、部屋の中を片づけておきたいの」

女のひとり暮らしなのだ。目につく場所に見られたくないものがでていることもあるだろう。

「もちろんです。ただし、今も部屋の前までは俺がついていきます。準備ができたら、携帯に電話を下さい」

木は頷いた。買いこんだ荷物をもち、ケイといっしょに車を降りた。ケイのマンションの近くには幸いコインパーキングがいくつもあるので、夜間駐車しておく場所には苦労しないですみそうだ。

三階にあるケイの部屋まで階段を使って登った。エレベータもあるのだが、ケイは使ったことがない、といった。

「健康と美容のためね」

ワンフロアに三室あるうちの、中央がケイの借りている部屋だった。ドアが施錠されていて、廊下にも人影のないのを確認すると、木は下に戻った。車を近くのコインパーキングに駐車する。

奇妙な気分だった。惚れている女と、これからひとつ屋根の下で過せるというのに、少しも興奮が湧いてこない。あるのは緊張と本当によいのだろうかという不安だけだ。

機会があったらケイをものにしようというような下心はいつのまにか消えていた。ケイに対する好意がなくなったわけではない。状況につけこんで距離を縮めようと思わないだけだ。

駐車した車の中で、木は深呼吸した。ひとまず色恋は棚上げだ。犯人が現われ、正体をつきとめるまでは、徹底して騎士を演ずる覚悟だった。

　つまり、木はケイの体よりも心が欲しくなったということだ。ケイに惚れられたい。言葉の端々に登場する李への思い。あんな感情を自分に対しても抱いてもらえるなら、命を賭けてもいいという気にすらなっている。

　電話が鳴った。

「いいわよ」

　ケイがいった。木は車のトランクを開けた。必要な道具を入れたリュックとひと抱えもあるナイロン製のバッグを持ってケイのマンションに向かう。

　部屋に直接向かう前に、マンションの周囲を点検した。

　ケイの住むマンションは細い一方通行路に面していて、長時間の路上駐車はしにくい状況だ。これは守る側にとっては利点のひとつになる。

　一方、周囲はふつうの住宅や集合住宅ばかりで、コンビニや飲食店などがなく、人通りは多いとはいえない。これは襲う側にとっての利点だ。

　犯人がケイを襲うとして、いきなり殺すことは考えられない。部屋で待ちかまえて監禁するか、どこかへ拉致し、ケイがどこまで何を知っているか確かめてから始末しようとするだろう。

　ケイが帰宅する時刻をわかっているなら、マンションの前で待ちかまえ、車へ押しこむという手段がある。だがその場合、最低二人の人間が必要だ。あくまでひとりでやろうとするなら、ケイの自宅を監禁場所に使うほうが合理的だ。

廊下なり階段なりで待ちかまえ、武器で威して室内に入る。最近は、隣の部屋からどんな悲鳴が聞こえても、一一〇番してくれるほど物好きな隣人はどこにもいない。ましてケイの部屋の両隣は、片方がホステス、片方が学生のような若い男のひとり暮らしで、どちらも部屋にいる時間が不規則であることを、初めのうちの調査で木はつきとめていた。

木が犯人で、ひとりですべてを片づけようと思うなら、ケイのこのマンションを使う。だからこそ、木は部屋に泊まって警護すると申しでたのだった。マンションの前まで送っていっても、中で待ちかまえられていたら、何の役にも立たない。

インターホンに応じてドアを開けたケイは、木の抱えているバッグに目をみはった。

「何なの?」

「寝袋です。これさえあれば、廊下でも台所でも寝られます」

「そんな必要ないわ」

「え?」

木はどきっとした。

「ソファベッドがあるの。以前、李が使ってたものよ。今、組み立てておいたから」

言葉通り、木製のソファベッドがふたつある部屋のひとつの中央に、カバーをかけられ、おかれていた。

「ここに引っ越してきたとき、捨てようと思ったのだけど、ソファとして使えるからもったいなくて捨てられなかった。よかったわ、役に立って」

木は寝袋を床におろした。

「それとも李が使ったソファベッドじゃ嫌？」

「そんなことありませんよ。むしろ申しわけないくらいだ」

「よかった。じゃ、わたしご飯の仕度《したく》をするから、テレビでも見ていて」

「あの、各部屋の窓とかをチェックしていいですか。三階というのは、外から入るのもわりに簡単な高さなので」

「どうぞ」

ケイは店での服装から、ジーンズに長袖《ながそで》のTシャツというラフないでたちに着がえていた。エプロンを首からさげている。

木は、ふたつある部屋をそれぞれ見て回った。これから寝ることになる、ソファベッドの部屋は、ふだん物置きに使われているらしく、洋服類や店におかない商品が入っていると覚《おぼ》しいダンボール箱が、壁ぎわにぎっしり積みあげられている。その結果、小さなベランダとつながった窓は完全にふさがれていて、出入りすることは不可能だ。

もうひと部屋、ケイが寝室として使っている部屋に木は入った。

セミダブルのベッドとドレッサー、CDコンポなどがおかれ、かすかに化粧品の匂いが漂っている。カバーのかけられたベッドを見ないようにして、木は窓べに立った。

カーテンをめくると、そこもやはり小さなベランダがあり、隣家の庭に面している。庭とマンションの間には低い塀があって、それをよじ登れば、ベランダに手が届かなくもない。

木はリュックから安全錠をとりだした。あと付け型のもので、ガラスを割っても、内側からでないとサッシを開閉できなくするロックだ。それをとりつけた。

ダイニングルームに窓はなく、バスルームに小さな窓があって、完全には開かないが、ガラスをすべて外せば侵入は可能だ。バスルームの扉に安全錠をとりつける。寝るときには必ず、バスルームの扉もそれでロックすることをケイに教えた。

それらの作業が終わると、木はソファベッドに腰をおろした。ミネラルウォーター、眠けざましの錠剤、スタンガンなどの入ったリュックを枕元《まくらもと》におく。また室内ばき用のスポーツシューズもあった。犯人が押し入ってきたとき、裸足《はだし》では格闘が不利になるからだ。

「できたわ」

ケイの声にふり返った。エプロンを外し、ダイニングの椅子《いす》の背にかけている。

テーブルの上には、中華風の蒸し鶏や麻婆豆腐《マーボーどうふ》などが並んでいた。時計を見ると、帰宅してからわずか一時間足らずだ。手際のよさに感心した。

「お酒は?」

「俺はけっこうです。元山さんは飲んで下さい」

「ひとりでなんて飲めないわ」

「もし今日ひとりだったら、どうしました?」

「そうね。料理を作った日は、ワインのハーフボトルかビールを飲む」

「じゃ、そうして下さい。ふだんと同じように暮らすんです。俺の存在は無視してけっこうです。

お客さま扱いをしていたら、お互いに疲れてしまう。本当は食事だって、ひとりでしてくれてかまわないんですから」

　ケイはわずかに傷ついたような表情を浮かべた。だがいった。

「わかったわ。じゃあわたし、ワインを飲む」

　木は頷き、二人は食卓についた。

　ケイの料理は見事だった。

「うまい」

　素直に木は口にした。

「ご飯、お代わりあるから」

　スープをよそった碗《わん》を渡しながら、ケイはいった。少しよそよそしく聞こえる口調だった。

「李とは、いっしょに暮らしていたのですか？」

　食べながら木は訊ねた。ぎこちなくなった空気をやわらげたい。

「同棲《どうせい》というほどじゃなかったけれど、週に半分くらいは、わたしのところに泊まっていた。そうでないときはアパートに帰ってた」

「李のアパートにいったことは？」

「数えるくらい。狭くて、江戸川《えどがわ》区の外れのほうだったから。家具もほとんどない、殺風景な部屋だった」

「李はそこにずっとひとりで住んでいたのですか」

「わたしが知り合ったときはもうそこだった。お金を貯めていて、無駄づかいをあまりしたくないのだといっていた」

「何のためにお金を貯めていたんです？」

「日本で戸籍を買うためよ。中国に帰る気はもうなくて、日本人の戸籍を買って、日本で暮らすのだって」

「あなたと結婚すれば、それは必要なくなったのに」

「そうね。でも、前にもいったように李は結婚を嫌がっていた」

「でも期待はしていた？」

ケイは箸《はし》をおろした。

「期待していたのはわたしだけだったのかもしれない」

悲しげな口調だった。

「なぜそう思うのです？」

「彼があんなことをした理由。わたしとの生活に備えて、という考え方もあるけれど、二人の間で結婚の話がいつまでも進まないので、戸籍はやはり買うしかないと彼は思って、やったのかもしれない。だから、もう一度、結婚の話をちゃんとしていたら、まるでちがう結果になった可能性があるって、最近気がついたの」

「自分を責めているのですか」

「少し、ね」

ケイはいって、つらそうに微笑んだ。

「だってそうでしょ。戸籍が手に入るとわかっていれば、何も危ない橋を渡って大金を手に入れる必要はなかった」

「なぜ、もう一度、結婚のことをいいださなかったのですか」

「両親ね。両親は李のことを何も知らなかったから、まず両親に紹介して納得してもらって、と考えてた。わたしは、時間はたっぷりあると思っていて、李も同じように考えていると信じてた。でも、それはちがってた……」

「李はそれに不満をもっていたのですか」

ケイは首をふった。

「わからない。あの人がわたしに何かをしてほしいといったり、逆にこういうのは嫌だと注文をすることはなかったの。だからときどき不安になった。全部をうけ入れてくれているように思えるけれど、本当のところはどうなのだろうって」

答を求めるように木を見た。木は首を傾げた。

「俺は、わからない。女とつきあったことがないわけじゃないけど、好きでも他人なのだから合わないところはきっとあると思うから、あれこれいってもしかたがない、と考えることはありました」

「その点では木村さんは李と似ているかもしれない」

木はケイを見直した。鼓動が少し早くなるような気がした。

「正直なことをいうと、李がわたしとのことをどれだけ真剣に考えていたのか、わからないというのが本音なの。あの事件についてだって、もしかしたら宙ぶらりんなわたしとのつきあいに嫌けがさして、抜けだしたくてやったのかもしれないし。もしうまくお金をつかんでいたら、それっきりわたしの前からも姿を消しちゃっていたりして……」

「日本人に対してどう思っていたのです？　李は」

ケイは空中を見つめた。

「好きでも嫌いでもなかったと思うわ。自分に戸籍がなかったからかもしれないけれど、中国に対してそんな愛国心もなかったし、反日感情もなかった。中国人にも嫌な人はいるし、日本人にもいる、そんな感じかしら。ニュートラルだった」

「逆にいえば人に心を許さない」

「そうね。その通り。少なくとも、感情をすなおに表にだす人ではなかった」

「だから畑吹さんと合ったのでしょうか」

ケイは首をふった。

「畑吹さんのことはよくわからないの。訪ねてこられたときもこっちがとまどったくらい。見た感じも、そんな熱血漢というタイプじゃないし、李にわたしのことを頼まれたからといって、本当にそれだけできたの？　って思ったくらい」

「俺は正直いってわかりません」

「ねえ、あの人はいったい何をしているの？　前は教えてくれなかったけれど、もういいでしょう」

　ケイがいった。食事はあらかた終わっている。木は教えることにした。

「畑吹産業は、死体処理業者です。もちろん火葬場とはちがう。非合法なやり方で死体を骨まで残らないようにきれいさっぱりこの世から消します」

　ケイの目が広がった。

「そんな仕事があるの……」

「畑吹産業にもちこまれる死体は『マキ』と呼ばれているそうです。丸山組の一件のあと、新宿でたくさんの中国人がさらわれ、犯人か、それとも犯人について何か知らないかを拷問されたあげくに殺されました。それらの死体は表にだすわけにいかないので、畑吹のところで処理されたんです」

「本当に？　本当にそんなことが……あったの……」

　ケイは言葉を失ったようにつぶやいた。

「それはつまり、李のせいで、おおぜいの人が殺されたってこと？」

「直接手を下したのは丸山組です。それに李ひとりのせいじゃない。責任は犯人グループ全員にある」

「でもそれが本当なら、李は殺されて当然よね。李がやった犯罪のために、無関係な人がたくさん殺されたのだから」

　ケイの顔は青ざめていた。そしていった。

「ねえ、李を殺したのは、誘拐犯の仲間じゃないかもしれないわ」

「じゃ誰です」

「丸山組に身内を殺された中国人。『お前のせいで仲間が殺された』って、頭にきて復讐したのかも」

「可能性としてゼロではありませんが、それほど高くはない、と思います」

「なぜ？」

「李を犯人だと知っている中国人はいなかったろうと思うからです。いればそのとき丸山組は李をつかまえていたでしょう。また仮りにそういう人間がいたとしても、自分では手を下さず丸山組に密告すれば謝礼が手に入ります。わざわざつかまる危険をおかしてまでやったかどうか疑問です。それに何より、死体が見つかったのはかなりたってからですが、実際に李が殺されたのは、丸山組が中国人をさらい始めるより前のことだと思うからです。李は事件の直後に殺された可能性が高い。なぜかといえば簡単で、身代金が分配されていないからです」

　ケイは考えこんだ。

「――じゃあ、こうは考えられない？　李はうけとった身代金をひとりでもち逃げしようとした。そこを誰か知り合いの中国人に見つかって殺された。お金も奪われた」

「その可能性はあります。そしてもしそうなら、李を殺した犯人もお金も見つけるのはほとんど不可能だ」

　ケイは頷き、立ちあがった。気持を切りかえるようにいった。

「洗いもの、するわ」

「俺がやります。ご馳走になったんだ、それくらいさせて下さい」

「駄目。いつも通りにやれといったのは木村さんよ。洗いものもいつも通り、わたしがやる」

ケイはきっぱりいった。

「ふたりで家で食事なんてしたの、本当に久しぶり。これだけ料理に手をかけたのも。何だか懐しかった」

木は何と答えていいかわからず、黙っていた。

「嬉しいのよ。話題は、何ていうか、あんまりロマンチックじゃなかったけれど」

ケイはにっこり笑った。

「すみません」

「あなたがあやまることじゃないわ。もしあやまらなけりゃいけないとすれば、それは李よ。幽霊になっていても、土下座させてやりたい」

本気の口調でケイはいった。

洗いものが終わると、シャワーを浴びるといって、ケイはバスルームに消えた。木は落ちつかない気分で、ソファベッドにすわり、もちこんだ道具類を点検した。

携帯電話が鳴った。〝C〟だった。

「どうなってる？」

坂本からだった。押し殺した声で訊ねた。

「別にどうもなっちゃいない。まだあんたたちの名はどこにも流れていない。彼女を除けば」

「その女のことを訊いてるんだ。さらわれたりしてねえだろうな」

「大丈夫だ。しっかり張りついている。メール男から接触があれば必ずこっちにもわかる」

「メール男だけじゃねえ。組の動きだって心配だ」

「メール男も不安はいっしょだ。丸山組が動く前に何とか彼女に接触しようとする筈だ」

「そうだな。何たって組うちにいるのだからな。二代目が手を打つ前に手を打とうとするよな」

「そういうことだ」

「鬼塚の野郎は大丈夫なのか」

「今のところは。どたんばになればわからんがね」

「のんきなこといってんじゃねえ。俺らがやられるときはお前も道連れだってこと忘れるなよ。何かあったらすぐに連絡してこいよ、いいな」

坂本は念を押し、電話を切った。木は電話をおろした。ふと気づくと、部屋の入口にスウェットの上下に着がえたケイが立っていた。濡れた髪をタオルでぬぐっている。

「今のは誰？　訊いてよければ」

「坂本です。奴もあなたのことが心配でしかたがないようだ」

木はいって笑った。

「なぜ」

「あなたが丸山にさらわれ、自分たちのことがバレるのを恐れている」

ケイもつられたように笑ったが、すぐ真顔になった。

「考えてみれば、わたしはすごく運がよかったのね」

木はケイを見つめた。

「丸山組は犯人をつきとめるために中国人をたくさん拷問して殺したのでしょう。わたしも同じ目にあって不思議じゃなかった」

「確かにそうかもしれませんね」

木は認めた。

「丸山組は李のことを今はつきとめている。その結果、丸山はあなたの店にきた」

「なぜわたしのことはさらって拷問しなかったのかしら」

「あなたが日本人でカタギだったからでしょう。やるとなれば、殺す覚悟でなけりゃできない」

「それだけ？」

ケイは木を見つめた。

「わかりません。やたらに人を殺しても望む情報は入らない、と学習して、やり方をかえただけかもしれない。丸山はどこで李のことを知ったんでしょう」

「会ったのでしょ、身代金のうけ渡しのときに」

「それはそうです。しかしそのときは、李の名や、ましてやあなたの存在など知らなかった。知っていれば三年前にあなたのところにきた筈です」

「そうね」

「初めて西麻布のお店にきたとき、何か奴はいいましたか」

「いいえ」

ケイはいった。

考えてみると奇妙だった。すでに死んでしまっている李の身許やケイとの関係を、丸山はどうやってつきとめたのか。三年前につきとめていたなら、確かに荒っぽい手段をとったかもしれない。

丸山がこの三年こつこつと父親をさらった犯人についてひとりで調べて回り、ようやく李、さらにはケイにたどりついたということなのか。

丸山は今ケイをさらわない理由については、鬼塚と会った新宿の喫茶店で、

『あの女がサツに駆けこんだら、うちは痛めつけられるといった。それに対して鬼塚が疑いを抱き、本当はあんた、組うちにいた誘拐犯のメンバーを知ってるのじゃないか』

と訊ねたのを否定し、さらに知ってはいるが証拠がないので、ケイを探ることでその証拠を手に入れようとしているという木の勘ぐりにも、平然と、何いってんだ、お前。身内の人間だったらそんな手間暇かける必要がどこにあるとうけ流した。

あのとき木はあてが外れたような気がしたのだが、それは、丸山がケイに目をつけた理由をはっきり口にしなかったからなのだ。なのに丸山は、金はケイがもっているにちがいないと、自信たっぷりにいいきっていた。

鬼塚の勘はあたっている。丸山には、鬼塚に話していない〝何か〟があるのだ。その何かが、丸山がケイに目をつけた理由だ。

そのことに気づくと木はさらに落ちつかない気分になった。

「どうしたの」

木の動揺を察したようにケイが訊ねた。

「嫌な感じがする」

「嫌な感じ？」

「もしかしたら、誰かにハメられているのじゃないか。カードは全部開かれてると思ってゲームをやっていたら、相手側にしか見えないところで別のカードが開かれてる、そんな気分なんです」

ケイはじっと木を見つめた。

「もしそうならどうなるの」

「今はまだわからない。でもこの先何か起きたらとり返しのつかない羽目になるかもしれません」

「それは前にいっていた、殺されるとか刑務所に入れられるとかそういうこと？」

木は考えた。殺される可能性はもちろんゼロではない。だがそれは気をつけてさえいれば回避できる場合もある。刑務所は、今のところ考えられない。たとえどんなハメられかたをしようと、自分やケイが三年前の誘拐犯として逮捕されることはありえない。

そう告げた。

「つまり、今までは殺されずにすんだけれど、これからはわからない、ということね」

「ええ。丸山はやはり犯人を知っているような気がするんです。そいつがあなたを狙ってくるのを待ちうけていて、もちろん助けようとはこれっぽっちも思っていない。むしろあなたが殺されるのを見はからって、そいつを押さえにかかる気かもしれない。もしそうなら、俺は邪魔者だ」

ケイは木のいる部屋に入ってきた。髪をふいていたタオルを抱いて、木の隣に腰をおろした。体のぬくもりとシャンプーの心地よい香りが押しよせてきて、木は思わず横にずれた。

「わたしが殺されるときは、あなたもその巻き添えになってしまうのね」

「殺されないために俺がいるのじゃないですか」

木はいった。声がかすれた。

「わかっている。でももしかしたら助からないかもしれない」

ケイは静かな口調でいって、木の目をのぞきこんだ。

木はその視線を外し、七つ道具の入ったリュックを膝にとりあげた。中をかき回し、とりだした品をさしだした。

「これをもっていて下さい。使い方も覚えて」

「何？」

ケイは目をみはった。

小型のスタンガンだった。威力はさほどないが、とっさのときに役に立つ。

木はスイッチを押した。恐しげな音をたて、火花が飛んだ。

「スタンガンです」

「でもこんなものをもっていて、逆に襲ってきた人にとられてしまったら——」

木は首をふった。

「痴漢《ちかん》よけなどのためにもとうという人にとってはそうでしょう。でも、あなたを襲う人間はただの痴漢じゃない。もっと物騒なものをもって現われるかもしれないし、無駄な抵抗をしなければ被害が小さくすむというものでもない」

ケイは目をみひらいて聞いていたが、スタンガンに手をのばした。

「それもそうね。殺されるかもって自分でいっておいて恐がっていたら意味がない」

木は使い方を教えた。

「とにかくどこでもいい、できれば腕や首、顔など、肌の露出している部分にこの電極を押しつけてスイッチを押すんです。そしてこれが大切なことですが、相手が痛がったり苦しんだからといって、驚いてはいけない。すぐにスイッチから手を離さず、完全に相手が参るまで何度も攻撃をやめないことです。下手に手をゆるめると、かえって事態は悪くなる」

ケイは頷いた。

「やるからには徹底的にやるということね」

「そうです」

スイッチを押した。青い火花を魅《み》せられたように見つめている。

「いつも手の届く場所においで。たとえ俺といっしょのときでも決して気を許さないように」

「わかったわ」

ケイはスタンガンを握りしめた。木は頷いた。

「じゃ、おやすみなさい」

ケイは立ちあがった。

「おやすみなさい。木村さんも寝るの？」

「俺はまだ起きていますが、いったようにふだん通りの暮らしをして下さい。俺に気をつかわないで。テレビを見るなり、本を読むなり、眠くなったら寝るでけっこうです。何かあったら声をだして。すぐに飛んでいきます」

ケイは木を見おろしていたが頷いた。

「そうするわ」

部屋をでていった。ケイが寝室に入るのを見届け、木は部屋のドアを閉じた。音を完全に遮断してしまわないよう、細目に開けておく。

眠けなどまったくない。ケイの肌のぬくもりを感じたあとでは尚さらだ。

別にひと晩中起きていたってかまわないのだ。木はダンボール箱の積みあげられた室内を見回して思った。

睡眠は、明日、「K's Favorite Things」の近くに止めた車の中でもとれる。

ケイと同じ屋根の下で、こうして二人でいられ、その役に立てている、という実感が木を幸福にしていた。たとえひと晩やふた晩、徹夜したところでいっこうにかまわない。

17

何ごともなく一夜が明け、ふだんは朝食をとらないというケイにあわせて、木《もく》は食事抜きで車を西麻布に走らせた。店の前でケイを降ろし、中に異状がないのを確かめた上で、監視できる位置に車を止める。

店にいる間にケイが襲《おそ》われる確率は低いと木は見ていた。住宅街の中だが、表にはそこそこ人通りがあるし、手伝いの女の子や客もくる。そんなところに車を乗りつけさらっていけば、大ごとになるのは見えている。狙うとすればやはり夜で、なるべく目撃者のいない場所、時間を選ぶ筈だ。

ほとんど一睡もしなかったので、近くで買ってきた弁当を食べると、午後、木は眠くなった。手伝いの娘が「K's Favorite Things」に入っていくのを見届け、シートの背を倒した。二時間ほど熟睡した。

夕方になり、ケイが店を閉めると、木の車に歩みよってきた。木はエンジンをかけ、ケイが助手席に乗りこんだ。

その夜も、何ごともなく過ぎた。襲ってくる者は現われず、どちらかのベッドにどちらかが入ることもなかった。

三日目の夕方、車内にいる木の携帯の〝C〟が鳴った。鬼塚だった。

「どうだ、何か変化はあったか」

「何もない、静かなもんだ」

木はアクビをかみ殺しながら答えた。

「店の周りや住居の近辺をうろつく奴もいないし、探りを入れるような電話もかかってこない。そっちがちゃんと役目を果たしているのか心配になってるくらいだ」

「流しておいたさ。丸山の野郎は目をむいていた。だが俺のところにも誰も何もいってきちゃいない。この作戦は失敗だったのじゃねえか」

「丸山と話したのはいつだ」

「きのうさ。もう組うちには知れわたってる頃だ」

「まだ一日しかたってない。あんたも気を抜くな。相手はそうとう頭の切れる奴だ」

「お前な、誰に向かっていってるんだ。俺はプロだぜ」

あきれたように鬼塚はいった。

「相手もプロだ。おまけに人殺しだというのを忘れるな」

木がいうと、鬼塚はちっと舌を鳴らした。

「今週いっぱい何も起こらなかったら、やり方をかえるぜ」

今日は水曜日だ。

「どうかえるんだ」

「お前が女を威せ。犯人がでてこない、やっぱり金を隠しているのじゃないかとな」

「断わる。彼女は金をもってない」

「甘い野郎だな。今度のことだって、疑いをそらすための芝居だとは思わねえのか」

「思わないね。犯人は必ず他にいる」

「じゃ一生思ってろ。だったらお前は女から手をひけ」

「何のために」

「俺が女を締めあげる。お前みたいのがちょろちょろしてるから妙に強気になってるだけなんだ。俺と組むか、丸山に殺られるか、どっちか選べと迫れば、案外簡単に落ちるかもしれん」

「落ちなかったらどうする？　それどころか現役のデカに脅迫されたと訴えたら。もし身にやましいことがなければ、そうするかもしれん」

鬼塚は黙った。

「何度もいうようだが、彼女はまっとうな人間だ。妙ないじりかたをすると、そっちが怪我をするぞ」

「何を正義の味方ヅラしていやがるんだ。金欲しさに同僚を殺そうとまでした野郎が」

鬼塚は吐きだした。

「手前のきたねえ正体を知ったら、あの女も愛想尽かしをするだろうよ」

「もう彼女には話してある」

木はいった。

「ほう。辻川《つじかわ》が義足をつけてるってこともか？」

今度は木が黙った。鉄筋で大怪我をした同僚、辻川はその傷がもとで右足を切断した。

「いってねえだろうが」

「とにかく彼女にはかまうな。あんたはあんたで調べられることが他にある筈だ。李はもしかすると中国人に殺されたのかもしれん」

「何だ、それは」

木は最初の晩にケイと話した可能性について聞かせた。

「そんな筈がないだろう。いよいよ怪しいぞ。やはり金は女がもっていて、お前にあきらめさそうと吹きこんだんだ」

「ないな、それは」

「お前、さては寝たな。それで鼻毛を抜かれたのだろう」

「いい加減にしろ。それでも現役の刑事か。もっとまっとうに事件を見ろよ」

木はいって、電話を切った。いらついて煙草をくわえた。

自分はケイを信じている。だが本当にケイは金を隠していないと、感情抜きでいいきれるのだろうか。

ケイが金を隠しているとするなら、李を殺したのもケイである可能性は高い。メール男の正体はケイで、丸山組の内情をどうして知ったのかという課題だけが残る。ケイの周囲に丸山組の関係者がいないことは、調査の初期段階で確かめてあったが、見落としはなかっただろうかと、木は反芻《はんすう》した。

ケイと丸山組の接点はない。ケイに水商売などの前歴もなく、家族や親戚にも暴力団関係者はいなかった。

その夜、夕食を終え、別々の部屋にひっこむと、木は事務所あてのメッセージを確認した。畑吹カズオから伝言があった。連絡を下さい、となっている。

カズオの携帯を呼びだした。つながるとすぐ、カズオはいった。

「木村さん、今どちらです？」

「恵比寿です」

ケイの部屋にいるとはいえず、木はいった。李との友情にカズオがいまだにこだわっていたら、友だちの女を寝盗ったと誤解されるかもしれない。

「妙な噂を聞いたので、元山さんのことが心配になったんです」

カズオはいった。

「どんな噂ですか」

「電話ではちょっと。今からお袋の店にこられますか」

木は迷った。噂というのはたぶん、丸山組に鬼塚が流したものだろう。だがそれにどんな尾鰭《おひれ》がついているかを知れば、メール男の正体をつきとめる材料になるかもしれない。それにずっと連絡のなかったカズオが呼びだしてきたことにも興味を惹かれる。

一方でこれが罠ということもありうる。カズオは木がケイの警護についているのを知っていて、わざとひき離すための呼びだしをかけてきたのかもしれない。もしそうなら木がここを離れたとたん、ケイは襲われる。

木は考え、あることを思いついた。

「うかがえますが、ひとりじゃなくていいですか」

「誰と？」

「会えばわかります。だったら三、四十分でうかがえますが」

カズオがどこまで信用できる人間か確かめるチャンスでもある。木はケイを連れて、「星花」にいこうと思いついたのだ。

カズオはつかのま黙ったが、いった。

「わかりました。お待ちしています」

電話を切った木は、ケイの寝室のドアをノックした。

「はい」

「木村です。でかけるところができたのですが、少しつきあってもらえませんか」

ドアごしにいう。

「今から？」

驚いたような返事があって、ドアが押し開かれた。

「畑吹カズオから電話がありました。たぶん丸山組に流した噂のことを聞きつけたのだと思いますが、話をしたいというのです。彼の正体を見きわめるチャンスだし、あなたひとりをおいてもいけない。彼の母親がやっている銀座の店で待ちあわせました。つきあって下さい」

「銀座……。お化粧も落としちゃったのだけれど。どうしてもいかなきゃ駄目？」

「何か情報が得られると思うんです」

ケイはつかのま考えていたが頷いた。

「わかりました。大急ぎで仕度します。下に着いたら電話をします」

「俺は車をとってきます」

二十分ほどでケイは仕度を整え、マンションをでてきた。ブラウスにパンツスーツといういでたちで、少しフォーマルな雰囲気のスーツが長身に似合い、木は見惚れた。

三十分で銀座に到着すると、車を駐車場に入れ、二人は「星花」に向かった。

扉を開けると、カウンターにカズオがいて、隣にすわっていた楓が、

「あらっ」

と声をたてた。カズオがふりむいて、木のうしろに従っているケイに気づくと、わずかに驚いたような表情を浮かべた。

「元山さん」

「お久しぶりです」

ケイはいって頭を下げた。

「その節はご心配をおかけしました」

楓が不安げな表情でケイを見つめた。カズオに気があるので心配になったようだ。

「お元気そうですね。でも、なぜいっしょに?」

カズオはケイから木に目を移した。

「畑吹さんが聞いた噂にも関係しているんです。元山さんの身辺警護を私が買ってでたんです」

木はいった。カズオは再びケイを見やって頷いた。

「なるほど。道理で……」

ママの花江が奥のボックスに三人を案内し、ついてこようとした楓に耳打ちをした。楓はわずかに不満げな顔をして、カウンターに残った。

三人は、ホステス抜きで向かいあった。

「まず礼をいいます」

カズオがいった。

「木村さんは俺がお願いしたことをきちんとして下さってるんですね」

「畑吹さんにお礼をいわれるとかえってつらい。これも仕事のうちだと思っていますから……」

木が答えるとケイがふりかえった。

「それより噂のことを聞かせて下さい。あるていどはこちらも把握しているつもりですが、どこから入ったのですか」

畑吹はケイを気にした。

「大丈夫です。畑吹さんのお仕事のことは木村さんにうかがいました」

畑吹の目が広がった。傷ついたような、わずかに非難するような視線で木を見た。

「わたしが何度も訊いたんです。いっしょにいる時間が長ければどうしても李の話になります。だから……」

「話したのですか」

ケイがいった。畑吹は頷き、無表情になった。

「わかりました。そういうことなら、隠さずに話しましょう。先日、うちに新しい『マキ』が届きました。その関係者から入った話です。丸山組で近々、新しい『マキ』がでることになっている、といわれました。その『マキ』は、三年前の事件の犯人で、一部ではその正体がつきとめられている」

いってカズオはおしはかるように木とケイの顔を見やった。二人とも無言だった。

「さらにその正体をバラしたのは、犯人の中国人の恋人だった女で、金と復讐のために仲間を売った。というのも、中国人は仲間割れで殺されたからだ」

「その女はどうやって中国人の仲間のことをつきとめたのですか」

木は訊ねた。噂がどんなふうに広まっているかを知りたい。

「死んだ恋人に聞かされたか、仲間割れの片方に教えられたか、どちらかだろうということです」

ほぼ作戦通りだ。

「それで?」

ケイがカズオに先をうながした。

「丸山組が動いています。噂のでどころは何でも刑事だそうです。丸山組が昔から飼っている刑事がその女を口説《くど》いてひっぱりこんだらしい。噂好きの話じゃ、女は刑事に転がされていて、刑事のために、昔の男の仇討ち話にのったという」

ケイがくすっと笑った。

「すごいことになってる」

「笑いごとじゃありません」

カズオが静かな口調でいった。

「そういう噂がでるには理由がある」

「どんな理由です？」

木は訊ねた。

「女が昔の男を殺した奴の正体を知っていたとすれば、なぜ今になって動きだしたかってことの理由です。新しい男ができて、そいつにそそのかされたものだから、古証文《ふるしょうもん》を使って金儲けをする気になったというのです。三年前は、恋人が死んだいきさつがわからず、仕返しもしようがなかった。それが今、寄ってきた刑事に惚れ、寝物語に三年前のいきさつを教えられ、しかもその刑事のこづかい稼ぎにつきあう格好で、昔の男の仲間を売る、というのはいかにもありそうな話です。元山さんを知らなければ、ですが」

真剣な顔でカズオはいった。

「そこで俺に、その噂が本当かどうかを確かめようとしたのですね」

木は頷いた。

「そうです。その刑事が何者かまでは、さすがにうちにきた人間は教えてくれませんでしたが、まさか元山さんがそんな奴とつきあっているとは思いたくなくて。でもいったいどこまでが真実なのか、木村さんに訊こうと思ったんです」

「大すじはまちがっていません。一部、大きなアレンジはありますけれど」

ケイがいった。

「大すじって？」

カズオはケイを見た。

「わたしが昔の男、つまり李の復讐をしようとしているということ。そのために李の仲間で、李と同じように裏切られた人たちと連絡をとりあっています。アレンジされているのは、刑事とつきあっている、というところです。その刑事さんが誰なのかはわかりますが、わたしはつきあっていません」

「じゃなぜ、その刑事はそこまで詳しく知っているのです？」

「わたしがそういう噂を流して下さいとお願いしたからです。つきあっているという噂じゃありませんよ。李の昔の仲間と連絡をとって、李の復讐を考えているという噂です」

ケイは答えた。カズオは深呼吸をした。まじまじとケイを見つめる。

「なぜ、です」

「なぜ？　木村さんのせいかしら」

　ケイがいったので、木は驚いてふりむいた。

「誤解しないで下さい。別に木村さんがわたしをそそのかしたのじゃありません。噂になっている刑事さんと木村さんじゃ、人格がまるでちがいます。木村さんは本心からわたしのことを心配して下さっている。ただわたしにとって本質的な問題はひとつです。李を殺した犯人を見つけない限り、平穏な暮らしはとり戻せない。犯人が見つからない、お金がどこにいったかわからないでは、いつになっても、誰かがいろんな噂を流すでしょうし、わたしもそっとしておいてもらえない」

「そうでしょうか。元山さんはカタギの世界の人だ。いつまでもあなたを悩ませるような人間はいないと思いますがね。たとえばの話、あなたがもし田舎にひっこんで平和な暮らしをしていたら、そこへのりこんでいって威すような真似をする人間はいないでしょう。あなたがまっとうな暮らしをするなら、つけこむ余地などどこにもない」

「畑吹さん、わたしは田舎にひっこむ気などありません。まっとうな暮らしをしているからこそ、ここそ田舎にひっこむような真似はしたくないんです。悪いことを何もしていないのに東京を逃げだしたなんて思われるのは嫌です。悪いことをしていないから堂々と、この街で暮らしていたい。それでも誰かがわたしの暮らしをおびやかすなら、戦えばいい、と思うんです。警察は頼りませんし、頼れないとも覚悟しています。わたし自身にはうしろ暗いことはないにしても、三年前の事件が事件ですから。結局、わたしのおかれた立場は、微妙なもので、事情を知る人は同情してくれても、助けようとまでは思わない。相手が悪い、李にも非があった、そういうことですから。

じゃあわたしは何をされても、つまりそれは知らないうちにあれこれ調べられたり、ときには威されるようなことをされても我慢しなければならないのか。お店をたたみ、田舎にひっこんで、中国人なんかとつきあうのじゃなかったと、残りの人生を肩身を狭くして生きなければならないのか。

それはちがう。ちがう筈です。ずっとそう思って、この三年間、耐えて暮らしてきたのです。相談できる人もなく、たとえいたとしても話せるようなことではありませんでしたから。そこに木村さんが現われた。この人も初めは嘘をついてわたしに近づいた。でも途中から真実を明かしてくれました。この人は信用できると思ったんです。そしてこの人が守ってくれるなら、わたしは現実をひっくりかえせるかもしれない。わたしをとりまく、怪しげな人たちや三年前の謎だらけのそして悲しいできごとに仕返しができるかもしれないって感じたんです」

カズオは何もいわなかった。木も無言だった。

やがてカズオは小さく何度も頷いた。

「元山さんのおっしゃる通りだ。欲がからまって起きた三年前の事件を、まだ利用しようとしている人間がたくさんいて、そのすべての中心にいるのが元山さんです。だからあなたに平穏はない。といって悪いこともしていないのに逃げたくはない、というあなたの気持もまちがっていません」

「わかってもらえますか」

「よくわかります。俺は、李の数少ない友だちとして、元山さんを応援します。でも不可解なのは、その刑事だ。寝ているなんてのは、本人がそういわない限り流れないような噂ですよ。それがなぜ流れたのだろう」

「本人がそういったからじゃないですか」

木はいった。カズオは鋭い目になった。

「木村さんもその刑事が何者か知っているのですね」

「もちろんです。元山さんとそいつをひきあわせたのは俺ですから。ただしそいつも丸山組に飼われているわけではありません。むしろ自ら顧問を買ってでた、というところですかね。理由は、もちろん金ですが」

「つまり木村さんはその人とつきあいがあった……」

「ええ。情報をよく買うんです。知っているのを知らないということはありますが、嘘はつかない男なんです」

わずかに緊張しながら木はいった。自分が元警官だということは、この畑吹カズオには知られたくなかった。

「丸山組の二代目は、あなたについても神経を尖らせていますよ」

話題をそらすために木はつづけた。

「奴にとっては、恐い存在なんです」

「確かに、俺という人間がなぜここでからんでくるのか、李とのことを知らない人には謎でしょう」

　カズオは頷いた。

「一度お訊きしたかったんです。どこで李とは知り合ったんですか」

　ケイが助け舟をだしてくれた。

「奴が、うちにきたんです。『マキ』を助けに」

「え？」

　カズオは話し始めた。

「正確にいうと、李が殺し、うちで『マキ』にする筈だった人間です。当時李は、康という中国マフィアのボスの下で働いていました。そのとき敵対するグループのひとりを捕《とら》え、半殺しの目にあわせたのです。康はそれでも許さず、李にその男を殺してうちで処分しろと命じました。李は血まみれの男を車のトランクに入れて、うちに運んできました。ですが、その男を助けたかった。康からはうちに連絡があったので、途中で逃がすことはできなかった。そこでうちまできたところで助けようと考えたのです。でもそのためには俺に口裏を合わせてもらわなければならない」

「合わせてやったのですか」

　木は訊ねた。

「合わせました。その男は、李の弟だったのです。李と同様黒孩子《ヘイハイズ》として生まれた弟は里子《さとご》にだされ、何年も互いに消息がわからなかった。それが再会したのが皮肉なことに日本ででした。男を捕え、痛めつけているうちに、李はそれがわかったのです。何とか逃してやろうと思ったがそのチャンスがなく、もし真実をボスに話せば、裏切り者と疑われかねなかった。そこでうちまで連れてきて逃がす以外に手はないと決心したのです。そのとき対応したのが俺じゃなければ無理だったでしょう。実は俺は、小さな頃に兄貴を亡くしているんです。近所の荒川《あらかわ》で遊んでいて、溺《おぼ》れそうになったのを兄貴が助け、代わりに自分が死んでしまった。そのせいで、李の話は、俺にとって人ごとには思えませんでした」

「李はそんな話はひと言もしなかったわ」

「回り回って、どこかで康にバレたらまずいと思ったのでしょう。そうでなくても、生き別れになっていた弟を殺しそうになったなんて、人にいえる話じゃありません」

ケイは頷いた。

「それがきっかけで李は俺に恩義を感じ、俺は俺で、死んじまった兄貴の再来のように李を思うようになったんです。互いに立場はちがうが、今さらまともな人生を歩めないという点も一致していた」

「待って。李は本当にそう思っていたの？」

ケイがいった。

「そう、とは？」

「今さらまともな人生は歩めない」

「それはそうです。奴にとって、黒孩子《ヘイハイズ》は大きな問題でしたから」

「でも国籍を買って日本人になり、ビジネスで成功するのが、李の夢だった筈」

「それは……元山さんのためにいっていたことです。実際には不可能なことだとわかっていました。たとえ日本人になっても、うしろ暗い過去がつきまとう、と」

「うしろ暗い過去？」

カズオは沈黙した。ケイが気になるように見つめる。

いいかけ、木は黙った。カズオはいいたくないのだということに気づいたからだ。

「それは李が他にも」

「そうです」

カズオはいった。

「そうですって何が？　李は他にも何を」

いいかけ、ケイが気づいた。

「嘘」

と口をおおう。カズオはケイから目をそらしていった。

「李がうちに『マキ』を運んできたのは、それが初めてではありませんでした。それどころか、康の仕事とは別でも、『マキ』運びのアルバイトをしていたんです」

「『マキ』運びのアルバイト。それはつまり殺し屋ですか」

木は思わず訊ねた。

「実際に李が手を下していたかどうかはわかりません。ただ李がうちに死体を運んできたのは一度や二度ではなかった。その中には中国人ではない『マキ』もあった」

「待って下さい。日本人という意味ですよね」

「そうです」

「それはやくざ者でしたか」

「やくざ者か、それに近いチンピラのような男の死体でした。どこの誰とかはわからず、そのときは多分、雇われて運んできたのだと思います」

「誰に？」

木は訊ねた。

「それは秘密でしょう。俺も知りません。もしかすると李も知らなかったかもしれない。前金を振込まれ、ひきかえに駐車場かどこかにおいてある車をとりにいくと、そのトランクに死体が入っている。それをうちにもっていって処理をすませれば、残金が振込まれる、というような仕事です」

「それだ。それをやっていたからメール男は李に目をつけたんだ」

思わず木はつぶやいた。だがケイのようすに気づき、口をつぐんだ。ケイはまっ青な上に涙ぐんでいる。

「元山さん」

「大丈夫です。大丈夫ですから」

ケイはいって、気丈な笑みを見せた。カズオがグラスにウイスキーを注いだ。ストレートで、ケイに押しやった。

「気つけ薬です」

ケイは頷き、一気に呷《あお》った。

「ありがとうございます」

涙目で瞬きして、ケイはいった。痛ましい気持になり、木はそれを見つめた。

ケイは大きなため息を吐いた。

「そうですよね。李は暗黒街の人間だった。人殺しをしていておかしくはないくらい、首まで犯罪に浸《つ》かっていた。そんな人だからこそ、殺された……」

木もカズオも無言だった。

「わたしひとりが李を善人だと思っていた。よく考えればわかることなのに。李が日本人になってまともな暮らしをするなんていう嘘を、本気で信じていた……」

「嘘かどうかはわかりません。過去は過去として、そうできればいいと願ってはいたでしょう」

木はいった。

ケイは深々と息を吸いこんだ。木を見やり、つらそうな笑みを浮かべた。

「大丈夫。死んでしまった人間の思い出にいつまでも縛られていてはいけないもの。李は悪い奴だった。人殺しをしたか、その手伝いをしていたのはまちがいない。そしてそんな人間だったからこそ、メール男に目をつけられた」

「たぶんそうでしょう」

木は頷いてカズオを見た。

「中国マフィアを離れたので、李は稼げる場所を失った。中国語の先生だけではとうてい食っていけない。あるいは食べていけたとしても、大金は得られない。そこで死体処理のバイトを始めた。きっかけは、あなたと知り合ったことだ。ちがいますか」

カズオはつかのま沈黙し、認めた。

「そうです。弟を助けたこともあって、李は康のもとから離れました。もしそれが康にバレたら、李も裏切り者として制裁をうけなければならないからです。そして中国語学校の教師となり、ほどなく元山さんと知り合った。その頃の李は、金に困っていました。そこで俺が、李にアルバイトを勧めたのです。メールで客を拾い、死体をもってくれれば、格安で処理してやる。互いの正体がわからないように、死体のうけ渡しができるなら、客はきっといる筈だから」

「そうだったのか」

木はつぶやいた。

「もちろんそんなに長くやっていたのではないし、客も始終いたわけでもありません。実際に李がうちに『マキ』をもってきたのは四、五回でした」

カズオはケイに告げた。ケイはそれを、どこか遠くを見る目で聞いていた。

「メール男は、李のそのバイトを知っていた。だからこそ使える、と踏んだんだ」

木はいった。

「メール男というのは何です」

カズオが訊ねた。木は答えた。

「三年前の事件の主犯です。そいつが李をこの事件に巻きこみ、殺して、金を奪った。自分は一度も現場に立ち会うことなく、身代金をすべて手に入れた。その正体を知っていたのは李だけで、他の犯人もいまだに正体をつかめずにいる」

「じゃあその男をつきとめるために、元山さんは刑事を使って噂を流したのですか」

「そうです」

ケイは遠くを見たまま頷いた。

「実際に他の犯人のことを知っている?」

ようやくカズオに目を向け、ケイは答えた。

「はい。会ったことはありませんが」

「ようやく流れがつかめたぞ」

カズオがいって、木に目を移した。

「木村さんを雇ったのはその人間ですね。李が殺され、身代金の行方がわからない。メール男につながるのはもう元山さんしかいないと考えて、あなたに調査を依頼した」

「察しの通りです。ですが、元山さんはもちろん、メール男の正体を知らなかった。ただ丸山組の関係者であるのはまちがいないので、それを燻りだすために、この噂を流したんです。ただし提案したのは私じゃありません。元山さんです」

カズオは深々と頷いた。

「当然、ボディガードは必要になる」

「ええ。噂を聞けば、メール男も、丸山組も、元山さんを狙ってきます。メール男は口封じに、丸山組は犯人捜しに。ただし、丸山の二代目だけは、例の刑事を通じて、この噂が一種の〝作戦〟であることを知っています。そうでなければ、元山さんはあっという間に丸山にさらわれてしまう」

「しかしあの二代目もしつこい男だ」

カズオはいった。

「それは父親をさらわれて、自分が身代金を払ったのだから、よほど腹にすえかねているのでしょう」

「ですが、丸山組の中ではあの一件はもうタブーになっていたのです。組長の親父さんにその話をもちだす奴などいない。極端な話、なかったことにするしかないと側近の連中はいっていたほどです。それをあの二代目だけが今も追いかけている」

「執念深いタチなんでしょう。話していてわかりますよ。それに奴は、特定の組員に目星をつけているのじゃないかと思うんです。そうでなければ、確かに三年もたった今、元山さんの周囲をうろついたりしない。それこそ目星をつけているのが、親父の側近中の側近か何かで、よほどの尻尾《しっぽ》をつかまない限り、口を割らせられないと考えているのかもしれません」

木がいうと、カズオは首をひねった。

「丸山組の幹部の中に、そこまで切れ者がいるとは思えないのですがね。あの親父さんを囲んでいる連中は、どちらかというと頭より体を使うほうが得意な人間ばかりです。だから金儲けのうまい組長に頭が上がらない」

そして木を不思議そうに見つめた。

「それにしても木村さんは、まるで刑事みたいなものの見方をしますね。目星をつけているとかいないとか」

木は背中が冷たくなった。

「例の刑事に影響されたのかもしれません」

ほっとしたことにカズオは軽く頷いて、それ以上は追及してこなかった。

「その刑事ですが、犯人を見つけたらいったいいくらを丸山組からせしめるつもりなのでしょうか」

「一千万、と聞いています。ただ奴は、まる一日たつのに何の動きもないものだからいらだっています」

「木村さんに連絡をしてきたのですか」

「ええ。奴はまだ少し、元山さんのことも疑っている。正体の知られていない主犯など存在しないと考えているんです」

「それはつまり、元山さんをそうではないかと疑っているということですか」

「そうです」

ケイは小さく頷いた。

「わかります。わたしは李のすぐそばにいた。だからわたしを怪しむのは当然です」

「だけどそれはありえない」

木は強い口調でいった。

「元山さんは李のバイトのことすら知らなかった。それが演技だとしても、元山さんが李を殺して金を奪ったのなら、西麻布でいつまでも店をやっている必要などない」

「そうすれば逆に疑われないと考えたのかもしれない」

カズオが静かな口調でいったので、思わず木はふりかえった。

「という見方もできるというだけです。俺は元山さんを疑っちゃいません。第一、元山さんが犯人なら、李が『ケイを頼む』なんていう筈がないでしょう。無関係だからこそ、李は元山さんに迷惑が及ぶのを恐れたんだ」

「ありがとうございます。信じて下さって」

ケイがいって微笑んだ。

「ねえ、もうそろそろいいのじゃない」

カウンターに〝避難〟していたママが声をかけてきて、木たち三人は我にかえった。

「ごめんなさい」

ケイが頭を下げた。

「わたしたちお酒も飲まないで、ずっとテーブルを占領していましたね」

「そんなことはいいのよ。でもお仕事をしなけりゃ、お勘定をいただくわけにはいかないもの。カズオ、もういいでしょ」

「ああ……。いいよ、悪かった」

カズオはカウンターで待っていた楓のほうをふりかえりいった。

「畑吹さん、あとひとつだけ」

木はいった。

「何です」

「李が助けた、その弟ですが、それからどうしているかご存知ですか」

カズオは考えこんだ。

「確か中国に帰ったと聞いています。日本にいて康に見つかったのでは、自分も兄貴の李の身も危なくなりますからね」

「そうですか」

がっかりして、木はいった。李の弟がもし日本にいれば、何か重要な手がかりを握っているかもしれないと思ったのだ。

18

翌日の昼、木《もく》が「K's Favorite Things」の近くに止めた車の横に、黒いコルヴェットがすうっと並んだ。

左ハンドルのコルヴェットと木の国産車の運転席がぴったり並んだところでサイドウィンドウが降りた。丸山組二代目が顔をのぞかせた。

木もしかたなくウィンドウを降ろした。

「おい、鬼塚はどうしてる」

いきなり二代目はいった。

「どうしてるって、俺が知るわけがない。どうした、何かあったのか」

「お前に関係ねえよ。奴と連絡をとろうとしているんだが、とれねえんだ」

丸山はケイの店のほうを見やりながらいった。

「俺は一昨日、電話で話した」

丸山のその目つきに嫌なものを感じながら木はいった。

「ふうん。何かでかいヤマでもあって、駆りだされているのかな。そのとき何かいってなかったか」

「いや。何も起きないんでいらいらしていた。噂は聞いているのだろう」

丸山は木を見た。

「当たり前だろう」

「何か怪しい動きはないのか、組うちで」

丸山は煙草に火をつけた。

「ねえな、別に」

「もうそろそろ、誰かが動きだしていい頃なのだが」

木はいった。もう三日目だ。確かに静かすぎた。

「あの女、よく見るといい体してるな。脱がすと、胸もありそうだ」

丸山は人ごとのようにつぶやいた。そして木を見た。

「もう乗っかったのか」

「冗談いうな」

「冗談じゃねえ。お前がいかねえなら、俺がいこうか。それとも鬼塚が怒るかな。奴のやった女にちょっかいをだしたら……」

木はため息を吐いた。

「何を真にうけてる」

「何をって？」

「鬼塚と彼女の間には何もない」

丸山は含み笑いをした。

「お前がコケにされているんだよ。寝てもいねえのに、あんな話を鬼塚にするわけないだろう。お前も本当、お人好しだな。鬼塚の女のお守りを押しつけられて、嬉々《きき》としてやがる」

木は思わず丸山を見た。おい、という言葉が喉もとまで浮かんだが、それを何とか呑みこんだ。

「まあいい。鬼塚から連絡があったら、俺が捜してたといっておいてくれ。せいぜい女のお守りをするんだぞ」

丸山はいって、ウィンドウを上げ、走り去った。それを見送り、木は携帯をとりだした。

鬼塚の携帯を呼びだす。呼びだし音もなく、留守番電話に切りかわった。

「木だ。これを聞いたら連絡をくれ」

吹きこんで通話を切り、考えこんだ。

妙だった。

鬼塚と連絡がとれないことではない。丸山が、ケイと鬼塚ができていると本気で信じこんでいるらしいことが、だ。

つまりそれは、鬼塚が丸山を通して流した噂を、丸山自身が信じこんでいるという証拠なのだ。

それを鬼塚に確かめようと思ったのだが、連絡がつかない。妙の二乗だ。

嫌な予感がした。


予感は当たった。その日の午後七時過ぎ、ケイと二人で恵比寿のラーメン屋にいると、携帯の〝A〟が鳴った。着信番号を見て、木は食欲が一気に失せるのを感じた。そこはケイお勧めのラーメン屋で、このところ豚骨《とんこつ》だの背脂《せあぶら》だのに押されて数がぐっと減ってきている、東京風のさっぱり中華そばを食べさせる店で、実際その通り、味も悪くなかったのだ。

「はい、もしもし」

それでも木は電話にでた。でなければ、もっとうるさいことになるとわかっていたからだ。

「どこにいる？」

　かけてきた男はいきなり訊ねた。

「飯を食ってます」

「ひとりか」

「クライアントといっしょです」

「何がクライアントだ。お前、すぐでてこい」

「でてこいってどこに」

「決まってんだろ、桜田門《さくらだもん》だ」

　男は唸った。男の名は結城《ゆうき》といった。警視庁捜査二課の警部補だ。捜査二課は、詐欺や汚職などの捜査を主におこなうセクションだが、現役警察官の犯罪も担当する。木が警官を辞めることになった事件について調査したのが、結城だった。

「なんで今さら。俺はもう現役じゃない」

「お前のことじゃない」

「じゃ誰のことです」

　一瞬沈黙し、結城はいった。

「四谷の鬼塚だ」

「ずっと会ってません」

　いよいよ年貢の納めどきがきたのだろうか。捜二《そうに》の内偵をうけていたので、姿をくらましたのかもしれない、と木は思った。だとすると、最悪のタイミングだ。

「最後に会ったのはいつだ」

「十日くらい前かな。なぜです？」

「桜田門にきたら教えてやる」

「今、聞きたい。教えてくれなきゃいきませんよ」

「浮いてたんだよ。東京湾に」

木は絶句した。

「どこで」

「お台場《だいば》だ。どうだ、くる気になったか。お前が鬼塚と何かこそこそやっていたことはわかってる。すぐにこないと、パトライトつけたのを迎えにいかせるぞ」

「クライアントを送ったら、いきます。一時間以内です」

木は告げて、電話を切った。信じられなかった。だが結城が電話してきたのが何よりの証拠だ。

事故や自殺の筈がなかった。

「どうしたの」

ケイが訊ねた。

「鬼塚が死にました」

ケイの手から箸が落ちた。目を丸くする。

「嘘……」

「今電話してきたのは、本庁の刑事です。現役の警官の犯罪を調べるのが仕事です。鬼塚は評判が悪かったので、事件がらみと見て、その刑事も動いているのです」

警察は俺を疑っています、という言葉を木は呑みこんだ。ケイを不安にさせる必要はない。

「その人は木村さんに何て？」

「鬼塚が俺と接触していたのを知っていて、奴の死因に何か心あたりがないかを訊きたいようでした」

柔らかくいえばそうなる。はっきりいえば、締めあげたがっている。

「鬼塚さんはどうして亡くなったの？　それはつまり、病気とか、事故とか」

木の顔を見つめるうちにケイの言葉は途切れた。

「……殺されたの？」

ささやくような低い声になった。

「たぶん。死体が東京湾に浮いていたそうです」

「李といっしょだわ」

ケイは蒼白になった。木は頷いた。

「おそらく偶然の一致ではないでしょう。さっ、自宅まで送ります」

食欲を一気に失ったらしいケイを見やり、木はいった。鬼塚が殺されたことを、丸山には知らせておくべきだ。刑事たちからすれば、よぶんな情報を与えるのは捜査妨害になるので木が絞《しぼ》られる理由になるが、丸山にケイに対して妙な気を起こさせない〝牽制〟にはなる。

何といっても現役の刑事が殺されたのだ。やくざが下手な動きをすれば、たちどころに締めあげられる。最悪の場合、被疑者扱いもありうる。その点では、警察は、暴力団員の人権をカタギより一段低く見ていて、それはまちがいのない事実だ。

もちろんそれはある種の〝差別〟なのだが、文句をつけてもしかたがないと、やくざ側もあきらめている。

鬼塚が殺されたとわかれば、丸山もさすがにおとなしくするだろう。ケイの周囲をうろつくような真似はしなくなる。

ケイをマンションの部屋まで送り届け、戸締まりを確認した上で車に乗りこむと、木は丸山の携帯電話を呼びだした。

「はい」

不機嫌そうに丸山は応えた。かなり電話の向こうが騒がしい。女の笑い声なども聞こえる。

「木村だ。悪いニュースがある」

「なんだ、女に逃げられたか」

酔いを感じさせる声で丸山はいった。

「お前がぼけっとしているからだろう」

「鬼塚が殺された」

丸山は黙りこんだ。

「聞こえているか」

「ああ。誰が殺った」

「それがわかれば苦労はしない。ただ、本庁の警官犯罪を調べるセクションも動いている。あんたも用心したほうがいい」

「わかった。お前はどうするんだ。逃《ふ》けるのか」

「いや、妙な動きは自分の首を絞めるからな。ゆっくり考える」

　桜田門に呼びだされたことは告げず、木は答えた。

「それから」

　木は鬼塚の流した〝噂〟について訊きかけ、考えをかえた。電話で、しかも酔っている相手に訊くようなことではない。

「いや、何でもない」

「何だよ、はっきりいえ」

「あんたが目をつけている組員がいるなら、きのうから今日にかけてのアリバイを確かめておいたほうがいいぞ」

　別の話にした。

「俺が目をつけている組員？　何のことだ」

「メール男さ。鬼塚は、あんたが誰かに目をつけているのじゃないかと考えていた。鬼塚を殺ったのが誰かはわからないが、メール男という可能性もある」

「なんだ、そのメール男というのは」

丸山がいったので、木は思わず言葉を失った。鬼塚は〝噂〟の本当の目的を丸山に話していなかったのだ。

「おい、説明しろ」

丸山はいらだったようにいった。

「誘拐犯のことだよ」

「なぜメール男と呼ぶ」

「別に。渾名《あだな》みたいなものだ。人前で、誘拐犯なんていえないだろう」

「妙だな。お前と鬼塚、何か俺に隠しているな」

「それはあんたも同じ筈だ」

「どういう意味だ」

「だからあんたは、組うちの特定の誰かに目をつけているってことさ。それがあるから、今になって元山さんの周辺を調べ回ったりして、犯人と証明できる証拠を探そうとしているんだ」

「待てよ。あの女は犯人を知っているのじゃないのか」

「知っていると思わせただけだ。そうすれば犯人があわてて動くかもしれないからな。ところがその犯人は元山さんのところにはいかず、鬼塚のところにいった」

「ちょっと待て！　お前は親父をさらった犯人が鬼塚も殺ったと思っているのか⁉」

丸山は仰天したようにいった。

「可能性はある。あんたが誰かに目星をつけていて、それを鬼塚に話したんで、鬼塚はそいつのところに直接いったのかもしれん。あんたを抜きで、金を回収すれば、それだけ奴のとりぶんは増えるからな。その結果、そいつが鬼塚を殺した」

丸山は黙りこんだ。

「どうだ、誰かのことを鬼塚に教えるか、調べさせちゃいなかったか」

「そんな奴はいない。馬鹿なことをいうな。もし俺が誰かに目星をつけていたら、とっくにそいつの口を割らせている。お前、サツにそんな話をする気じゃないだろうな」

「それはしない。すれば俺だって疑いをかけられる」

「あたり前だ。お前、どこかに逃《ふ》けとけよ。三年前の一件をサツは知らないんだ。もしもバレたら、お前が喋ったと見なすからな」

「わかった。だが現役の警官が殺られたんだ。あんたのところも相当うるさくなるのを覚悟したほうがいい。本庁は、あんたと鬼塚のつきあいを遠からず割りだすだろう。そのとき、うまい口実がでないと、三年前の一件もほじくりだされる羽目になる。もっともそうなったらなったで、ロハで犯人を見つけてもらえるだろうが」

「つまらん冗談いってると殺すぞ、この野郎！」

丸山が怒鳴ったので木は驚いた。丸山は本気で三年前の事件を警察に知られたくないらしい。それほど父親が恐しいのか。それとも身代金のでどころをつつかれたくないのか。その両方か。

「冗談でいったのじゃない。警察はそれだけ本気でやる、といいたいだけだ」

「おい、今どこにいる」

丸山が口調をかえた。木は危ないと思った。丸山はもしかすると木の口を塞ぐ気になったのかもしれない。

「彼女を送って、別のクライアントと打ち合わせにいく途中だ」

「時間があいたら連絡をしてこい。会って話がしたい」

「そいつは賢くないぞ。警察は、鬼塚とあんた、鬼塚と俺のつきあいを知っている。もし俺とあんたが会っているのを知られたら、一気に疑いが増す。俺はそれでもかまわないが、あんたの場合は、組全体に影響がでる」

「お前が心配だな。いろんなことをべらべら喋るのじゃないかと」

一転して、丸山は冷ややかな声になった。

「それにあの女もだ」

「俺があんたなら、今はひたすらおとなしくしておくがね。警察についちゃ、あんたより俺のほうが、どう考えるか見当がつく」

「威してんのか」

「そうじゃない。わかっているだろう。何かあれば、警察は極道にすべてをおっかぶせる」

丸山は唸った。

「とにかく連絡は密にとるが、直接会うのは、しばらくなしだ。鬼塚が元山さんと会っていたのも警察は知っている。元山さんには俺が口止めしたが、そこにあんたが現われたらすべてぶちこわしだ」

さらに丸山を〝牽制〟しようと、木はいった。

「本当にあの女は喋らないのだろうな」

「大丈夫だ。考えてもみろ。自分の恋人が殺されたって、警察に泣きつかなかったのだぞ。今さら何を喋るんだ」

ケイには手をだすな、といいたいのをこらえ、木は告げた。あまりにかばうと藪蛇《やぶへび》になる危険もある。

「俺は鬼塚がいつ、どんな風に殺されたのか、これから昔の伝手《つて》を頼って調べてみる。わかったことはあんたにも教える」

「ああ、頼む」

丸山は答え、急に猫なで声になった。

「いろいろ、きついことをいったが、鬼塚がいなくなっちまったら、あんたしか頼れる人間がいないんだ。そこのところ、よろしくな」

食えない男だ。木は苦笑いをした。

「とにかく、近々、連絡を入れる」

いって、木は電話を切った。

19

「鬼塚の遺体を見つけたのは、釣りにきていた高校生のグループだ。うしろから頭をぶち抜かれ、弾丸が抜けた顔はひどいことになっていた。見るか、お前」

木《もく》を桜田門に呼びつけた、捜査二課の警部補、結城はいった。目も鼻も顎もすべてが細く、陰険な顔立ちをした男だ。結城は、きのうの午後七時から午前零時過ぎまでの木のアリバイを訊ねたあげく、いったのだった。

幸いその時間帯の大半を、木はケイとともに「星花」にいた。カズオの名はだせないが、とりあえず知っている店で飲んでいたといっても疑いはそらせる。

「鬼塚の携帯を調べたら、お前との通話記録が残っていた。午後四時十分だ」

「確かに話しましたよ。ときどき電話がかかってくるんです。何かいいバイトはないかって」

木が答えると、結城は嫌な顔をした。

「お前ら腐った奴らは皆、同じだな。警察の仕事を、ただの金儲けのネタだと思っていやがる」

木は、結城とあと二名の刑事とともに取調室に入れられていた。形の上では事情聴取だが、実態は取調べだ。捜査二課は、鬼塚が、警官にあるまじき〝何か〟を木と組んでおこなっていて、それが原因で殺されたと疑っているようだ。

「お言葉ですが、私はもう警察を辞めています。確かに鬼塚さんにいろいろ情報をもらうことはありましたがね、法に触れるような内容を頼んだりはしていません」

「どうだかな。お前らがつるんで何か薄汚ない真似をやっていて、それがモメて殺しになったとしても俺は驚かんがね」

「アリバイを確認したでしょう」

「お前、殺しなんざ今どき、金さえだしゃいくらでもひきうけてくれる中国人がいるだろうが」

「人を雇ってまで殺しをするほど、でかい儲け話には縁がありませんね」

「まあな」

結城はいって、首を回した。

「お前にはそんな度胸はねえわな。あったら、辻川殺《バラ》して、あの金もってずらかってる」

それが挑発だというのはわかっていた。結城は木を怒らせ、何かをひっぱりだしたいのだ。

「鬼塚さんを殺したがってるのは、元警官より、現役のほうが多かったのじゃありませんか。あの人が流したネタで、ガサ入れがパアになった刑事は多いでしょうから」

「つまらんことというな。証拠があんのか」

木は首をふった。

「ないからこそ、クビにもできず、パクりもできなかった。それだけ頭の切れる人が、なんで殺されちまったのか、不思議ですね」

結城は顎をひき、細い目をさらに細くして木を見つめた。

「お前、クライアントといっしょといってたな。何やってる、今」

「ボディガードですよ。麻布でひとりでアンティークショップをやっている女性が、ストーカーに悩まされてましてね」

「麻布ねえ。クライアントの名は？」

「元山さん。元山京」

　ケイのところに問い合わせがいくことはわかっていた。口裏を合わすように頼んである。

「鬼塚と新宿の喫茶店で会ったとき、やくざ者が同席してたという情報がある。誰だ」

「知りません」

　木は首をふった。

「確かにそのとき、やくざ者らしいのはいましたが、俺と会う前に話していた相手です。お互い紹介もしませんでしたし、そいつは先に帰りましたから」

「人台は」

　とりあえず丸山にあてはまりそうであてはまらない人相を告げた。

「ふうん。ようすはどうだった。そのやくざ者と鬼塚の」

「別に。ふつうです。特に険悪というふうでもなかった。思うに、いくら鬼塚さんが問題ありの人でも、やくざ者は殺らないでしょう。万一バレたら、あとが大変だ」

「お前の意見なんか聞いてない」

　ぴしゃりと結城はいった。

「所持品で何か奪われていたものとかなかったのですか」

「財布と手帳はなくなっていたが、バッジは残っていた」

意外にも結城はすらすらと教えた。

「だが物盗りがいきなりうしろから頭はハジかねえ。ちがうか」

「確かに」

木は頷いた。

「でもやくざ者なら、海にほっぽらかすような真似はしないでしょう。最悪でも産廃処理場かどこかへもっていきますよ」

カズオのことを頭に思い浮かべ、木はいった。丸山が鬼塚を殺す筈はない。殺すとすれば、メール男の正体をつかみ、一千万の謝礼を払うのがおしいと考えたときだ。それにしたって、もう少し地味なやり方をするだろう。

「鬼塚さんはきのう仕事じゃなかったのですか」

「きのうは当直の明け番で、昼から非番だった。四谷を昼過ぎにでていって、それからの足どりはつかめてない。お前との通話記録が残ってるんで、どこかで待ちあわせたと考えているのだがな」

再び結城は締めつけにきた。ひたすら絞りつづけるのではなく、話題に緩急《かんきゅう》をもたせて攻めてくるのは、クサいと考えている被疑者取調べの常道だ。

「何度もいう通り、会っちゃいません。電話はただの世間話です」

「新宿で会ったときは、何を話したんだ」

「同じです。このところ何かかわった動きがないかとか、誰が入って誰がでてきたとか、そんな下らない話ですよ」

「信用できねえな。その西麻布の女のストーカーかなんかを調べさせたのじゃないか」

「クライアントの話はしませんて」

木は首をふったが、もし鬼塚が「K's Favorite Things」を訪ねた事実がでてきたら厄介なことになるだろうと冷汗《ひやあせ》をかく思いだった。といって、今の時点で鬼塚とケイの間に面識があったことを警察に知られるわけにはいかない。

「弾丸はでたんですか、鬼塚さんの体から」

「でてねえな。いったろう、顔に抜けちまったって。だがそれだけ威力のある銃だってことだ。まあ、トカレフあたりだろうが」

「じゃあ鬼塚さんは別の場所で殺されて、海にほうりこまれたわけですか」

「そうなるな。署をでたあと、夕方から夜にかけて、どこかでさらわれ頭に一発ぶちこまれ、夜中に海に投げこまれた」

「プロですね」

「ああ。実行犯が中国人の可能性はある。極道だったらこんなキツいやりかたはふつうしない。いくら鬼塚でも、頭を撃って海に叩きこんだりはな。もし極道なら、恨み骨髄《こつずい》って奴だ」

「それなら自首してくるでしょう。警官殺しは、組に一番迷惑をかける」

警官を恨んでいるやくざは決して少なくない。なのにめったにそれを晴らさないのは、警官を傷つければ、警察が雪崩《なだれ》を打って襲いかかってくるのがわかっているからだ。

警官も人の子だ。恨まれ、つけ狙われるのは恐い。お礼参りをさせないためには、それをしたら組織をあげて組織を痛めつけるというルールを徹底させる他ない。したがって警官を殺したりすれば、実行犯はもちろんのこと、その組の親分までとことん警察は痛めつける。だからもし警官を殺したりすれば、実行犯のやくざは自首してでるのがふつうだ。そうすることで、組全体への捜査の波及を少しでも食い止めようとするのだ。

「そうだな。殺し方だって、もう少しマトモなやり方を考えるだろう」

うしろから頭をぶち抜くというのは、どう考えても殺意をもってやったとうけとめられる方法だ。それがたとえば殴り合いになり、そのあたりに落ちていた棒で殴ったとか、たまたま台所にあった包丁でかっときて刺したとなれば、殺人ではなく傷害致死ですむこともある。さらに死体を捨てたりせず、すぐ一一〇番をしていれば、裁判官の心証もかわってくる。量刑も当然ちがう。

実は最初から殺す気であっても、そうではなかったと思わせるために、あれこれ細工するのが、やくざがプロの犯罪者である所以《ゆえん》だ。

「中国人とモメているなんて話は聞いていませんでしたけどね」

木はいった。だがメール男が鬼塚を殺ったのだとすれば、殺し方は符合《ふごう》する。まず、鬼塚を殺すことをメール男は組うちに知られてはまずい。したがってこっそり埋めたりとか畑吹産業で処理させるといった方法はない。埋めるのはひとりでは難しいし、畑吹産業を使えば当然、内部に記録が残る。

自分の正体が組うちにも警察にも決してバレないようにするには、この方法しかない。しかもこうすれば、警察はやり口からいって、犯人はやくざではなく中国人だと考えるからだ。

　頭が切れる上に容赦のない奴だ。木は思わずにはいられなかった。しかしどこで鬼塚はメール男の正体を嗅ぎつけたのだろう。そうでなければ殺される筈はない。

「奴はつい最近、出所したばかりの元丸山組を調べていた。だが奴の担当している案件で丸山組が関係したものはない。何か知ってるだろう」

「つい最近出所したって誰です」

「坂本と花口という連中だ。こいつらの行動確認を、鬼塚はやっていた。知ってるな」

　木は首をふった。

「知りません」

「今この二人を捜査本部《ちょうば》は捜している。見つかったら、本当にお前を知らないかどうか、たっぷり絞りあげてやる。今のうちに喋っておいたほうがいいぞ」

　これはかなりキツい。坂本たちが三年前の一件について吐く可能性は低いが、木と面識があることは認めるかもしれない。そうなったら再び締めあげられるのを覚悟する必要があった。とはいえこの時点で二人を知っているといえば、その理由も含め、納得のいく説明を求められるだろう。そのすべてをカバーする嘘をつくのは簡単ではない。たとえこの場はいい逃れても、坂本や花口から矛盾する話がでればそれで終わりだ。複数の人間に矛盾しない嘘をつかせるための作り話ほど難しいものはない。刑事の取調べとは、まさに矛盾の追及にある。

悪徳警官とはいえ、警官は警官だ。その鬼塚がこんな殺され方をして、警視庁は本気で犯人を挙げるつもりになっている。

木は背中がじっとりと汗ばむのを感じた。次に呼びだされるときは、留置も覚悟したほうがいいかもしれない。

日付がかわる前に、とりあえず木は解放された。だが当然、これで終わりではない。

警視庁をでると、ケイに電話をかけた。

「かわったことは何もありませんか」

「ええ。そちらは？」

「たっぷり絞られました。今後の動きによっては、俺があなたのボディガードをするのは難しくなるかもしれません」

木はとりあえず銀座の事務所に向かいながらいった。結城が自分に尾行をつけた可能性もある。のこのこ動き回るのは得策ではない。

「どうして。警察は木村さんを疑っているの？」

「そうではありませんが、何かを知っているとは感づいています」

「それはつまり、鬼塚さんを殺したのは三年前の犯人かもしれないってこと？」

「正直にいいます。可能性は非常に高い。鬼塚はどうやってかメール男の正体に気づいて、そいつのところへ乗りこんだあげく殺されたと考えるのが、一番つじつまが合うんです」

ケイは黙りこんだ。

「メール男は、こっちが考えていた以上に冷酷で用心深い奴のようです。ただ我々も誤算をしていました」

「誤算？」

「丸山のことです。奴が誰かに目をつけていると、俺や鬼塚は思っていた。ところがそんなようすはまるでなくて、それどころか丸山は、今回の我々の作戦のことすら知らなかったようなんです」

「それはどういう意味？」

「あなたが犯人の正体を知っていると、本気で思っている。鬼塚は、これが作戦だというのを、丸山に話していなかったようなのです」

「じゃあ丸山はわたしのところにくると？」

「くるでしょうが、不幸中の幸いというか、鬼塚が殺されたので、奴もうかつな真似ができなくなりました。今は関係者全員が息を潜《ひそ》めていないと、警察にすべてつかまれてしまう。あなたや俺はそれでもかまわないが、丸山は困ります。被害者側とはいえ、痛くもない腹をいろいろ探られることになるからです」

「メール男の正体はいったい誰なの」

「それを俺もこれからゆっくり考えます。今日は戸締まりに注意して下さい。明日、店のほうにうかがいますから」

「わかりました。木村さんも気をつけてね。あなたにもしものことがあったら、わたし今度の計画を立てたのを死ぬほど後悔する」

「大丈夫です。ありがとう」

　車を止め、木は事務所にあがっていった。ロックを解き、一歩足を踏み入れ、凍りついた。

　誰かがいる。ずっとあけていた部屋なのに、煙草の匂いがこもっているのだ。

「誰だ」

　ドアを閉じずにいった。万一のときは、すっ飛んで逃げるつもりだった。待ちうけているのがメール男なら、木の命もない。

　バスルームの扉が開いた。花口が顔をのぞかせた。

「閉めろや」

　小声でいった。

「何やってんだ、人の事務所で」

「坂本さんがびびりまくってる。鬼塚が殺された一件がニュースで流れた。サツは絶対、俺たちに目をつけるだろう」

　花口の手にはセカンドバッグがあった。木の目はそれに釘づけになった。

「その通りだが、その中は何が入ってる」

「ん？」

　花口はバッグを見おろした。

「チャカじゃないだろうな」

ドアは閉じずに木はいった。

「こいつはピッキングの道具だ。ム所でいっしょだった中国人に、使い方を教わりがてら買わされたんだ。あんたも鍵をかえたほうがいいぞ」

花口がバッグを開いて見せたので、木はほっと息を吐き、ドアを閉じた。

「そんな代物、もち歩いているだけでパクられるぞ」

「外につっ立っているわけにもいかないだろう。面《メン》が割れてるデカに見られたら一巻の終わりだ」

花口はいってソファに腰をおろした。

「いったい誰が鬼塚を殺ったんだ。丸山の二代目か」

「それを訊くためにわざわざここに忍びこんだのか」

「俺らはム所をでたばかりだ。鬼塚はその俺らに目をつけていたとあんたはいったろう。鬼塚が殺られたとなれば、サツの考えることはひとつだ」

「大正解だな。だからこそ、そんなものをもってうろついていちゃ、大変なことになるといってるんだ」

わずかだが落ちつきをとり戻して木はいった。冷蔵庫から缶コーヒーをだし、一気に呷る。

「そういや、そこのコーヒー、一本もらったぜ」

すわったまま花口がいって、木は無言で頷いた。花口の向かいに腰をおろし、煙草をくわえた。

「鬼塚は、メール男に殺されたと俺は考えている」

「なんで？」

「おそらくメール男の正体に気づいて、金をゆすったのだろう」

花口は無言で木を見つめた。

「その結果、あんたたちも俺も丸山も、ケツに火がついた。三年前の一件を警察がつきとめる可能性もでてきた」

「二代目とは話したのか」

「ああ、さっきな」

「何といってる」

「かなり焦《あせ》っている。よほど三年前の一件を警察に知られたくないようだ」

花口は頷いた。

「だろうな」

「だろうな、とは？」

花口は考えていたが、やがて口を開いた。

「ずっと黙っていたんだが、ひとつ妙なことがあるんだ」

「何だ」

「そいつを話すと、俺が危ない」

木は花口を見つめた。

「何に関する話だ」

「三年前の一件だ。金の取引にまつわる話さ」

「取引？　身代金を渋谷のクラブで李と丸山がうけ渡したことをいっているのか」

花口は頷いた。

「こいつは、坂本さんにもまだ話したことがない。だからあんたに話したものかどうか……」

「今のこの状況で一番ヤバいのは、あんたたち二人だ。警察からも疑われているし、三年前の件がバレれば丸山組からも狙われる。あんたたちサイドに立って動けるのは俺しかいない」

「あんたが立っているのは、俺らサイドじゃない。あの女サイドだ。あんたはあの女に惚れてるだろう。あの女のためなら、俺らを裏切ってもいいと考えているんじゃないか」

木はぎくりとした。やはりこの花口は、坂本より頭も切れるし、勘も鋭い。

「確かに惚れちゃいるが、仕事とは別だ。あんたらに雇われている間は、決して裏切らない。それにあんたたちが李や鬼塚を殺ったのでなければ、裏切る理由もない」

「殺ってねえよ」

花口は無表情にいった。

「殺ってたら、のこのここまできやしない。それに鬼塚殺ったって、俺らのケツに火がつくだけだろうが」

その通りだ。木は頷いた。

「だったら俺を信頼してくれていい」

「あの女が犯人だったらどうする？　どっちにつくんだ」

花口は訊ねた。

「彼女が犯人の筈はない。俺はずっとくっついていた」

「手を下したとは限んないだろう。もともと中国人の女だったんだ。その頃の連れに頼んでやらせたってこともある」

「何のために鬼塚を殺す」

「しゃしゃりでてきたからだ。奴が現われるまでこの一件にサツは関係していなかった。しかも野郎は、サツの中でも最もタチが悪い。メール男がもしあの女だったら、まっ先に消そうと考える」

「殺しはかえって事態を悪くする。それに気づかないほど、血の巡りの悪い女じゃあないと思うね」

　木はわざとケイをつきはなしたいい方をした。

「そいつはどうかな。あんたはあの女にのぼせてるから、怪しいところが見えなくなっている。あの女が、メール男かその片割れじゃないって証拠はどこにもない」

「あのなあ、考えてみろよ。もし彼女がメール男かその共犯だったら、三年前に李から奪った金は懐ろに入っている。それなのに西麻布で店を開いて、丸山が押しかけてくるのを待つか？　名前も変え、とっくに別の場所で暮らしているさ。それに俺が彼女のことを調べていたのを忘れたのか。彼女にはそんな財産はないし、周囲に男の影もない」

「メール男に捨てられていたとしたらどうする？　李といっしょで、利用されたあげく、金だけ奪《と》られて捨てられた。だから腹いせに、あんたや俺たちと組むことを考えた」

「それならさっさとメール男の正体をバラすだろう」

「俺たちといっしょで知らなかったとしたら？」

「だったら鬼塚を殺す理由もない。ちがうか？」

花口は考えていたが、やがて頷いた。

「確かにそうだな。こんなことが起きると、何だかどいつもこいつもが怪しく思えてくるんだ」

「気持はわかる。さっきは俺も、あんたが俺を消しにきたのじゃないかと疑った」

花口は苦笑した。

「冗談じゃない。やっとム所とおさらばできたってのに、なんでわざわざ逆戻りするような真似をしなきゃならん。俺も坂本さんも、まとまった銭が欲しいだけなんだ。坂本さんにはガキがいて、それが今度中学にあがるんだ。嫁とは別れちゃいるが、少しは親らしいことをしてやりたいとか、そんな風に思ってるみたいなんだ」

「泣ける話だが、もし鬼塚を殺ったのがメール男だとすると、金の回収はかえって難しくなるぞ」

「ああ」

渋い顔で花口は頷いた。

「三年前の一件についちゃサツは知らなかったが、今度はサツもまともに動く。メール男がつかまりゃ、それで全部パーだ」

「その通りだ。だから金を回収するためには、俺たちだけがメール男の正体をつきとめ、警察はつきとめられない、というありえないような状況にならないと難しい」

花口は頷き、唇をすぼめた。

「さっきの話のつづきを聞かせてくれ。金のうけ渡しのときのことを」

花口は煙草に火をつけ、言葉を捜すように煙を見つめた。

「渋谷のクラブで、李が二代目と会い、金のうけ渡しをした……。クラブは、ガキのケンカを嫌がって、客の身体検査をする。チャカや匕首《ヤッパ》はもちこめない。それを利用して、うけ渡し場所にクラブを指定しろ、といったのはメール男だった」

「それは聞いた」

「だが一番難しいのは、クラブの外にでたときだ。二代目は、当然、店の外で手下を張らせている。たとえその場で手をださなくとも、店の外で押さえれば同じだ」

「中には連れていかなかったのか、手下を」

花口は首をふった。

「二代目がひとりでこなければ取引は不成立で、組長《おやじ》は殺す。そう、李は伝えていた。もしクラブに、ひとりでも二代目以外のやくざがいれば、そこで終わりだ、と」

「丸山はそれを守ったわけだ」

「ああ。店の外には十人からの人間が張りこんでいた。その中には、俺の連れが何人かいた。中に入ったのは二代目ひとりだけだが、表にはそれだけの組員がいた。実際店内でどんなやりとりがあったのか俺は知らないが、李がメール男の指示にしたがったとすりゃ、二代目は店に残り、誰にも連絡をするな、といわれた筈だ。金をもった李がでていってからしばらくはその場に残れ、と。二代目の動きは、店の中にいる仲間が見張っている。もし誰かに連絡をすれば、組長《おやじ》は殺す」

「だいたい想像はつく。だが金をうけとった李が店をでていったとたん、丸山は外の見張りに連絡をしたろう」

花口は頷いた。

「その通りだ。店内に仲間がいて見張っているといったのはもちろんハッタリで、二代目も見抜いていた。問題はここからだ」

花口は言葉を切り、木を見つめた。

「二代目はすぐに外にいた組員を呼びだした。外の連中を指揮してたのは、若頭補佐の竹岡《たけおか》さんて人だ。竹岡さんの横に俺の連れがいた……」

木は無言で先を待った。

「『今、金をもった野郎がでていった。中国人で、黒のスーツにノーネクタイ。年は四十前。背は俺ぐらいで、髪は坊主頭に近い刈り上げだ』、二代目はいったらしい」

「四十前で、黒いスーツに坊主頭」

木はくり返した。花口は頷いた。

「そこまでわかってりゃ、李を逃すことはねえ。他の人間にもすぐ携帯でその情報は伝わった。

ところが」

　花口は首をふった。

「そんな野郎は現われなかった。十人が目を皿にして、一カ所しかないクラブの出入口と、万一のためにと建物の裏側まで見張ってたのに、だ。やがて二代目がでてきて、竹岡さんたちと合流した。朝までそこで張りこんだ。だが、李はとうとう現われなかった」

　木は煙草に火をつけた。

「さぞくやしがったろうな、丸山は」

「荒れ狂ったらしい。お前ら、どこを見てやがった、と竹岡さん以下全員がどつき倒された。だがな」

　そこまでいって、花口は再び迷ったように瞬きをした。

「その話を俺が聞いたのは、ム所からでてきたあとだった。クラブの外で張っていた連れが、組にないしょで個人的に出所祝いをやってくれたんだ。奴は本当に目を皿にしていた。だけど李はでてこなかった。なぜあんとき、李を見つけられなかったか、今でも不思議でしようがねえ、そういった。話をむし返すのは組うちじゃタブーなんで、抜けた俺にしかいえなかったのだと思う。もちろんそいつは、俺が坂本さんや李と組んでいたなんてこれっぽっちも知らない。内心、冷や冷やしながら、そいつと飲んでた。だが俺が思わず、えっといいそうになったときがあった。それが、二代目が竹岡さんに知らせたって、李の人相の話だ。二代目は、『背が俺ぐらい』といったっていう。知ってるだろうが、二代目はかなり背が高い。一八〇センチはある。だが、李は、俺よりチビなんだ」

木は花口を見つめた。

「あんた身長は？」

「一七二。李はたぶん、一七〇なかったと思う。髪型は、カツラを使や、どうにでもごまかせる。服だって、こっそり着がえたりできるだろう。だが、背はごまかしようがない。まさかシークレットシューズみたいのをはいて、高く見せてたとも思えない。俺の連れも、服装はともかく、背のある奴を捜せっていわれて、ひたすら見張ってた、といった」

「丸山が嘘をついたということか」

「わからねえ。だけど、服の色とかなら見まちがえとかあるだろうが、背を見まちがえるか？」

木は唸った。警官だった頃、恐喝《きょうかつ》や強盗の被害者から、犯人の人着について話を聞くことが多かった。被害者が犯人に恐怖心を抱いていると、必ずといってよいくらい、実際以上に大柄な印象を抱く。特に女性や老人の場合はそうで、その錯覚を防ぐために、現場にある電柱や家具を使い、木自身が立って、頭がこの位置より上だったか下だったかを訊ね、正確な身長を割りだしたものだ。

丸山が李に対し、恐怖心を抱いていたとは思えない。とり囲まれて暴行をうけたというのとはちがうのだ。周囲には無関係な人間が多く、外には手下を何人も待たせていた。

それに何より、李をつかまえるためには自分の観察が重要であると、丸山ははっきり認識していた筈だ。実際に李と話したことで動転してしまうほど、愚かでも小心でもない。

つまりそこには、丸山に錯覚を起こさせるようなトリックがあったか、あるいは最初からまちがった情報が伝わっていた、という結論になる。

「あんたが知ってる李の人相を教えてくれ」

「髪は短くも長くもなかった。ふつうだ。きちんと分けちゃいないが、ぼさぼさということもない。まあ、サラリーマンにはあまり見えない髪型だった。顔は、そうだな。不細工じゃあない。割に鼻すじが通ってて、目もひと重だが切れ長で、賢そうな顔つきはしている。実際、馬鹿じゃなかったし」

「当日、変装をしていく、という話はあったのか」

「ああ。クラブの外で待ち伏せされるのは見えていたから、当然、帽子だのサングラスだのと用意はしていった筈だ。だけど二代目の話じゃ、そんなのはまったくなくて、スーツで顔もさらしてた。妙だと思わないか」

木も頷いた。直接顔を合わせる、クラブの店内で帽子やサングラスを使わなければ、外にでるとき使っても無意味だ。待ち伏せているほうは、どんな格好をした人間がでてきても疑ってかかるからだ。ふつうなら、丸山と会うときに、いろいろと変装し、店をでるときには逆にそれらをすべて脱ぐか、まったく別の変装をする。

「李の年は？」

「三十から三十二、三。四十前ってのは、ちょっといきすぎだと思う」

花口は答えて、木を見つめた。

「李が別人を立てたとは考えられないか」

「他に仲間がいたっていうのか。ありえねぇ」

「じゃあ丸山が、わざと嘘の情報を流したというのか」

「そうとしか思えない。考えてもみろ。李がこんな奴だといってきたのが、修業中のチンピラなら、待ってる側も、一応は用心してかかる。そいつのいってるのが本当かどうか心配だからな。けど、二代目だ。二代目が、はっきり、これこれこういう奴だといったら、迷いはねえ。皆んな、そういうのだけを真剣に捜す。逆にいやあ、それにあてはまらないのは、ハナから眼中にないってことなんだ」

その通りだ。指示とちがう人間に因縁をつけ、トラブルにでもなれば、警察沙汰になるかもしれないし、その騒ぎのあいだに李を見逃す羽目にもなりかねない。外で待つ組員は、いわれた通りの人相の人物にだけ注意を絞りこんで、見張っていただろう。

結果、指示とはまるでちがう人相の李は、平然と包囲網をすり抜けた。

「なぜ、丸山がそんな真似をする？　親父をさらった犯人をかばって、しかも組の金をまんまと奪われて」

「わからねえ。二代目がメール男とグルだったのか、とも思ったが、それだったら今さら捜し回るのも変だ」

「ありえんだろう」

木はいって、笑いかけたが、ふと考えこんだ。

丸山がメール男ではない、という証拠はない。犯人を捜している、という一点を除けば。

メール男は、丸山組の内情に通じた、幹部である可能性が高い。そう考えた一番の理由は、クスリの購入資金としてプールされていた一億の存在を知っていたのと、坂本、花口という〝使い捨て〟にできる組員の情報を握っていたことだ。

このふたつの条件に、丸山は合致する。

だが丸山が、わざわざ組の金を奪う必要があるのか。それも父親をさらう真似までして。

「丸山と父親の関係はどうなんだ？」

「関係って？」

「親子、うまくいってるのか」

「あんまり、うまくはない。似た者どうしでかえってそりが合わねえってことがあるだろう。倅は、組長《おやじ》のやり方を古くせえって考えてるし、組長《おやじ》は組長《おやじ》で、息子を、まだ青くさいガキだと思ってる。だからまだ引退しないし、跡目も譲らないのさ」

木は再び唸り声をたてた。

二代目の丸山に、父親にはいえない理由で大金が必要になったとする。極道の世界で八千万というのはそれほどの大金ではないが、組長に秘密で調達しようとすれば、それはかなり難しい。誰かから借りるとなると、当然〝借り〟を作ることになり、それは金の貸借以上の面倒を生む。また、二代目という立場で外から借りれば、父親に知れたとき、その理由を追及される恐れがある。

絵図を描いたのが丸山だとすれば、それはまさにメール男が丸山だった、という答にいきあたる。

いや、やはりありえない。

そこまで考え、木は自分の考えに首をふった。

丸山がメール男なら、李を殺し、八千万を奪ったのも、丸山ということになるのだ。それなら、丸山がけんめいになって犯人を捜す必要はない。それどころか、捜さないでいようとする。父親が捜せと命じているならともかく、事実はまるで逆だ。組うちではタブーになり、今では誰もが忘れたフリをしているというのに、丸山だけが動き回っている、しかも、その調査に、悪徳刑事の鬼塚まで巻きこんだ。

丸山がメール男なら、父親の意に添って、事件に触らないのが一番だ。金は奪ったのだから、おとなしくしているに限る。

さらに、メール男が鬼塚を殺したとなれば、ますます丸山がそうであるわけがなかった。

警官殺しが、自分だけでなく組そのものの存亡にかかわることを、丸山にわからない筈はない。たとえ丸山がメール男で、それを鬼塚がつきとめたとしても、殺すことだけはありえない。鬼塚の口が金で塞げるのは、誰よりも丸山がよく知っている。

「ちがうな」

木はつぶやいた。

花口が鋭い目で木を見つめている。

「丸山がもしかしたら、と思ったが、ありそうもない」

木はつづけた。

「ありえねえ。そりゃ俺も考えたが、一番ありえねえ。もし二代目が裏で糸をひいてたら、銭は二代目のところにある筈だからな。目の色をかえて捜す必要はねえ」

「じゃあなぜ丸山は嘘をついたんだ」

木は考えこんだ。

「俺もそいつをずっと考えてた。この話は坂本さんにもしていない。してもしょうがねえって思ったし……」

花口はいった。

「ひとつ考えられるとすりゃ、丸山が李を以前から知っていた、という可能性だ」

木は思いついた考えをいった。

「知っていた？」

「ああ。ただし李はそのことを知らない。李は昔新宿の弁当屋で働いていた。その当時、丸山がそれを見かけ、李のことを知っていた。あるいは別の場所かもしれないが、李がどこに住み何と名乗っているかを知る機会があって、渋谷のクラブで会ったとき、すぐにそうだと気づいたとする。じゃあなぜ、わざわざ逃したかというと、金だ。丸山はその場で李をつかまえず、あとでこっそり追いこみをかけて金を回収することを思いついた。それができれば、金は自分のものになる。いくら父親が組長だといっても、組の金は組の金で、こづかいにはならない。だがこっそり李からとり戻せば、全額、自分のものだ。そこで、その場ではあえて、李を逃す情報を流した。ところが、あとから回収に向かってみたら、李をつかまえられず、しかも殺されてしまい、金もどこかに消えた」

聞いていた花口は首をふった。

「確かにあの二代目なら考えそうなことだが、それはちょっと無理がある。いくら二代目が李のことを前から知っていたとしても、親父の誘拐には、李以外にも共犯がいたことがわかってる。李ひとりを押さえたところで、金を分けちまったあとだったら、残りの回収が面倒だ。それにそんなでかいヤマを踏んだ奴がのこのこ、元のヤサに戻ってくるとはふつう思わねえ」

「それもそうだな」

木は頷いた。しかもクラブをでた直後に丸山は李を追ってはいない。その場にとどまって、手下と見張りをつづけている。もし李の住居を知っていたら、何か理由をつけてその場を離れ、急行した筈だ。そうでなければ渡した金を回収できる見こみはぐんと低くなる。

「二代目が嘘をついた理由はひとつしか考えられねえ。李をその場からは逃がそうとした。それは確かだ」

「その理由は？」

「金、だろうな。確かに、組の金とはいえ、ネコババできるチャンスがあれば、あの人は見逃さない」

「つまり、その場からは逃しても、あとで李をつかまえられる自信があったということだ」

「だがつかまえられなかった」

「じゃあこういうのはどうだ？　丸山はやはりメール男だった。すべての指示をだし、李を動かし、あとで分け前をとるつもりでいたから、李を逃した。ところがその李が誰かに殺され、金も消えた」

「確かにそれならつじつまが合う。二代目がいまだに犯人を捜していてもおかしくはねえ。だけど、李を殺したのはいったい誰なんだ」

「全部を知っていた奴だろうな。李、丸山、それにあんたと坂本以外に、三年前の一件を知っていた人間がいて、そいつが李を殺し、八千万を奪った」

「鬼塚を殺ったのもそいつか」

「鬼塚がそいつに気づいたのだとすりゃ、そうなる」

いいながら、その人物に該当《がいとう》する人間がいるとすれば、畑吹かケイしかいない、と木は思った。木の知る範囲では、これらの人間をつなぐのはその二人だけだ。だからこそ丸山はケイの周囲を嗅ぎ回ったのではないだろうか。

「やっぱりあの女、怪しくないか」

「だが彼女は金をもってない。彼女もまた誰かに裏切られて金を奪われたか」

そこまでいって、木は首をふった。

「駄目だ。共犯の数を増やしていけば、最後はつじつまが合うだろうが、そんなに大人数がかかわっていれば、三年前の時点で、何かしら手がかりがあった筈だ。犯人は、せいぜい、丸山プラスあとひとりだ。それがケイだとは思えない」

「だったら誰なんだ」

畑吹か。しかし畑吹には動機がない。たとえあったとしても、李はともかく、鬼塚をあんな方法で殺せば警察が躍起《やっき》になるのはわかっている。自分のところで処理すればどうにでもなるのだから、やはり畑吹がやったとは考えにくかった。

「わからん。だが……」

「だが何だ」

「丸山なら知っているかもしれん。あるいは手がかりをもっているかも」

木は丸山とのやりとりを思いだしながらいった。

鬼塚が殺されたことで警察がのりだし、三年前の事件を探りだされるのを、丸山は心底、嫌がっているように感じられた。

さらに鬼塚は〝罠〟のことを丸山に話しておらず、その結果、ケイが真犯人を知っていると丸山は思いこんでいた。

待てよ、と木は思った。それならなぜ、丸山はケイを問いつめようとしなかったのだろう。

鬼塚と立てた計画は確かこうだった。

『ケイのもとに、裏切られた犯人グループの片割れがやってくる。目的は裏切った奴をつきとめることだ。ケイに犯人グループから接触があったという噂を流せば、真犯人は不安になり、ケイか鬼塚に接触してくるだろう』

ただしこれは真実ではなく、ただの作戦だということにしなければまっ先に丸山が反応してしまう。そうなってはケイが危険なので、鬼塚は丸山に前もって話しておく、ということになっていた。

ところが鬼塚はそれを丸山に話してはいなかった。丸山は噂を真《ま》にうけていた。

なのに丸山が動かなかったのは、鬼塚によけいな手だしをするなと牽制されたからなのか。

いやそれより何より、なぜ、鬼塚は本当のことを丸山に話さなかったのだろう。それをしないと混乱が生じるとわかっていた筈なのに。

「鬼塚にやはり接触した奴がいたんだ」

木はいった。

「そいつは、俺たちの立てた作戦にひっかかった。そこでどこまで鬼塚や丸山が握っているのかを知ろうとした。鬼塚は鬼塚で、そうなったらそいつから金をむしりとろうと考えていた。つまりハナから、この計画を使って自分だけが稼ぐ気だったんだ。丸山と俺が話したとき、丸山はこれが作戦であると知らなかった。つまりケイは本当に犯人グループを知っていると思いこんでいた。鬼塚が話していなかったのさ。話す手筈であったのに、だ」

「待てよ。だったらなんで二代目は動かなかったんだ？　もしあの女が犯人を知っているとなれば、必ず締めあげにきたのじゃないか？」

「だからこそさ。もし丸山が裏切られた犯人のひとりだったと仮定してみろよ。つまりメール男だ。あんたや坂本のことはわかっている。あんたら二人は、真犯人を知らない。なぜならメール男だった自分のことすらわかっていないのだから。だから今ケイを締めあげても意味がない。前もって聞かされていなくとも、こいつが作戦だってことは承知の上だった」

花口は口もとに手をやり、考えていた。

「一方、鬼塚は、こちらには何の動きもないことに焦《じ》れていた。殺される前、俺に電話を寄こし、今週いっぱい動きがなかったら自分でケイを締めあげるといった」

「つまり鬼塚は、犯人はあの女のところにくると思っていたわけだ」

「そう。だからそこまでは犯人に関する手がかりは何もつかんじゃいなかった。だがそのあと、何かを見つけたんだ」

いって、木は、鬼塚とのやりとりを思いだそうとした。

あれは、夜、カズオに呼びだされた日の夕方だった。車から「K's Favorite Things」を見張っていた木のところに電話が入ったのだ。

鬼塚はそのとき「きのう」噂を丸山組に流した、といった。つまりそれは丸山に話したという意味だ。

鬼塚もケイを疑っていた。何も起こらないことに対し、ケイこそが真犯人だからじゃないか、といういい方をした。それを否定した木に今度は、辻川の話をもちだした。

木は苦い気持が胸に広がるのを感じた。

あの廃ビルで争った元同僚、辻川はそのときの怪我がもとで片足を切断し、義足をつけている。

それを鬼塚は口にし、木はかっとなった。

木は目をみひらいた。

そうだ、そのあと、李が中国人に殺された、という可能性を鬼塚に告げた。

『そんな筈がないだろう。いよいよ怪しいぞ。やはり金は女がもっていて、お前にあきらめさそうと吹きこんだんだな』

木は直後に電話を切った。

「俺は中国人を疑え、といった」

「中国人？」

「李を殺して金を奪った奴さ。もしかすると、李にはケイも知らなかった中国人の仲間がいて、そいつがトンビで油揚げをさらったのかもしれん、と思ったのさ」

「奴が他の中国人に、あのヤマのことを話していた、というのか」

「そうだ。李にしてみれば、仲間は全部日本人だ。裏切られる可能性を考えないわけはない。そこで誰かに話していた。その誰かが李をまっ先に裏切って殺した……」

「俺と坂本さんが調べたときにはそんな奴はいなかった。だがそんなに長い時間をかけたわけじゃないしな」

「奴に弟がいたのを知っているか」

「弟？」

花口は目を丸くした。

「奴はみなし子だったのじゃないのか」

「黒孩子《ヘイハイズ》とみなし子はちがう。これは畑吹から聞いたのだが、李が敵対する中国マフィアのメンバーを畑吹産業にもちこんできたことがあった。もちろん燃やすためだが、途中で小さい頃生き別れになった弟だとわかり、助けてやってくれと頼んだのだそうだ」

花口は首をふった。

「いや、奴にそんな弟がいたなんて知らなかった」

「やはりな。李は、あんたらの調査の及ばないところでつきあいのある人間が何人もいた。そのうちのひとりが畑吹産業の畑吹カズオだ」

「その弟が李をバラしたというのか」

「いや。弟は本国に帰ったそうだ」

「そうだよな。いくらなんでも実の兄で命の恩人を殺すわけはねえし」

「だが、それ以外の中国人だったらわからん」

「待てよ、じゃあ、李を殺し、金を奪《と》り、今度は鬼塚を殺ったのも中国人だっていうのか?」

「俺との話で、鬼塚が中国人という可能性に気づいたとする。そいつは三年前も今も日本にいて、李を殺し八千万を自分が奪ったことを誰にも知られていないとタカをくくっていた。そこへ、丸山組の噂が入ってきた。不安になり、もしかすると以前からつきあいのあった鬼塚に探りを入れた。鬼塚は俺との話があるのでぴんときた。そこでそいつを威した。三年前、李を殺ったのはお前だろう、と」

花口は真剣な表情で聞いている。

「鬼塚も甘かった。やくざは警官である自分に手をだしてこない。だから中国人も同じで、威したところでしっぺ返しはこないと思っていたのだろう。ところが」

「殺られた？」

「そういうことだ」

花口は首をふった。

「もしそうだったらお手上げだ。サツより先にそいつをつきとめるなんて芸当はできっこねえ」

李とつきあいのあった中国人のことを知っている人間は誰だろう、と木は思った。

まず、ケイがいる。しかし、ケイは忘れてしまっているか、本当に知らない可能性が高い。

次に丸山。丸山がメール男なら、李を指名した以上、あるていど李の周辺には詳しかった筈だ。

だがその一方で、李を殺して金を奪った中国人を〝狩り〟をやっても見つけられなかった。

「そうか、丸山はわかってたんだ」

木はつぶやいた。

「何をだ」

「事件のあと、丸山組は、中国人を狩った。つかまえちゃ拷問し、場合によっては殺して『マキ』にした。それは李を殺して金を奪ったのが中国人かもしれないと、丸山にはわかっていたからなんだ」

「確かにそうかもしれん。けど、二代目はそいつをつきとめられなかった」

「そうなんだ」

あとは畑吹だ。李と親しかった畑吹は、他の中国人についても何かを聞かされていたかもしれない。

それに李がこっそりやっていた「マキ」運びのアルバイトのこともある。そのときの関係者の中に真犯人がいるかもしれない。

木は時計を見た。いつのまにか午前二時を過ぎている。さすがにカズオに電話をするのはためらわれた。それに警察の監視があるかもしれない状態で、カズオに接触するのは、迷惑をかける危険がある。

「結局、メール男は二代目だったのか」

花口が訊ねた。

「その可能性は高い」

木は答えた。

花口は宙をにらんだ。

「くそっ、そうとも知らず、俺たちは組に消されると思いこんで、ム所に自分から飛びこんだのか」

「実際、バレていれば消されたさ。丸山は手をよごさず、組の金をこづかいにするつもりだったんだ。それが失敗した上に、今度は警官殺しまでからみ、さぞ頭が痛いだろうな」

木はいった。丸山の動揺と焦りの理由がわかった。金はさらわれ、しかも殺人につなげられる可能性だけが残ったのだ。

丸山がメール男なら、ケイの周囲をうろついていた理由もこれで納得できるが、こうなった今、妙な動きをすれば一発で逮捕される。恐いのは、誰かが三年前の一件を警察に教えることだ。本格的な捜査が始まれば、メール男の正体が自分だと明らかになる。

つかまるだけではなく、父親の逆鱗《げきりん》に触れる。二代目の地位を失い、叩きだされるくらいですめば、まだ軽いといったところだろう。

木ははっとした。

「気をつけないとヤバいな」

「何が」

不機嫌そうに花口がいった。自分たちを踊らせたのが丸山とわかり、腹が立ってしかたがないようだ。

「俺たちが気づいたと丸山にわかったら、ヤバいことになる」

「ヤバいって？」

「三年前の主犯が息子だったと父親にバレてみろ、奴は終わりだ」

「そうか」

「あんたもその連れもクラブでの話をあちこちでしなかったのは正解だ。丸山が聞きつけていたら、それこそ消されていた」

花口の顔から怒りが消えた。

「そうだな。ヤバかった」

だが恐がっているばかりではしかたがない。発見したこの〝新事実〟をうまく利用できないだろうか。

木は考えこんだ。

丸山も李を殺した犯人の正体は知らない。知っていたらとうに八千万を回収しているだろうし、ケイの周囲をうろつく必要もなかった。

とすれば、これはチャンスかもしれない。警察の視線が気になって、丸山は自由に動き回れずにいる。今なら、犯人をつきとめさえすれば、金を回収することが可能だ。

ただし。

その犯人はひどく危険な奴だというのを忘れてはならない。三年前は李を殺し、今度は現役の警官である鬼塚すら殺したのだ。

打つ手を誤れば、木などあっさり殺しにくるだろう。

いざとなれば警察に駆けこむ手はあるが、そうなったら金も回収できないし、丸山の恨みも買ってしまう。

「丸山を締めあげてやりてえ」

花口がいったので、木は驚いた。

「奴がメール男だったというのをオヤジにバラすといえば、いくらかだすだろう」

「そうくるか。ヤバかったといったのはあんただぞ」

「確かに奴のほうが力はある。だがこのまま泣き寝入りもしたくねえ」

「待てよ。奴の正体を切り札に使うのは、犯人をつきとめて金を回収してからでいい」

木がいうと、今度は花口のほうが驚いた顔になった。

「あんた、まだ犯人を見つける気なのか。犯人が中国人なら、とっくに銭なんかどこかに消えてるぜ。もう銭のことはあきらめたほうがいい」

「そうかな……」

「そうだって。その野郎が鬼塚を消したのは、払う銭がなくて、しかもこのままじゃ丸山組に狙われると考えたからじゃないか。いくら相手がデカとわかっていても、殺すしか手がなかったんだ。俺たちの犯人捜しは結局、無駄だったってことだ」

花口はやりきれないといった口調でいった。

「銭なんてのは、あるところからとる他ない。こうなったら、もう二代目を絞るしかねえだろう」

「下手なやり方をすれば、すぐ消されるぞ。丸山にとっては、今の立場がかかってる。たとえ警察が目を光らせていたって、消しにかかるかもしれん」

「わかってら」

花口はいって木を見つめた。

「あんた、いい手を考えろ」

「俺が？」

「こうなったら一蓮托生《いちれんたくしょう》だ。俺らが殺られるときはあんたも殺られる。そうだろ。あんたが気づかなけりゃ、俺は気づかなかった」

ひどい理屈だ。

「ちょっと待てよ」

「待てないね。俺たちはなけなしの銭であんたを雇った。八千万が回収できないのなら、あるところからひっぱるしかない。それを考えるのがあんたの仕事だ」

「無茶なことというな」

「無茶だろうが何だろうが、このままじゃ俺と坂本さんは浮かばれねえ。沈むときはお前の脚も離さねえ。いいな」

木は息を吐いた。〝新事実〟のおかげで、思わぬ展開になってきた。

「考える。考えるから時間をくれ」

「ああ、いいぜ」

花口はあっさりといった。

「だけど逃げようとは思うなよ。あんたが逃げたら、俺たちがどうするか、わかっているよな」

「どうするというんだ」

「あんたのお気に入りの、あの女のところへいく。どんな形にせよ、あの女に落とし前をつけさせる」

花口はいった。木は首をふった。だからやくざなんかの仕事を請けおうものではないのだ。

20

「状況はどんどん悪くなってきた、そういうことね」

話を聞いたケイがいった。落ちつきはらっている。花口のように怒って怯えたあげく、ひらきなおることもない。木《もく》は惚れ惚れとした。いったいどこまで彼女は腹がすわっているのか。

学校の先生の娘で、ただのＯＬだったなんて、とうてい思えない。

「まあ、よくはなっていない。それは確かだ。警官が殺され、そいつが悪徳警官だったとしても、仲間を殺されて警察はぴりぴりしている。その一方で、昔の悪事が父親にバレやしないかとびくびくしている二代目がいる。しかも李を殺して金を奪った真犯人は、日本人じゃなくて中国人だった可能性がうんと高くなった。日本人なら正体をつきとめれば、いくらかなりとも金を回収することができただろうが、中国人となると……。福建《ふっけん》省かどこかにぶったてた家を今さら押さえたところでどうにもならない……」

「福建に家をたてるのに八千万もいらないわ。それにもし李と鬼塚さんの両方を殺したのが同じ中国人だとしたら、なぜまだ日本にいたの？」

ケイは答えた。ケイの家だった。翌日の朝、木が迎えにいくと、ケイは午前中店を休むから話を聞かせてほしい、といったのだ。

木にとってもそれはありがたかった。ケイとゆっくり話をしたかったが、それが「K's Favorite Things」では、きのうのウラをとりに結城がやってきたとき、疑いを増すだけだ。

「さて。中国に帰ったけれど、金を使い果たして、またいい儲け話でもないかと戻ってきたのかもしれない」

「それをたまたま鬼塚さんが知っていた？」

「確かに不自然ですね、認めます」

鍵は鬼塚だ、それはまちがいない。犯人が中国人かもしれない、と聞いて、鬼塚はピンポイントで容疑者を絞りこんだ。だからこそ殺されたのだ。

だが三年前、丸山組があれだけ〝中国人狩り〟をやってつきとめられなかった犯人を、鬼塚はどうして一発で見抜いたのだろうか。

それがわからない。

「三年前の事件のことを鬼塚さんが知っていたとしたら、どう？」

木はケイを見つめた。

「いっぱい中国人が殺されたのでしょう。新宿の刑事さんなのでそれに気づいていた。ああいう人だから、別に中国人が殺されても何とも思わなかった可能性はある。でも、いったい何が起こっているのかを彼なりに調べてつかんでいたとしたら？」

「その時点で犯人から金を巻きあげるか、丸山組に売っています。そんなのんびりした奴じゃない」

ケイはがっかりしたように頷いた。

「可能性があるとすれば、奴が共犯だったことですが、組むとしたら中国人じゃなく丸山だ。だったら、あんな動き方はしません。三年前の時点で、とことんあなたに食いついています」

「じゃあ偶然なの？」

木は首をふった。

「それもありえないような気がする。ただ、まちがいなくいえるのは、犯人がふだんから鬼塚の近くにいた中国人なら、警察は遠からず、つきとめるだろうということです。つかまえられるかどうかは別として」

木の携帯が鳴った。番号を見て、木は息を吐いた。

「畑吹さんです」

電話にでた。

「ニュースを見ました。あなたじゃありませんよね」

カズオはいった。

「もちろんちがいます。やったのはおそらく、三年前、李を殺したのと同じ犯人です」

「警察は？」

「早速きのう、取調べをうけました。今は、俺に近づかないほうがいいと思いますよ」

木がいうと、カズオは沈黙した。

「犯人はおそらく中国人で、三年前、李と親しくしていた奴です。見当はつきませんか？」

木は訊ねた。

「李と親しかった中国人……」

「ええ。康の組織を抜けたあとでもつきあっていた中国人はいませんか。たとえば弟とか」

「それは日本で、という意味ですよね」

「もちろんです」

「弟をかばって、康のところを抜けたとき、あいつはすべての中国人と縁を切った筈です。少なくとも私にはそういった」

「でもいた筈なんです」

同じ問いを、少し前、ケイに向けたばかりだった。ケイは考えたあげく、心当たりはない、と答えている。

「いなかった、と思います」

カズオは静かに断言した。

「もしあいつが心を許していたとすれば、それは唯一、うちで助けた弟ですが、その弟は直後に本国に帰りました」

「弟の名は何といいました?」

「モウです。孟子《もうし》の孟と書きます」

「孟《モウ》がそのあと秘かに日本に戻ってきたとは考えられませんか」

「それがなかったとはいいきれません。中国人はいろいろな方法で日本にきますからね。ただ、もし孟が戻ってきていたとして、あなたは彼が李を殺したというのですか。命の恩人である兄を」

「その盂がとんでもないワルならば」

「私が盂を見たのは一度きりで、うちの工場《こうば》でした。そのときの盂は震えあがっていて、泣き喚《わめ》いていました。もちろんだからといって、ワルではないとはいいきれませんが」

「救われたことを感謝していましたか」

「最初は何が何だか、わかっていないようでした。李が中国語で説明すると、わんわん泣きだして、拝んでいましたよ」

　木はため息を吐いた。それは子供の頃兄弟を亡くしたカズオでなくとも、感動的な光景だったろう。

　直前まで自分を殺すにちがいないと信じていた男が、それを止《や》めた上に幼い頃生き別れになった兄だと名乗ったのだ。

　木は礼をいって、電話を切った。話している間にケイがリビングをでて、寝室から何かをとってきた。

「嫌じゃなければ、李の写真、見る？」

　写真立てだった。ケイは迷っている表情だ。

　木は手をのばした。

　ケイとのツゥショットが二枚、入っていた。

　凛々しい顔つきの男だった。小顔《こがお》のわりに顎ががっしりとしていて、意志が強そうに見える。

口元に笑みはあったが、目は笑っていない。

ひと言でいえば、しぶとそうな顔だ。

「丸山はどこで李を知ったのかしら」

ケイがつぶやいたので、木は目をあげた。

「丸山がメール男なら、もともと李を知っていて、自分の計画に誘いこんだことになる。でもどこで知り合ったの。そこに、わたしたちの知らない中国人がかかわっていた可能性があるかもしれない」

「それは俺も考えました。でもその問いを丸山にぶつければ、メール男の正体がお前だと気づいている、というのと同じです。それは奴を逆上させるでしょう」

「わたしがすれば？　丸山は、鬼塚さんの流した噂を真にうけている。ということは、わたしがメール男の正体を知っている、となっても意外ではない筈」

「いや、それはちがう。丸山はタカをくっていた筈です。たとえ坂本や花口があなたと接触しても、メール男の正体が自分だと絶対にバレてはいない、と。だからこそ、あなたに手をださなかった」

「でも店の前にきたのでしょう」

「確かに。俺をからかうようなことをいって、走り去りました」

木はいった。

「李からわたしが聞いていたことにすればいい」

「そこが難しいところです。果して李は、メール男が丸山だと知っていたでしょうか。知らなかった可能性のほうが高い、と俺は思っている。そうでなければ、坂本や花口に話していたでしょう」

「でも丸山がグルだとわかっていなければ、わざわざ素顔でクラブに現われたかしら」

それもそうだ。木は唸った。

外の見張りに、まったくちがう情報を丸山が流すという保証があったからこそ、李は堂々と身代金をうけとりにクラブに現われた。つまり、丸山と李がまずグルで、坂本と花口がそこにひきずりこまれた、という絵図だ。

「確かにそうかもしれません。最初から李が仲間でも、親分をさらうなんて計画を中国人がもちこんできたら、坂本や花口はとりあわなかったでしょう。日本人の主謀者がいて初めて、これは成立する計画だ。といって、丸山から手伝えといわれても二人は二の足を踏んだにちがいない。丸山が初めから二人を使い捨てるつもりだったことは確かです。そうでなければ、直接二人を抱きこむか、組うちでももっと親しい人間に話をもっていったでしょうからね。李を使ったのは、坂本と花口のあいだにワンクッションをかませたかったというのがあったのだと思います」

「声をかけてきたのが、たとえ日本人であれ中国人であれ、親分をさらうなんて計画に、坂本さんと花口さんがのってくるか、丸山と李は自信をもてなかった。でも李が顔と名前のわかる形で二人を誘い、うまくいかなかったら、李が危なくなるわ。他のメンバーをつのって親分を誘拐しても、すぐ二人には犯人が李だとわかるでしょうから。だからメール男の形で、仲間を勧誘するしかなかった」

「するともともと李と丸山は知り合いだったと……」

木はつぶやいた。

「そう。その上で二人を誘いこみ、中国人の仲間を探せといった。でも組とは関係のない中国人なんてかんたんには見つからない。二人が困った頃を見はからって、これこれこういう奴がいる、と教える。李は最初は驚いたふりをするけど、前からわかっていたことだから計画にはのる。それに丸山がもともと李を知っていれば、その後の犯人捜しのときだって、わざと李につながりそうな中国人を外していくこともできるわ」

「なるほど。だが李とともに、金が消えてしまったので、丸山は本気で中国人狩りをした」

「ええ。坂本さんや花口さんに比べれば刑務所にいかなかっただけましかもしれないけれど、結局お金を手に入れられなかったという点では丸山も同じ。もしかすると李は初めから全員を裏切るつもりだったのかもしれないわね」

「なぜです」

「だってそうじゃない？　たとえ李がお金をもち逃げしても、丸山も坂本さんと花口さんも、李が犯人だ、とは今さらいえない。グルだとは認められないもの。中国人が犯人だということは、どうせバレているのだから、危険なのにはかわりがない。それならいっそうけとった身代金を全額もって逃げてしまおうと考えたっておかしくない」

「確かにそれはそうです。もし丸山と李が計画の初めからグルならば、李がそう考えてもおかしくありません。でもそうしないと丸山はわかっていたから、クラブでわざと李を逃したとも考えられる」

「なぜ？　二人のあいだにも畑吹さんとのあいだのような友情があったから？」

木は首をふった。

「丸山と畑吹さんはちがう。むしろ丸山が李の弱みを握っていたと考えるべきでしょう」

「弱み？」

「ぱっと思い浮かぶのはあなたです。もし自分が逃げたら丸山はあなたのところへいく。おそらくそういう威しを、丸山は李にかけていた。裏切ったら恋人を殺す、と。李があなたを大切にしていることを丸山は知っていた。だからこそ裏切る心配はないとタカをくくっていたんです」

ケイは複雑な表情を浮かべた。

「もしそうなら嬉しいような悲しいような、妙な気分だわ」

「結果として丸山は裏切られた。でもあなたのところへいかなかったのは、李が殺されてしまったからです。そうでなければもちろんあなたは丸山にさらわれていた」

「でも事件のすぐあとではないわ。李が行方不明になってから死体が見つかったのはひと月後よ。そのあいだ丸山はずっと李を信じていたの？」

「いや、それは長すぎる」

木は首をふった。

「その間、丸山には動けない理由があったか、やはり李と丸山はグルではなかったかのどちらかでしょう」

「どちらかしら」

木は考えこんだ。ひとつひらめいたことがあった。

「丸山があなたの周りをうろつきだしたのはひと月くらい前からだ、と聞いています。李が死んだ直後には現われなかったのですか」

「いいえ。こなかったわ」

「つまりそれは坂本と花口の出所を待っていた、ということです。出所した二人なら、李を殺して金を奪った人間に関する情報を何かもっているかもしれない。あるいは二人は知らなくともあなたなら知っていて、それを訊きだす可能性がある。丸山はカードが揃うのを待っていたというわけです。あなたひとりを追及しても今さら金をもって逃げた奴はつきとめられない、と丸山は思っていた。そうでなければこの三年のあいだにそれをした筈です」

「待って。でも二人はメール男の正体が丸山だということも知らなかったのでしょう。わたしに至っては、李が三年前に何をやったのかすら知らなかったのよ。その三人が出会って、どうして何かわかると丸山は思ったのかしら」

その通りだ。

「丸山はやっぱりメール男じゃないのかしら」

「いや、メール男です。そうでなければ今になって動きだした理由に説明がつかない。坂本と花口が実行犯だったと知っているからこそ、丸山は二人が出所するまであなたに近づかなかったのです。奴がメール男でなかったら、とっくに動いているか、もう動くのをあきらめているか、どちらかです」

「じゃあ事件のすぐあと、李が殺されたとわかる前に、わたしのところにこなかった理由は？」

「それは……俺にもわかりません」

丸山がメール男なら李に裏切られたときのことを考え、〝保険〟をかけないでいた筈はないのだ。その〝保険〟はケイ以外考えられない。もし李と連絡がとれなくなれば、まっ先にケイをさらっていどころを吐かせる。その上で、李が金をもってでてこなければ、ケイの命を奪ったろう。

だがひと月の間、丸山はそれをしなかった。警察のマークを恐れたというならば、もう一方で片っ端から中国人をさらって殺した説明がつかない。

「やっぱり丸山に直接訊く以外ないのじゃないかしら」

ケイがいい、木は深々と息を吸いこんだ。

「よく考えれば、丸山も坂本さんや花口さんと同じ側で、裏切られた〝被害者〟ということになるわ」

「同情する気にはなれませんがね。もともとこの計画を立てたのは丸山です。坂本や花口、李を上手に使い、自分は手をよごさずに組の金を懐ろに入れようとした。それが結果として、金だけが消えたのですから」

「でも一度、全員が集まって話しあってみたら何かわかるかもしれない」

「えっ」

木は絶句した。考えもしなかった方法だ。

「ひとりひとりが何を知っていて何を知らなかったか、つきあわせていったら、もしかすると李と鬼塚さんを殺した犯人のことがわかるかもしれない」

まさにカタギの人間の発想だ。

「それはしかし、うーん。どうかなあ」

木は頭を抱えた。

「何かまずいことがあるの」

「第一に、全員がそこで正直に自分のもつ情報をすべてだす、という保証がありません。つまりそれは相手が全部をいわないのならこっちもいわないぞ、という奴で、結局誰からも何もでてこない可能性がある。それより何より、まず丸山が、自らメール男だと認めるかどうかです」

そのとき携帯の〝C〟が鳴った。

「はい」

「花口だ。マズいことになった」

「どうした」

「きのう、あれから坂本さんに会って、例の話をしたんだ。そうしたら」

「ちょっと待て。例の話って何だ」

「メール男が二代目だって話だよ。そうしたら坂本さんがキレちまって。二代目のとこに話をつけにいくって聞かなくて。落ちつかそうとしたんだが、今朝になって連絡がとれねえ」

「連絡がとれないって、どういうことだ」

「つまり二代目のとこに押しかけたか、どこかに呼びだしたか、あげくの果てに埋められちまったかもしれん」

木は宙をにらんだ。面倒なことをしてくれる。いや、ことしだいによっては面倒ではすまない。坂本が丸山に殺されるような羽目にでもなれば、今度こそ警察はこの一件を嗅ぎつけるし、木も首をつっこんでいると知る。

「俺からまさか二代目に連絡をとるわけにはいかねえ。そっちから探りを入れられないか」

「本当に連絡がとれないのか」

「駄目だ。携帯の電源が入ってないの一点張りで、それだけはない筈なんだ。電源を切ってるときは留守電につながるようにしておく約束なんでな。何かヤバいことになってるとしか思えん」

「もう少しようすを見たらどうだ」

「それはそうだが、ぼやぼやしてるとこっちの身も危ねえ。それに場合によっちゃそちらにも火の粉が飛ぶ」

木は息を吐いた。メール男の正体が丸山であると坂本が知ったとなれば、花口はもちろん、木やケイも知っていておかしくないと丸山は考える。そうなれば、父親にバラされる前に口を封じようと考えるかもしれない。ようすを見ているあいだにさらわれ、畑吹産業いき、という可能性もないではない。いくら警察の目が気になるといっても、三年前の悪業が父親にバレたら元も子もないからだ。

「わかった。探りを入れてみる」

電話を切るとケイが訊ねた。

「どうしたの？」

「坂本が丸山のところにのりこみ、あべこべにさらわれた可能性がでてきたんです」

木はいって、丸山の携帯を呼びだした。

呼びだし音を二度聞くかどうかで、丸山の声が耳に響いた。

「そろそろかかってくる頃だと思ってたよ、木村ちゃん」

木村ちゃん？　木はぞっとした。やけに機嫌のいい声だ。

「何かわかったのかな？」

「まあ、それなりに、な」

「教えてよ」

「今どこにいるんだ」

「都内某所」

「何をしている？」

「何をしてると思う？」

「余裕だな。警察の動きはもう気にしなくてよくなったのか」

「そんなことはない。ただ修業の途中でケツを割った半チクな野郎が妙な因縁をつけてきやがったから、まあ、礼儀というか、根性を叩きこんでやろうと、指導の最中だ」

花口の心配は当たったようだ。

「それは大変だな」

「そうでもねえよ。こいつには連れがいた筈なんだが、それを今、吐かそうと思っていろいろシメているところなんだ」

「やりすぎて殺しちまわないようにしろよ」

いってから思わず木は耳を携帯から離した。丸山の馬鹿笑いが爆発したのだ。

「いいねえ。そっちこそ余裕だね。カラクリは全部解けたってのか。名探偵」

木はもう一度息を吐き、ケイを見た。

「その件だが、一回全員で集まって話しあわないか」

「ほう。それでもってサツに一網打尽《いちもうだじん》にされようってハラか」

「警察はまだ三年前の一件についちゃ何も嗅ぎつけちゃいない。ただし今、人が死ねば、嗅ぎつけることになるだろうな」

「人ってのは、誰だい」

「あんたが今シメてる人間とか」

「その野郎と木村ちゃんは仲よしなのか」

「もういい加減、気づいているのだろう」

「何を。お前を雇ったのが、坂本と花口のケツ割りコンビだってことをか?」

がらりとかわって凶暴な声で丸山はいった。

「ああ、そうだ。ついでにメール男があんただってことも知ってる」

「そいつはよくねえイチャモンだな。そういうことで人をおとしいれようってのは、道に外れるぜ」

ボコッという音が電話の向こうでして、苦しげに咳こむ声が聞こえた。どうやら丸山は坂本のすぐそばにいて、好きなだけ蹴ったり殴ったりができる状況らしい。

「なあ、あんたと李がもともとつるんでいたこともわかってる。だが李は殺され、金は消えた。つまり、あんたもそこにいる坂本も、花口も、皆んな被害者だ」

「そうさ。なのにこの野郎は、俺から銭をむしろうとしやがった。ふざけやがって」

また、ボコッという音がした。

「問題は誰が金をもっているかだ。そして鬼塚を殺したのもそいつだ」

「いいことというね、そいつを連れてこいよ。そうしたら、万事が丸くおさまるわな」

「そのために集まろうって話なんだ」

「誰と誰が」

「そこにいる坂本と花口、それにあんた。こっちは、俺と元山さんだ。皆で知っている情報をだしあえば、犯人が誰だかわかるかもしれん」

「お前、馬鹿か。集まって、全員が本当のことを喋ると思うか」

「確かにあんたのいう通りかもしれん。だが本人がそうと気づいていなくて、犯人につながる情報をもってるということもある。ジグソーパズルのピースのようなものだ。つなぎ合わせて初めて、犯人が誰だかわかる」

「それで何になる」

「金を回収したくないのか」

「できるわけないだろうが、今さら。何年たってると思ってるんだ、ええ」

ボコッと蹴りが入った。

「おい、殺す気じゃないだろうな」

さすがに木はいった。

「いけねえのか」

「殺せばあんたがマズいことになるぞ。警察だけじゃない。まだ引退しようとしない、おたくの組長の耳に嫌な話が届く」

「手前、威してんのか。俺を」

「届けるのが俺とは限らない。そこにいる坂本が誰かに手紙を預けておいたという可能性もある」

「何ぃ」

「あくまで可能性だ。あんたのところにのりこんで無事じゃすまないことくらい、坂本だってわかっていた筈だ」

「手前がもってるのか、その手紙を」

「あんたの知っている人間には預けないだろう。それじゃ意味がない」

「ふざけんな。そうならそうと、最初にこの野郎はいった筈だ。そんな話は何ひとつしなかった」

「ゆっくり話したのか、坂本と。奴の要求を聞いたとたん、かっときて問答無用でさらったのじゃないか」

うんざりしながら木はいった。丸山はかなり頭にきているようすだ。このままでは本当に坂本を殺してしまいかねない。

「ふん。よほどこの野郎を助けたいみたいだな」

それでも木と話して少しは冷静さをとり戻したのか、丸山はいった。

「人が死ぬのを喜ぶ人間はいない。もし坂本が死んで喜ぶとしたら、李や鬼塚を殺して八千万を懐ろに入れた奴だろう。自分を捜す人間はひとりでも少ないほうがいいからな」

「お前、何がいいたいんだ」

「負け犬どうしがいがみあったって、何の得にもならないってことだ。あんたもそこにいる坂本も、どっちも負け犬だ」

「大きくでたな、おい」

「そうだろう。金はさらわれるわ、刑務所には入るわ、いまだに親父さんにバレやしないかとびくびくしているわ、これが負け犬じゃなかったら何なんだ」

「そういうお前はどうなんだ」

「俺も負け犬さ、だが負け犬のままでいたくないから知恵を絞っている。いいか、犯人はミスを犯した。鬼塚を殺したことだ。それによって、自分がまだ日本にいると、周りの人間に教えてしまった。鬼塚はなぜ殺されたのだと思う？」

「知るかよ、そんなこと」

「頭の切れるあんたにわからない筈はない。よく考えろ」

ふん、と丸山は鼻を鳴らした。

「銭をもって逃げた奴をつきとめたからだろうが」

「そうさ。だが考えてみろよ。鬼塚がこの件に首をつっこんできたのは、最後の最後だ。それなのになぜ、奴が犯人をつきとめられたんだ」

「俺にわかるわけがない。奴がデコスケだったからじゃないのか」

「そうだとしても、三年前の一件は警察が捜査したわけじゃない。鬼塚にもそんなに情報があったとは思えない。なのに奴は犯人をつきとめた。しかもつきとめただけじゃなくて、自分で金を回収しようとした。あんたに回収させたら鬼塚のとりぶんは一千万だが、自分で回収したらもっととれる。そう踏んだからこそ、奴は犯人に接触し、あべこべに殺された。つまり、犯人は金をもっているってことだ。これがそんじょそこいらの不法滞在中国人だったら、さっさとあんたにひき渡して、一千万で納得したろう」

「なるほど。じゃあ訊くが、鬼塚はどうやって犯人をつきとめたんだ？」

「それがわからんから、集まって話をしようといってるんだ」

丸山は黙った。

「確かに初めは疑心暗鬼で、もっているネタを互いに明さないかもしれん。だが誰も犯人ではないのだから、協力しあって損をすることはない筈だ」

「お前が段どりをするのか」

木はため息を吐いた。そうする他ないだろう。だがこのことが警視庁に知れたら、二度と看板を掲げられないくらい締めあげられるにちがいなかった。

「それしかないようだな」

「わかった。それまで坂本は生かしておいてやる」

「約束だぞ」

「ああ。ただし、この一件が万一、サツか親父に知れたら、お前は終わりだ。覚悟しとけよ」

「わかった。また連絡する」

木はいって、電話を切った。ケイを見やる。

「どうやらあなたのアイデア通りになりそうだ」

「坂本さんは無事なの？」

眉をひそめてケイは訊ねた。

「あのようすじゃ相当痛めつけられているでしょう。まだ死んではいないし、とりあえず殺さないと丸山は約束しましたが」

木は答えた。頭はめまぐるしく回っている。坂本、花口、ケイ、丸山に自分を合わせた五人が、警察に気づかれず集まれるとすればどこなのか。

しかも丸山が考えをかえて、全員の口を塞ごうとしても、それができない場所だ。

ホテル。客室はマズいし、といってロビーでは警察に気づかれる。喫茶店やレストランは論外だ。

警察がマークしているのは、一番に木、二番が丸山だ。その二人が会っているとなれば、どんなに頭の悪い刑事でも、鬼塚殺しに関係があると疑う。

「何を考えているの？」

「皆で集まる場所です。警察に目をつけられず、といって丸山が手下を待ち伏せさせられないような場所」

「あるわ」

ケイがいった。

「どこです？」

「結婚式場」

「えっ」

「広告代理店につとめていた頃、クライアントでお世話になった結婚式場が品川《しながわ》にあるの。そこのオーナーのお爺《じい》さんとは今でもつきあいがあって、うちのお店でもよく品物を買ってくれるの。相談すれば、きっと部屋を使わせてもらえる」

結婚式場。

悪いアイデアではない。冠婚葬祭《かんこんそうさい》は「義理かけ」と呼ばれ、やくざにとっては仕事のようなものだ。礼服を着た丸山が結婚式場に入っていっても、監視をしている丸B担当も不思議には思わないし、式場内部までは入ってこないだろう。しかも不特定多数の人間が出入りする場所なので、礼服さえ着ていれば、自分や花口は目立たない。ケイは式場側の人間に化けることもできる。問題は坂本だが、顔にひどい怪我さえしていなければ、貸衣装を丸山に用意させれば何とかなる。

丸山もさすがに、結婚式場に手下を待ち伏せさせられない。場所が場所だけに、怪しまれれば、通報される危険が高いからだ。そのあたりは、ホテルとはちがう。結婚式場は、そこに用のある人間しか入ってこられない。

「いいアイデアだ。そこでいきましょう」

木はいった。

21

品川駅港南口から徒歩五分の場所に、ケイのいった結婚式場「華城殿」はあった。大小五つのホールをもち、ほぼ連日、結婚式がおこなわれている。二日後の午後三時、「華城殿」の三階「白砂の間」に全員が集合することが決まった。

「結婚式にでるような礼服を、坂本にも着せてきてくれ。ひとりくらい、ボディガードを連れてくるのはかまわないが、兵隊をぞろぞろというのはナシだぞ。そんな連中がいたら、話し合いは中止だ」

初めは、「結婚式場だあ⁉」と尖った声をだした丸山も、警察に怪しまれにくいからという木《もく》の説明に納得した。

「白砂の間」は、宴会場に付属した小部屋で、親族控え室などに使われている部屋らしい。

当日は、木と花口も礼服に身を包んで「華城殿」に赴《おもむ》いた。ケイとは別行動だ。

「華城殿」は、横長の四階建の建物で、入口をくぐると、二階まで吹き抜けになったエントランスの中央を、幅のあるエスカレーターが動いていた。赤絨毯《じゅうたん》がしきつめられた館内は、すでに披露宴が終わり、引出物を手にして一杯機嫌でうろうろする礼服の老人たちや着飾った姿をデジカメや携帯電話で撮影する若者で溢れかえっている。

品川駅に新幹線が止まるようになったので、地方からの利用客も増えたのだろう。紋付の和服を着た年寄りの姿も目立つ。

「なるほどね。ここなら確かに極道の集団は入ってきづらい」

黒のダブルに白のタイを締めた花口が木にささやいた。

木は頷き、エスカレーターを見上げた。昇りきったところで、黒のパンツスーツ姿のケイが巨大な花瓶のかたわらに立っている。耳にインカムをさしこみ、名札を胸につけた姿は、「華城殿」のスタッフにしか見えない。

「いこう」

腕時計をのぞき、木はいった。万一、丸山が〝お供〟を連れてくるようなら、ケイから携帯に連絡が入ることになっている。

エスカレーターを昇り、ケイのかたわらを木は素知らぬ顔で歩きすぎた。花口はまるで気づかないようすだ。

今日の段どりをすべて手配したのはケイだった。この「華城殿」のオーナーは、ケイの広告代理店時代の知り合いで、つきあっていた李の死が理由で辞めたという事情も知っているという。もともと品川の大地主で、七十になるのに身寄りがいないこともあって、ケイをかわいがっているようだ。ケイの相談をうけ、ふたつ返事で場所の提供をひきうけてくれたのだった。

「白砂の間」の前に立つと、木は顔がほころぶのを感じた。

「木村家　元山家　お控え室」

と貼り紙がされていたからだ。

中は、円卓がおかれた十二畳ほどの窓のない部屋だった。

懐ろで携帯が振動した。

「丸山がきたわ。ふたり連れてる。ひとりはヒゲを生やして髪が薄い。もうひとりは体が大きくて恐そうな感じ」

「ヒゲは坂本だ。でかいのはボディガードだろう」

木は返事をした。

「了解。じゃ手筈通りね」

「他に連れているのがいなければ、ここで合流だ」

数分後、扉が開き、丸山が姿を現わした。

「何だ、表の貼り紙は。いい気なもんだな、おい」

丸山はタキシードに身をかためている。坂本は、口もとにわずかにアザがあったが、顔に怪我はしていない。それでも花口や木の姿を見ると、ほっとしたようによろけて椅子にへたりこんだ。

「あんたが道に迷わないようにと思って貼ったのさ」

木は答えて、二人につづき、のっそりと姿を現わした大男を見た。

「その旦那は？」

「俺のボディガードだ。ひとりならいいって話だったんでな」

やはりタキシードだが、借り物なのかカマベルトが今にもはち切れそうだ。身長一九〇センチ、体重は一〇〇キロ近くある、と木は見た。

「耳がない、そう考えていいんだな」

木がいうと大男はゆっくり首をめぐらし、小さな目で見つめた。

「何だ、お前。ケンカ売ってんのか」

「そうじゃやねえ。島崎《しまざき》、お前は黙ってそのへんに立ってろ」

丸山がいった。島崎は大きくこっくりと頷き、ぎくしゃくとした足どりで部屋の端にいった。

「ここでいいですか、若社長」

まるでロボットだ。

「ああ、そこでいい。息する以外は何もするな」

「わかりました、若社長」

丸山は木を見た。

「いいだろう、これで」

花口に目を移す。しげしげと見つめた。

「久しぶりじゃねえか。元気そうだな」

「ごぶさたしています」

花口は低い声でいった。利用されたとわかっても、敬語を使わずにはいられないようだ。

「まったくだ。でてきたときに挨拶くらいきてもよかったろうが。不義理は渡世を狭めるぞ、え」

丸山は余裕の口調でいって、円卓の椅子に腰かけた。

「しかし、狭い部屋だな、おい。茶くらいでるんだろう」

ドアが開いた。ケイだった。

「お姐《ねえ》さん、お茶もらえるかな」

ちらりと見やり、丸山はいった。

「もう少ししたら、コーヒーがでるわ」

ケイがいって、名札を外した。その口調に丸山はふりかえり、目を丸くした。

「何だよ、あんたかよ。びっくりしたな。てっきりここの人間だと思ったよ」

「そのつもりでこういう格好をしてきたの」

ケイはいって、つかつかと円卓に歩みよった。坂本と花口を見やる。

「こうやって顔を合わせるのは初めてね」

坂本と花口は顔を見合わせた。

「坂本だ」

苦しげに坂本はいった。

「花口」

「坂本はアバラが二、三本折れてるからよ。あんまり喋らせるのは酷かもしれんぜ」

丸山がほがらかな声でいった。

「殺されなくてよかったわ」

ケイがいって、円卓についた。

「本当だぜ。もっとも、今日の話しあいいかんによっちゃ、先のことはわからねえがな」

丸山がにやつきながら答えた。木は首をふった。

「よぶんな威し文句はなしだ。ここできっちり腹を割って話しあう。それで、あんたら全員をハメた奴が誰なのかを見つけるのが目的だ」

「そりゃいいけどな、本当に見つかるのか」

苦しげに坂本はいった。黒のスーツは坂本には大きすぎ、顔が青ざめていることもあって病人にしか見えない。

「まず先入観を捨てる。次に、どんな小さなことでも、気づいたことはいう。嘘や隠しごとはなし。この三つは絶対条件だ」

木はいった。

「偉そうに仕切るな、おい」

丸山が吐きだした。とたんにドアがノックされ、コーヒーポットとカップののったトレイを手にしたボーイが入ってきた。丸山が口を閉じる。

コーヒーの入ったカップが並び、ボーイが部屋をでていくと木はいった。

「俺が仕切るのは、この中で唯一の部外者だからだ。三年前、俺はあんたたちの誰も知らなかった。この中の誰に対しても含むところがないから客観的に話が進められる。恨《うら》みつらみを互いにいいあっていたら日が暮れちまう」

「俺はいいけどな、そっちはどうなんだ」

丸山は横目で坂本と花口を見た。坂本が苦しげに口を開いた。

「いいたいことは山ほどあるし、この何日かでそいつは増える一方だ」

丸山が大笑いした。

「だろうな、おい」

「だが、コケにされたって点じゃ、俺らも二代目もかわらねえ。その野郎がつきとめられたら、恨みはそっちで晴らさせてもらう」

花口が頷いた。

「それに三年前の一件がバレて困るのは、俺らより二代目だ。手前の親父をさらって組の金をむしろうとしたんだ。立場は俺たちより悪いぜ」

丸山の笑みが消えた。

「やかましい。でかいツラしていうんじゃやねえ」

「そこまでだ」

木は警告した。

「あんたらがいがみあっても得する人間はここにはいない」

「けどよ」

坂本がいった。

「俺と花口は、二代目にひと言、詫びを入れてもらいたい。俺らはそうと知らず走り回ったあげくに、クサい飯まで食う羽目になったんだ。なのに組として何もして」

「手前、何でかいことといってんだ、おい」

丸山が腰を浮かした。

「ハメたのはそっちだろうが！」

花口がいった。

「何だと、この野郎。勝手にサツに泣き入れたのだろうが」

「あんたが絵図を描いたと知ってりゃ、サツにはいかなかった！」

「いい加減にして！」

ケイが叫んだ。全員が口を閉じた。

「人が死んでるのよ。あなたたちはやくざで、人殺しなんてあたり前のように思っているかもしれないけれど、自分が殺されたときのことを考えてみて。あなたたちにだって、家族や好きな人はいるんでしょう。あなたたちが死んだらその人たちはどう感じる？　馬鹿みたいに責任をなすりつけあって、何の意味があるというの」

「馬鹿みたいとは何だ」

　坂本が唸った。

「もういい」

　木はさえぎった。

「罵りあうために集まったわけじゃない。おとなしく話ができないのなら、明日以降、勝手に殺し合うがいい。ただしそうなったら、あんたらをハメて金をもっていった奴は永久にわからずじまいだ」

「ごもっともだ」

　丸山が手を広げた。

「それに殺し合いになったらどっちが勝つか。よく考えろや」

「あんただってただじゃすませねえ」

　花口がいって、木を見た。

「だが、今日ここでは腹をおさめる。坂本さん、我慢しようや」

　坂本はふてくされたように煙草をくわえた。そのまま誰も口を開かない。

「じゃあ、話をつづけることにする」

木はいって、全員の顔を見回した。

「三年前、偶然なのか絵図通りなのかはともかく、犯人は完璧な仕事をした。自分の正体をあんたたちの誰にも気づかれることなく李を殺して、金を奪った。だが本当は完璧ではなかった。なぜなら鬼塚に正体を見抜かれたからだ。もし正体を見抜かれていなけりゃ、鬼塚を殺す必要もなかった。ここにはふたつのポイントがある。ひとつ目のポイントは、最後に事件のことを知った鬼塚が、なぜ犯人の正体を見抜けたのか、ということ。鬼塚は刑事だったから、それで手がかりを得られたとも考えられるが、三年前の事件そのものは警察が捜査にのりだしたわけではないから、奴が桜田門で手に入れられた材料も限られている。結局奴は、我々の話をつなぎあわせたところで、犯人の正体に気づいたと考えるべきだ。なぜなら三年前の事件のあと、関係者が一カ所に集まることはなかった。だからいつ、誰が、どこで何をしていたのか、それぞれが自分のことしかわかっていないからだ。

ふたつ目のポイントは、鬼塚が殺されたことそのものにある。鬼塚が殺された理由は、犯人の正体に気づいたからだが、それによって犯人はまだあんたらの近くにいることをわからせてしまった。しかもただいるだけじゃなくて、金の回収が可能な状態だ。なぜかというと、鬼塚が気づいたことを犯人も気づいたのは、鬼塚が抜け駆けして金を回収しようとしたからだ。鬼塚はここにいる二代目と、一千万で犯人を捜す約束をしていた。黙って犯人の正体を二代目に教えれば、殺されることもなかった筈だ。それが殺されたのは、直接、犯人にアプローチしたからだ。つまり、一千万以上の金をもっている、と踏んだ」

言葉を切り、再び全員の顔を見回した。

「何か意見は」

「その野郎は誰だ」

坂本がいった。木は思わず苦笑した。丸山が笑いだした。ケイも含み笑いをしている。

花口がいった。

「だからそれをこれから俺たちが考えるんじゃないですか」

「よし、じゃあ、ひとつ目のポイントに戻ろう。三年前の一件で、最も謎の部分だ。渋谷で身代金のうけ渡しがおこなわれたあと、殺されるまで、李はどこで何をしていたのか」

丸山を木は見つめた。

「この中で最後に李に会ったのはあんただ」

「待てよ、本当に俺が最後だったかどうかはわからねえだろ。もしかすると」

丸山はケイに顎をしゃくった。

「こっちの姐さんかもしれない」

「わかった。とにかくクラブで金のうけ渡しをしたときのことを話してくれ。できれば時刻とかも」

木はいった。坂本と花口が身をのりだした。

「李から電話があったのは、午後十一時過ぎだった。二時間で銭を用意して、渋谷のクラブ『カメレオン』にもってこい、と奴はいった」

「それはあんたの指示通りだったのか」

　木は丸山を見つめた。丸山は頷いた。

「そうだ。そこまでは計画通り、すべてがうまく回っていた。俺はすぐに、組員全員を招集した。俺の立場じゃ当然のことだし、この二人と李が金をもってとんずらするのを防ぐためでもあった」

「ひとつ訊きたい。あんたは計画のすべてをメールでこの二人に指示したわけだが、それは何もかもあんたがひとりで考えたことなのか」

　丸山は間《ま》をおいた。

「そうだ」

「本当にか。誰かに相談したり、アドバイスをもらったりしていないのか」

「ない。絵図は全部、俺が描いた。誰かに相談なんかしたら、そこから洩れるかもしれん。そんなヤバい真似はできない」

「もうひとつ。あんたは李を使え、とこの二人に指示をした。その理由は」

　ケイが丸山をじっと見た。丸山は煙草をとりだし、火をつけた。そのようすは、まるで焦らしているように見えた。

「奴が使えると踏んだからだ」

「あんたと李の接点はどこだ」

丸山は煙を吐いた。

「畑吹産業だ。インターネットで死体処理の広告をだしている中国人がいるって話を、他の組の人間から聞いた。広告は中国語だから、ふつうの日本人や警察は気づかねえ。そいつは残留孤児か三世だったから中国語ができた。おもしろいんで少し調べさせたといった。そのときは、俺も畑吹産業じゃなくて別の業者が現われたのかと思った。畑吹のところもいつサツが入るかはわからん。あそこが使えなくなったときに備えて、たとえ中国人でも、別の業者を押さえておこうと思ったのさ。うちの親父は腰抜けだから、めったに殺しはやらねえが、俺の代になったら戦争とは別で、殺しをやらなきゃならないことがあるかもしれん」

「あんたは李に会ったのか」

「いや。その野郎が仕事で一度使ったといっていた」

「その男の名は？」

「春山《はるやま》だ。ただし、そいつも直接李とは会ってない。春山がその頃使っていた中国人が会ったはずだ」

「そいつはいつ頃の話だ」

「この計画が動く二週間くらい前の話だ」

「その中国人の名前を調べられるか」

「調べなくともわかってる。俺を馬鹿だと思ってるのか。李の野郎が消えたとき、まっ先にそいつのことを俺も疑った。馬《マー》という男だ。春山に訊いたところじゃ、事件のあと少しして中国でパクられてム所に入ったということだ」

「何の容疑だ」

「偽造パスポートか何かでひっかかったらしい」

「今も入っているのか」

「それはわからん」

「あんたは馬の顔を知っているのか」

丸山は首をふった。

「わかるのは春山だけだ。その春山にしたって、馬とはそんな長いつきあいがあったわけじゃないようだ。ただ、春山の話じゃ、馬には殺しをやれるほどの度胸はなかったらしい。中国でパクられたのだって、よほどドジを踏まない限りはありえねえって話だ」

「すると馬が李のことを春山に話し、春山があんたに李を教えた」

「そうだ」

「それだけで李を使おうと思ったのか」

「馬から春山が聞いた話じゃ、李はインターネットで中国人相手に商売をしていたが、中国人のどの組織にも属してないってことだった。そういう奴を俺は探していたし、実際そうかどうかは、この二人が調べればわかる。最初は春山を使うことも考えたが、その後奴の組とうちがマズくなって、やめたんだ」

馬と春山のことは気になったが、木は話を進めた。

「じゃ渋谷のクラブに話を戻そう。あんたがその『カメレオン』についたとき、李はいたのか」

「いた。だが俺も実際に李に会うのはそれが初めてだった。だから奴が俺に寄ってきて、そうだとわかった」

「そのときあんたはひとりだったのか」

「そうだ。李を『カメレオン』からうまく逃がすには、外で張らせている連中にはまるでちがう人相を教えなきゃならん。誰かを連れていたらそれはできねえ。だからひとりだ。ついてくるといった奴もいたが、『万一バレてオヤジが殺られたらどうする』といって、止めさせた」

「で、実際に李と会ったわけだが、そのときの李のようすはどうだった」

「落ちついていた。まるでびびってないんで感心したくらいだ。奴が、俺がメールで教えた通りのセリフをいったときは、思わず笑いだしちまいそうになった。『立派なもんだ』と肩を叩いてやろうかと思ったよ。もちろんそうはいかねえから、いわれた通り、銭を入れたロッカーのキィを渡して、その場に残った。十分後に外の連中に電話をして、『今、野郎と会って銭を渡した』といって、でたらめの人相を教えた。おそらく、それまでに奴は金をもって店をでていったろう」

木は坂本と花口に目を移した。

「それがだいたい午前一時半頃だな。その頃あんたたちはどこにいた」

「組の事務所だ」

花口が答えた。

「親分はどうした」

「クラブにいくまでのあいだは李が見張っていた。たぶんそのあとは、車のトランクの中にほうりこんでいたのだと思う。解放した駐車場にその車をもっていったのも李だった筈だ」

「それまではどこに親分をおいていた？」

「ワゴン車の中だ」

「すると李が『カメレオン』に入っている間、親分はひとりきりだったのか」

「そうなるな」

「クロロホルムを嗅がせたといっても、ずっとのびてるわけじゃない。その間に逃げだしたりするのじゃないかとか思わなかったのか」

「そりゃ思ったが、どうすることもできねえ。今さら仲間を増やすわけにもいかないし、そこは賭けるしかなかった」

木は丸山に目を向けた。

「招集をかけたら親分の見張りが手薄になるとは考えなかったのか」

「正直、そこまでは考えなかった。一番ヤバいと思ったのは、こいつらがどこかで職質とかうけて、つかまっちまうことだ。もっとも、そうなりゃメールで使った電話を処分すればすむ。俺の正体に気づく奴はいない、と踏んでたんでね。サツに追いつめられて、親父をこいつらが殺っちまったとしても、それはそれで、俺的にはオーケーだった」

「ひでえ野郎だ。実の父親だろうが」

坂本がぼそりといった。

「組長《おやじ》をさらったお前にいわれたくねえよ」

丸山がいったので、坂本は腰を浮かせた。

「よせ。話をつづけよう」

木は制止した。ケイを見る。

「この一件のあった日がいつだか、あなたはわかりますか」

ケイは頷いた。

「ええ。たぶん三年前の四月の十日だと思うのだけど」

「その通り」

丸山が答えた。

「その前後で李と会ったときのことを話して下さい」

ケイは考える顔になった。

「たぶん、四月九日か八日に、李とは会ってる。ちょうどその頃、わたしのいた課が新しいプロジェクトを立ちあげることになって、すごく忙しくなったの。それで毎日帰りが遅くなって、李とはほとんど会えなかった。でも電話では話していたし、メールのやりとりもあった」

「李は日本語の読み書きはできたのですか」

「ひらがなは完璧だった。漢字も、簡単な『日』とか『人』とかは使えた。それではっきりとは覚えていないけれど、九日か八日、李が夜遅くにわたしの家にきた。何時間かいて、泊まらずに帰ったの」

「そのときの李のようすはどうでした」

「忙しそうだった。わたしもそのとき忙しくてあまり余裕がなかったから、詳しくは訊かなかったのだけど、自分もいろいろ忙しい、というようなことをいってたわ。ただ、何で忙しいのかは話してくれなかった。『私も忙しい、ケイさんも忙しい。二人とも忙しいからがんばりましょう』っていわれたのを覚えている」

「それが李と会った最後ですか」

ケイは頷いた。

「それ以降、電話やメールは？」

「メールは一回あった。『もしかすると仕事で地方にいくかもしれない』って」

「地方というのはどこです？」

「書いてなかった」

「メールがきたのはいつです？」

「四月の十二日よ。それが本当の最後で、あとはまったく音信不通になった」

「心配したでしょうね」

ケイは頷いた。

「何回か電話したり、メールを打った。李は携帯電話しかもっていなくて。でもいつかけても、電源が切れているか、電波の届かないところにいるっていうメッセージが流れるだけで、留守番電話にも切りかわらなかった」

「家にはいってみなかったのですか」

「二週間くらいしていったわ。でも、アパートにもいなかった」

「そのときはどう思いました？　何かトラブルにあったのか、それとも個人的にあなたから遠ざかろうとしている？」

「最初はトラブル。地方で何かあって、警察につかまったのかな、と。ほら、ビザが切れていたから。でも強制送還でも何でも、電話の一本くらいはあるだろうって。さすがに殺されたとまでは考えなかった。だからだんだん考えもかわってきて、もしかするとわたしから離れたかったのかな、と」

「そういう兆候はあったのですか」

「そのときはない、と思ってた。でも、ケンカやいい争いをしなかったわけではないし、何といっても国がちがうわけだから。もしかすると中国には奥さんや子供がいたのかもしれない。それで結局、帰ることにしたのじゃないか、とか……」

「誰かに相談したり、消息を訊ねたりしましたか」

「彼がつとめていた中国語学校には電話をした。そうしたら、三月いっぱいで退職したといわれてびっくりした」

「退職したことを聞いていなかった？」

「ええ」

木は坂本を見た。

「計画を初めて李に打ち明けたのはいつだ」

「三月の初めか、半ばくらいだ。四月には入っちゃいなかった。桜がまだ咲いてねえとか、そんな話をした覚えがある」

花口が答えた。

「李は仕事を辞めることをあんたたちには話したか」

「いや、あまり自分のことはいわなかった。お互い、相手のことは知らないようにしようって空気があった」

木はケイに目を戻した。

「なぜ辞めたのだと思います？　教師の仕事はうまくいっていなかったのですか」

「さあ……。ただ、その中国語学校は、あまりちゃんとしたところではない、という印象はあった。なぜかというと、李はビザが切れてた。なのに雇ってくれたわけで、まともな外国語学校だったら、きっともっと厳しく審査をしたと思うの」

「確かにその通りです。すると給料もあまりよくはなかった」

「すごく安かった。月に五、六万にしかならないって嘆いてたから」

「それで生活はできませんよね。あとはどうしていると？」

「肉体労働のアルバイトみたいなことをちょこちょこやっていたから、それかなと。お金の話では一度ケンカをしたことがあって、訊きづらかったの」

「ケンカ?」

「あるとき、肉体労働でくたびれてしまって会えない、といわれたことがあったの。わたし、そんなにたいへんなら、お金を貸してあげるから、別の仕事を探せば、と何の気なしにいったのね。そうしたら、怒られた。自分はお金のためにあなたとつきあっているのじゃない、そういう中国人もいるけれど、いっしょにしないでほしいと」

「実際にお金を貸すことはなかったのですか?」

「それはあった。でも貸しっぱなしということはなく、必ず返してくれた。李は……」

いいかけ、ケイは迷ったような表情になった。

「李は何ですか」

「中国人のイメージがすごく悪いのを気にしていた。中国人イコール悪い奴、と思われるのが嫌だったみたい。でもそれは、日本人に対して、というよりは、中国人としての彼のプライドの問題だったと思う」

「プライドというのは?」

「うまく説明できないのだけど、中国人と日本人はちがう、というのを、彼はよく口にした。それが日本人にはわかってもらえない、中国人は日本人がどんな考え方をするかはわかっているのに、日本人はそうじゃない、と。もちろん、日本にきている中国人は、ということだけど」

「議論をしたのですか」

「よく、した。李は、何ていうか、日本人に失望しているようないい方をしたの。日本にくる中国人は日本人を理解して溶けこもうとしている。なのに日本人は中国人と見ると、悪いことをしにきていると考える」

「実際、悪いことをしてるじゃねえかよ」

丸山がいった。

「そうじゃない人もいるわ」

「李はどっちだ、悪いほうだろう。そんな奴が偉そうに、日本人の悪口をいってるんじゃねえよ」

木はケイを見つめた。

「李は日本人の悪口をあなたによくいいましたか」

ケイは息を吐いた。

「よく、ではないけれど、ときどき。もちろん日本人全部を、という意味ではなかったけど。わたしが思ったのは、李は自分が黒孩子《ヘイハイズ》だという理由もあって、本心ではふつうの中国人より中国人であることにこだわっていたような気がする」

木は頷いた。李はけっこう複雑な人間だったようだ。話を進めることにした。

「李が死んだという連絡があったのはいつ頃ですか」

「六月の終わり。警察から連絡があって、東京湾で見つかった死体のしていた指輪が、わたしが銀座の宝石店で買ったものだと判明したといわれたの。それでその指輪を確認してほしい、と」

「死体は見なかったのですか」

「白骨化しているので、見ても誰だかはわからない、といわれたわ。ただ二十歳から四十歳までの男性で、歯の治療痕から中国人だとわかった」

「で、指輪で確認した」

「わたしが李にプレゼントしたものだった」

「死因について警察は何かいっていましたか？」

「殺人の疑いがある、とだけ。でも正直、中国人だというので、あまり真剣に調べようという気は感じられなかった。わたしが李の話をして、つとめていた中国語学校を教えると、調べてみますといって終わった」

「そのときの警官を覚えていますか」

ケイは首をふった。

「すごくショックで、そのときのことはあまり覚えていないの。あとで刑事さんの名刺をもらえばよかったと思ったのだけど、あとの祭りだった。李がわたしを捨てたと思っていたのが、実は死んでいたとわかって、今度は自分のせいじゃないかと、そればかり考えた」

その話はもうすでに聞いた。木は頷き、今度は丸山を向いた。

「四月十日以降の話だが、あんたはどう分け前をうけとるつもりだったんだ？」

「一週間はおとなしくしている、それがまず鉄則だった。オヤジは頭に血が上っていたが、こっちが妙な動きをすれば疑われる可能性はあった。特に、里香のマンションからさらったことで、組うちに犯人の仲間がいるとまず考えるからな」

「だがその一週間のあいだに李に飛ばれるとは思わなかったのか」

「もちろん思ったさ」

「じゃあなぜ、一週間という期限を切った」

丸山がメールで、「一週間後、また連絡する。二千万を用意しておけ」と坂本たちに打ったことはわかっていた。

丸山は額をなでた。すぐには答えない。木は気づいた。

「あんたはこの二人には待てといっておいて、その間に李から八千万をとるつもりだったんだな」

丸山は答えなかった。

「そうなのか」

坂本が丸山をにらみつけた。

「本当のことをいえよ」

木はうながした。丸山は肩凝《かたこ》りでもしているように首を回している。

「丸山さんよ」

「そうだよ」

ようやく認めた。

「俺は翌日、李を消すつもりだった。李のヤサはわかっていたからな。ひとりで奴のアパートにいき、待ってた。こいつらにはおとなしくするようメールも打ったし、組から仕事もだしたから、李を消せば金はそっくりこっちのものになる予定だった。ところが待てど暮らせど、李は戻ってこなかった。奴が逃げたとわかったのはそのときだ」

「逃げた？」

ケイが訊き返した。

「逃げたと思ったってことだ。もしかするとこいつらが李を殺ったのかもしれん、ともそのとき実は思った。だが俺が直接こいつらに訊いたら、正体がバレる。そこでつらくはあったが待つことにした。あのときくらい、俺は後悔したことはなかったな」

「待った」

木はいった。

「その話は納得できないな。あれだけ周到な計画を立てたあんたが、取引のあとは李をほったらかしというのは、どう考えても妙だ。金をもった李が逃げればそれきりだとわかっているのに監視もつけなかったとは、とうてい思えない」

丸山を見つめた。

「そうだ。そりゃ変だ」

花口もいう。丸山は苦い顔をした。

「本当のことをいえや」

坂本が唸った。

「何だよ、お前ら。俺が李を殺して銭をとったとでもいいたいのか」

「そうじゃない。あんたがとったのなら、元山さんの店まで押しかけてくる理由がない。だが今のあんたの話には無理がある」

　木はいった。丸山は舌打ちし、息を吐いた。

「李には監視をつけてたよ、確かにな。だがまさかと思うことが起こっちまった。その監視役がサツに殺された」

「殺された？」

「河井《かわい》のことか」

　花口が目をみひらいた。

「そうだ」

　丸山は頷いた。

「くわしく話してくれ」

　木はいった。花口が説明した。

「河井は古参の組員だったが、しゃぶ中がひどくて、組うちでも厄介者扱いされてる野郎だった。それが車で走ってるところを検問にひっかかり、なんでだか強引にふり切って逃げようとしたんだ。確かそのときお巡りをひとりはねたか何かで、怒ったお巡りが車を撃って、それで事故にあい死んじまった」

「タイヤを撃たれて、対向車線を走ってきたトラックと正面衝突をしたんだ。河井はしゃぶをやるといえば、何でもいうことを聞いた。河井はずっと李に張りついていた。その事故が起きたのは、十一日の朝方だ」

丸山があとをひきとった。

「待てよ、じゃあ河井はそのとき、李を追っていたのか」

「たぶんそうだ。李を見失いたくなくて、無理に検問をつっきったのだろう」

「河井は李が組長をさらった犯人だと知っていたのか」

「いや。奴は俺の命令にしたがっていただけだ。だがその一件で、うちはサツに絞られることになり、俺は李を見失った。それがなけりゃ、あの日のうちに河井に李を消させ、銭を回収できていたろう」

「あんたのせいで河井は死んだのか。だからいわなかったんだな」

花口が吐きだした。

「やかましい！」

丸山はにらんだ。

「わかっている限りの河井の行動を教えろ」

木はいった。

丸山は思いだすように目を閉じた。

「河井は、親父が解放された駐車場に張りこんでいた。そこから李を尾けたんだ。李はタクシーを二回乗りかえた。奴が検問にひっかかったのは、李が二台目のタクシーに乗った直後だった」

「場所は？」

木は訊ねた。

「第一京浜《だいいちけいひん》だ。大井《おおい》の海っぺりの公園の駐車場にワゴンを止め、李は品川まで一台目のタクシーで移動した。そこで別のタクシーに乗ったらしい。まさかそんなことになると思っていなかった俺は、いきなり河井から連絡がこなくなったんで、てっきり尾行に失敗したのかと思った。だが奴はしゃぶ中じゃあったが、車の運転は組うちでピカ一だった。だからまかれることはねえだろう、と。サツから連絡がきたときは仰天した。事後処理は俺がやった。気をつけないと、河井がなんでそんな時間に第一京浜を走ってたか、親父が疑うかもしれないと思ったからだ」

「あんなしゃぶ中に任せたからだ」

　坂本が吐きだした。

「確かに河井は運転はうまかったが、ふつうじゃなかった」

「だから使えたんだよ。招集がかかってるのに、あいつならきていなくとも、誰も変だとは思わないだろうが」

　丸山がいい返した。

「それで李を見失って、あんたはどうした」

「どうしようもねえ。俺は動けないし、といって、李のことを他の組員にはいえない。李がこいつらさえ裏切らなければ、いずれ金は回収できると信じて待つしかなかった。ところがこいつらはあっさり、李に逃げられた」

「ふざけんな。李は、あんたが俺たちに紹介したのだろうが」

花口がいった。木はそれを制し、訊ねた。

「だったらなぜ、彼らを焦らせるようなメールを打った。李のことをつきとめた、と」

「こいつらが李とグルかどうかを確かめるためだ。もしグルなら、李を消すだろう。そのためにはどこかで李と会う。お前らは知らないだろうが、あのとき俺はお前らに張りついていたんだよ。そうしたらどうだ。サツに自分らをタレこみやがった。最低だ」

「この野郎」

我慢できなくなったように坂本が立ちあがった。部屋の隅に立っていた島崎がその体つきからは思いもよらない素早さで動くと、坂本の背後から肩を押さえた。

「すわれや」

丸山をうかがいながら、吠《ほ》えるようにいう。坂本はきっとふりかえったものの、勝ち目はないと判断したか、

「けっ」

と激しくテーブルを蹴って、腰をおろした。コーヒーカップがガチャガチャと音をたてる。木はケイを見やった。

まるで平然としていた。

「話を整理する」

木はいった。

「『カメレオン』で身代金をうけとってから組長を乗せた車を大井の海浜公園の駐車場に乗り捨

てるまでの、李の行動を見ていた人間はいない。その駐車場からは、タクシーを二台乗りかえて移動する李を、途中までは、河井という丸山組組員が尾行していた。ところがその河井が事故を起こして、尾行は中断された――」

木は丸山を向いた。

「もし河井が事故を起こさなかったら、どうする予定だったんだ？」

丸山はあいまいな笑いを浮かべた。

「まあ、適当にやるつもりだった」

「李がひとりになったところを見はからって河井と合流し、李を殺して身代金を奪う。場合によっちゃ、河井に罪を背負わせる。そんなところか」

「そして俺らのことは知らん顔か」

花口がいった。

「そんなところかな」

悪びれもせず、丸山はいった。

「だが大番狂わせが起きちまったというわけだ」

木は花口に目を向けた。

「あんたたちは李を本当に信用していたのか？」

「信用していたも何も、招集がかかったおかげで、李ひとりに任せる以外、道がなくなっちまった。誰かに頼んで、李を見張らせることは俺らも考えたが、そのとき都合よく動いてくれそうな人間はいなかった」

花口が答えた。

「お前らも、片づいたら李を消すつもりだったのだろう」

丸山がからかうようにいった。それが図星だというのを、木は前に聞いて知っている。

「当然だよな。お前らが丸山組の組員だというのは、李も知っていた。つまり、お前らは李に尻尾を握られていたのと同じなんだ」

丸山はつづけた。

「李がひらきなおったら、分け前をとれなくなる。だから消す以外、なかった筈だ」

「それも見こして、李を仲間に入れろと、メールで指示したのね」

ケイがいった。丸山をにらんでいる。

「この二人と李が仲間割れを起こしてもかまわない。むしろ起こした方が好都合だくらいに考えていたのでしょう。ひどい人ね」

丸山は煙草に火をつけた。

「お姐さんよ。大金を前にしたときってのは、その人間の本性がでるものなんだ。確かに俺もワルだし、こいつらだって負けず劣らずワルだ。だがあんたの彼氏だった李が、素直に金を分配しようと考えていたかどうかも、怪しいもんだ。これ幸いと李はばっくれるつもりだったかもしれん。三月いっぱいで、あんたにも内緒で先生の仕事を辞めていたというのは、そういうことじゃないのか」

「その可能性は、わたしも高いと思う」

ケイはいって、木を見つめた。

「たぶん李は、お金を独り占めするつもりだった」

木は答えた。

「あなたがそう思うのなら、それでかまいません。ただし、もし独り占めしたのなら、安全に日本を逃げだせるという自信があったからでしょう。話を聞いていて思うのは、李は前もって何らかの準備をしていたにちがいないということです。金そのものは、どうとでもなる。抱えて中国に飛ぶことはできないが、地下銀行を通じて送金してしまえばすむことだ。問題は、李本人の身のおき場だ。身代金全額をもって姿を消せば、丸山組から追っ手がかかることも予想できた。つかまればもちろん、命はない。そうなると、逃走手段を手配しておく必要があります。李が最も安心してそれを頼めるのは、あなただ。そうしたことをまるであなたにはもちかけなかったのですか？」

ケイは首をふった。

「まったく。地方にいく、というメールだけ」

木は全員の顔を見回した。

「すると李は、逃走手段の手配を、ここにいる誰とも関係がない第三者に依頼していたことになる」

「そいつが李を殺し、金をとった、といいたいのか」

丸山が訊ね、木は頷いた。

「李はもともと、康という中国人のボスが率いるグループに属していたが、あることがきっかけでそのグループを抜けている。あることというのは、対立グループの中国人を『マキ』として、畑吹産業に連れていき、消すという作業だ。ところがその、消す筈だった中国人は、子供の頃、生き別れになった李の弟だった。李はその弟を助け、逃がしてやるよう、畑吹カズオに頼み、畑吹カズオもそれをうけ入れた。というのも、畑吹自身、小さい頃に事故で兄を亡くしたという過去があったからだ。それ以来、秘密の共有をきっかけに、李と畑吹の関係は深まった。康の組織を離れた李は、畑吹の勧めもあって、死体処理の仕事を請けおうようになった」

「だったら李を逃がすとすりゃ、畑吹かその弟しかいねえ」

丸山がいうと、

「俺もそう思う」

珍しく、花口が同調した。

「我々の知る限りは、そうだ」

木はいった。

「確かにその二人のどちらかにしか、李は逃走手段の手配を頼めなかったろう。だが、畑吹にはそれはしていなかった、と俺は考えている。まず、丸山組とつきあいのある畑吹が李を逃せば、発覚した場合、関係がまずくなる。それに金では畑吹は動かしづらい。俺は畑吹とは何度か会って話したが、奴はシロだと思っている。それにもし畑吹が犯人なら、李の死体を東京湾などに沈める必要はなかった筈だ」

「わからねえぞ。そう思わせるためにやったのかもしれん。それに鬼塚のことを忘れている。畑吹が李を消して銭を奪った犯人なら、まちがいなく回収ができる相手だ。鬼塚がそう思って畑吹を威し、あべこべに殺されたとも考えられる」

丸山がいった。

「確かにその意見には一理ある」

木は認めた。

「弟ってのはどうなんだ。俺らはそんな話、初めて聞いた」

花口がいった。

「これが情報がひどく乏しい。畑吹の話ではその後、中国に帰ったらしいのだが、計画のことを聞いた李が日本に呼び戻すのなら充分な時間はあった筈だ。李からすれば、弟だし、命の恩人でもあるわけだから、自分の逃走を手伝わせるにはぴったりの人材だ」

「弟の名前は？」

丸山が訊ねた。

「孟といったらしいが、日本で使っていた名など、この場合無意味だろう」

「だけど命の恩人の兄さんを、殺すかしら」

ケイがつぶやいた。

「可能性はゼロではないと思います。それに弟でなくとも、弟が協力を頼んだ人物かもしれない。

「ただ、何?」

「弟にせよ、その弟から事情を聞いた誰かにせよ、鬼塚がそれをつきとめたというのが、ちょっと考えにくいのです。もし弟が三年前に兄貴を殺して金を奪ったのなら、とっくに中国に帰っていておかしくはない。それがのこのこ日本に舞い戻っていたとしても、あれだけの短時間で、鬼塚につきとめられたとは思えない。さらに、金の回収ができるとまで考えられるか……」

「そいつがとんでもない大物になっていたとか」

丸山がいった。

「今、中国じゃ、金持がぼこぼこ生まれている。三年前の八千万を元手に大成功して、日本にやってきたのかもしれねえ」

「だったら尚さら、李の弟だとはわからないのじゃないか」

「何か偶然があったのかもしれん。鬼塚はどこにでも、首をつっこむ野郎だったからよ」

「結局、どっちか、わからねえのかよ」

坂本がいった。

木は考えていた。李の弟というのがキィマンかもしれない。だがその弟のことを知っているのは畑吹だけだ。

丸山を見た。

「李のことを調べたという中国人の名を」

ただ——」

「馬だ」

「その馬を使っていたのは？」

「池袋《いけぶくろ》双栄会《そうえいかい》の春山だ」

木は携帯電話をとりだした。警視庁捜査二課の結城にかける。

「お前か」

結城は不機嫌そうにいった。

「その後、捜査はどうです」

「そんなこと教えられるわけないだろう。いいか、お前だって完全にシロと決まったわけじゃない」

「職務以外の理由で、鬼塚が調べていたマルBや中国人の情報というのはでてきていませんか」

結城の舌打ちが聞こえた。あたりだったようだ。

「池袋双栄会」

木はいった。結城は無言だった。木は待った。何者と会話しているのか、丸山たちも察したらしく、無言で見守っている。

やがて結城が吐きだした。

「何を知ってる」

「池袋双栄会の春山が使っていた馬という中国人のことを調べてもらえませんか」

「そいつが何をしたんだ」

「偽造パスポートの行使で、中国で服役しているという話なのですが、それが本当かどうか」

「そんなことを訊いているんじゃない。馬が何をやったから、鬼塚は双栄会を調べていたのか、と訊いているんだ」

「それが知りたいんです」

「ふざけるな」

「また、ご連絡します」

木はいって、結城の罵り声を聞きながら、電話を切った。全員を見回していう。

「鬼塚は池袋双栄会のことを、殺される前に調べていたようだ」

丸山で目をとめた。

「春山と馬の話を奴にしたのか」

「李の中国人関係者について誰か知らないかと訊かれて、もしかしたら教えたかもしれん。今、うちと双栄会はあまりうまくいってないからな。別に良心はとがめなかったな」

丸山は答えた。

「畑吹さんに電話をして」

ケイがいった。

「李の弟のことをもっと知らないか、訊いてほしいの」

「もちろん俺らのことは秘密だ」

丸山が釘を刺した。木は頷いた。

畑吹の携帯を呼びだすと、留守番電話サービスにつながった。

「木村です。うかがいたいことがあって電話をしました。またご連絡します」

木は告げて、電話を切った。

「留守電だった」

皆にいった。丸山が口を開いた。

「鬼塚が双栄会について調べていたことと、李の弟の話と何の関係があるんだ」

「勘のようなものだ」

「何の勘だ」

木が答えようとしたとき、携帯が鳴った。

カズオからだった。

「すみません。ちょっと席を外していたもので」

カズオはいった。

「いえ。お忙しいところを申しわけありません。実は、李の弟のことをまた訊きたくてお電話したんです」

「弟?」

「ええ。李が畑吹産業に連れてきて、命を助けた——」

「ああ……」

カズオは思いだしたようにいった。

「確か孟といいましたね。今どうしているといいましたっけ」

「あのあとすぐ中国に帰った、と李から聞きました」

「中国のどこかは？」

「いえ。それは何も。どうかしたのですか」

「いや、ちょっと気になることがあって。もうひとつうかがいたいのですが、それはいつ頃のことですか。李が孟の命を助けたというのは？」

「いつ頃かな。半年くらい前かな。例の一件の起きる――」

「孟が属していたグループの名とかはわかりますか」

「それは――」

いって、カズオは沈黙した。知っているがいえない、ということのようだ。深追いはせず、木は訊ねた。

「孟というのは、どんな感じの男でしたか。年齢とか外見ですが」

「ええと、あの頃で二十代の終わりくらいだったと思いますから、今は三十くらいですかね。見かけはひょろっとして色の白いやさ男でした。髪をのばしていて、ホストのような感じで」

「日本語は達者だったのですか」

「上手でしたね。訛とかはほとんどなくて」

「するとかなり以前から日本にきていたのですか」

「たぶんそうだと思います。偽造のパスポートで入った李とちがって、初めは留学ビザをもっていたようです。養子にもらわれた家がけっこう裕福で、それで甘やかされたのじゃないかと李がいっていたのを覚えています」

「体格はどうでしたか。李と比べて大きいとか小さいとか」

「同じくらいだったと思います。でも、なぜ弟のことを訊くんですか」

「李が事件のあと、逃げだす計画を立てていた疑いがでてきました。彼は中国人社会とは縁を切っていた。そうなると協力を頼めるのは、その弟かあなたしかいない」

「私は何も知りませんでした」

カズオは静かな声でいった。

「ええ。それは疑っていません。となると、李が協力を頼めるのは弟しかいない」

「なぜ李に協力者がいたと思うのです？」

「その協力者が李を殺したからです」

カズオは黙りこんだ。

「実は今、事件の関係者と会って、当日の李がとった行動を検証しながら、犯人を捜しだそうとしているのです。その結果、李には、我々の知らない協力者がいて、その人間が李を殺したにちがいない、という結論に達しました。そしてその人物が、刑事の鬼塚も殺したと考えられます」

「――なんてことを」

カズオがつぶやいた。

「鬼塚は、何かに気づいて、その協力者をつきとめた。そしてゆすった疑いがあります。ところがあべこべに殺されてしまった」

「待って下さい。それが孟だというのですか？」

「ええ。畑吹さんの話では、孟は、李に命を助けられた直後中国に帰ったということでしたが、兄貴に呼び戻された可能性があるとは思いませんか」

「そんな……。しかし、だけど……」

珍しくカズオが口ごもった。想像もしていなかったようだ。

「でもそうなら、孟が李を殺したということになります。それはありえない」

「なぜです？」

木は訊ねた。

「いや、それはつまり、孟はそんなことをするような人間に見えなかったからです。人殺しをする度胸があったとは思えない」

「あるいは孟が誰かに相談をもちかけ、その人物がやったのかもしれません」

「そうですね……。それなら考えられなくもない。でも李が――」

いいかけ、混乱したようにカズオは黙った。

「李が何です？」

「いえ。何でもありません。正直、頭がこんがらがって、よくわからなくなってきたんです。命を助けられて、孟はそれこそ拝むように李に感謝していましたから、そんな人間が果して、命の恩人を殺すだろうか、と」

「確かにそれはその通りですが、孟には他にひと目でわかるような特徴とかはありませんでしたか。傷跡とかホクロとか、あるいはどこかにタトゥを入れていた、とか」

カズオは息を吐いた。

「私はそんなに長い時間いっしょにいたわけではありませんから。ただそういえば、どっちの手だったかは忘れましたが、小指寄りの手の甲に小さな刺青《いれずみ》をしていました。絵柄とかは覚えていません」

「小指寄りの手の甲、ですね」

「ええ。あの、木村さんは今、どこにいるのですか」

気づいたようにカズオは訊ねた。

「品川の近くです」

「おひとりですか」

「ちがいます」

「そうですか。あとでひとりになったら、もう一度ご連絡をいただけますか」

「わかりました」

何かあるようだ。木は答えて、電話を切った。

やりとりを見守っていた丸山が訊ねた。

「どうだって？」

「李の弟の名は孟。今年、三十くらいになるホスト風のやさ男だそうだ。畑吹は、孟に人殺しをするような度胸があったとは思えないといっていた」

　不満そうに丸山は吐きだした。

「ホスト風が人殺しをやれねえとは限らないだろうが。だいたい、今どきの若い中国人はそんなのが多いんだ。春山のとこにいた馬だってそうだった」

「馬もやさ男だったのか」

「ああ、ロン毛でよ。ピアスも入れてたし、手にハートのタトゥとか彫ってた」

「手に？」

　木は訊き返した。

「よくアメリカ人とか入れてるだろう。指のつけ根のとこにハート型のタトゥを。あれだ」

　木は丸山を見つめた。

「何だよ」

「李の弟もどっちの手かはわからないが、小指のつけ根にタトゥを彫っていたそうだ」

「え」

　丸山は目をみひらいた。

「それって同一人物ってことか」

　花口がいった。

「可能性はある」

「あるどころじゃねえ。それなら話がつながるだろうが」

丸山が唸るようにいった。

「春山のとこにいた馬が、李の弟なら、李がやってた死体処理の仕事を、手伝っていたって話じゃねえか。兄弟で組んでいたんだ。中国語のインターネットで見たっていうのは、俺たち向けのフカシで、本当は自分らの仕事を流していたんだよ。その方が池袋双栄会にも妙な勘ぐりをされねえ」

「つまり中国に帰ったふりをして、日本に残っていたということね」

ケイがいった。

「馬は、どこかの中国人グループに属していたのか」

木は丸山に訊ねた。丸山は思いだす顔になった。

「春山の話じゃ、『いろいろあって預かってる』とか、そんなことだったな」

「李の弟、孟は、李がいた康のグループと対立するグループのメンバーだった。それで殺されかけたところを、李に救われた。だが形の上では、殺されたことになっているので、元のグループには戻れない。だから池袋双栄会に身を寄せたのかもしれん。元いたグループが新宿なら、池袋は縄張りもちがう」

「そうか」

木はケイを見た。呆然としたような、悲しげな表情を浮かべている。その気持を想像すると、木は胸が痛むのを感じた。

李は、ケイよりも弟を優先したのだ。それだけでなく、弟の存在をケイにはひと言も話してはいなかった。つまり、ケイより弟を信じていた。

なのにその弟に、李は殺されたのだ。

「だけどよ、鬼塚はその弟をどうやってつきとめたんだ」

花口がいった。

「奴は李に弟がいたなんて話を知ってたのか？」

「それはわからんが、鬼塚は新宿時代の李を知っていた。それに俺は奴と最後に話したとき、『中国人を疑え』といった。その結果、奴は弟のことをつきとめたのかもしれん」

「つまり、その孟って奴が、今また日本にいるってことか」

木は丸山を見た。

「馬が中国でパクられたという話は、どうやって知ったんだ？」

「春山だ。その話を聞いたのは、二年くらい前だ。飲んでいて、何かの弾みで、『そういや、あの中国人どうした』と訊いたら、苦い顔して、『今、入ってる』と。何かの件で中国に使いにやったら、偽造パスポートがひっかかってパクられた、といっていた。さすがに向こうのム所にコネがないんで、いつごろでてこられるかもわからなかったらしい」

「二年前にぶちこまれて、罪状がパスポートの件だけなら、でてきていてもおかしくないな」

「ああ。すると、馬だか孟だか、李の弟は、兄貴をバラして銭を奪ったあと、中国でパクられて入っていたのが、でてきて日本に舞い戻ったと。そこを鬼塚に見つかった。鬼塚はクサいとにらんで締めあげようとした。ところが返り討ちにあったってわけか」

「それなら筋が通る」

「その弟が銭をもっていると鬼塚が踏んだ理由は何だ」

　花口が訊ねた。

「そいつはわからねえ。よっぽどいいホテルに泊まってたとか、歌舞伎町で札ビラ切ってたとか、そんなあたりじゃないか」

　丸山がいった。全員の顔を見回す。

「捜そうじゃねえか、その弟を、よ。見つけりゃ、銭がとり戻せるかもしれん」

「どうかな」

　坂本が低い声で反対した。

「いくらム所に入ってたって、三年だぞ。八千万の銭なんざ、あっという間に消える」

「だったらやめとけや。お前は降りる、と」

「降りるとはいってない」

　花口がいった。

「考えてみろよ、坂本さん。使っちまうのも簡単だが、増やすのも簡単なんだぜ、今の中国は。もしかするとその野郎は、俺らの八千万をタネ銭に、えらく大儲けしたのかもしれん。だから鬼塚も目をつけた——」

「だとしても、鬼塚を殺ったんだ。とっくに中国に帰っていておかしくねえ」

「だったら中国まで追っかけていって見つけりゃいいんだよ。向こうは金持なんだ。逆に簡単に見つかるかもしれないぜ」

「そりゃあいい」

丸山がいった。

「俺とちがって、お前ら身軽なんだ。中国へいって、金を取り立ててこいや。そうしたらお前らにも分け前をやる」

「ふざけんな。もう俺らは、丸山組の人間じゃねえ。あれこれ指図《さしず》される筋合いはねえ」

坂本がにらんだ。

「いいのか、そんな強気で。お前ら、中国に飛ぶような余裕あんのか。取り立てにいくにしたって元手がかかるんだよ。それをだしてやるっていってるんだ」

丸山が薄笑いを浮かべた。坂本はくやしげににらみつけた。

「費用ならわたしがだす」

ケイがいった。

「李を殺した人間でしょ。そいつを追いつめるのだったら、わたしもいく」

「よけいな真似すんじゃねえ。女はひっこんでろ！」

丸山が怒鳴った。潮どきだ、と木は思った。

「今日はここまでにしよう」

大声でいった。

「とりあえず、李の弟がまだ日本にいるかどうか調べるのが先だ。帰っていたならいたで、その件はまた相談すればいい」

坂本は荒々しく息を吸い、花口を見た。花口が小さく頷いた。

「——抜け駆けはすんなよ。したら、お前ら丸山組を敵に回すぞ」

丸山がすごんだ。

「そっちこそ妙な手は使うなよ。あんたの親父のところに知らせがいくぞ」

花口がいい返す。丸山は木をにらんだ。

「お前しだいだ。こいつらをちゃんとコントロールしておけ。さもなきゃ、泣く羽目になる」

「いがみあうのは時間の無駄だ。全員がそれをわかっていれば、問題は起きない」

木はいった。

22

「送りますよ」

木《もく》はいって、「華城殿」の駐車場に止めていた車にケイを乗せた。二人きりになると、ケイは目を閉じ、大きな息を吐いた。木は無言で車を走らせた。

やがてケイはぽつりといった。

「結局、李は、わたしのことを利用するだけだったってことね」

木は無言だった。ケイは悲しげに微笑んだ。

「慰めてはくれないの？」

「どうやらそのようです」

「ひどい」

ケイはつぶやいた。

自分に対して向けられたのか、李に対して向けられたのか、木はわからず無言でいた。

「でも、ひどいといったところでしかたがないわね。当の本人はもう死んじゃっているのだから」

ケイがいったので、自分に向けられたのではないとわかった。

「そうですね」

「わたしはいくべきなの？　中国に」

不意にケイが木を見て訊ねた。

「あなたしだいです。それで区切りがつくなら」

「止めないのね」

木は黙った。

「もし中国にいくといったら、木村さん、いっしょにきてくれる？」

赤信号で止まり、木はケイを見つめた。ケイは息を吐いた。

「あなたがいたら心強い」

「そして俺にどうしろ、と？　李の弟から金をとり返す？　それとも殺す？」

「殺してと頼んだら、殺してくれる？」

目をみひらき、ケイは木の目をのぞきこんだ。木は思わず言葉を失った。

クラクションの音に我に返った。信号がかわっていた。

「それはたぶん、できない。自分のためにもあなたのためにも」

「そうよね。人生を棒にふるほどの価値なんて、李にはないものね」

木はけんめいに言葉を探した。

「もしかすると、大切なのは、実際の李がどんな人間だったかよりも、あなたの中にある李の思い出のほうかもしれない。そういう意味では、こんなことにかかわらなければよかった」

「別に思い出にばかり生きてきたわけじゃないわ」

「でも、今の元山さんは元気がない」

「それは、プライドが傷ついているからよ」

「なるほど」

「どこかでわたしは、李を一段低い人間に見ていて、『助けてあげている』と考えていたんだわ。それが助けるどころか、大切なことは何ひとつ教えられず、ただ隠れみのの材料にされていたのだとわかった。バチが当たったのかも」

「どう考えていたにせよ、あなたは心底から李が好きだった。そうでしょう」

ケイは泣き笑いの表情になって木を見た。

「やめて。木村さんのこと、本当に好きになっちゃう」

木は息を吐いた。

「なって下さいといえるような人間じゃありません」

ケイのマンションがすぐそこだった。木はブレーキを踏んだ。どちらからも口をきかず、無言の時間が流れた。

「今日は、ガードの仕事はなし？」

やがてケイが訊ねた。木は歯を食いしばった。

「ええ。今日は。まだ、調べたいこともありますし……」

ケイは寂しげに頷いた。助手席のドアを開け、降り立つ。

「明日、お店に連絡を入れます」

木がいうと、深々と息を吸いこみ、笑顔を浮かべた。

「――待ってます」

何かをいわなければ、と思うのだが、言葉が見つからなかった。木は小さく頷いて、アクセルを踏みこんだ。

ケイのマンションを遠ざかってしばらくして、木はカズオに電話をする約束だったのを思い出した。

イヤフォンマイクを携帯につなぎ、カズオを呼びだした。

呼びだし音は鳴っているが、応答がない。もしかするとバイブにして気づかないのかもしれない。木は考え、電話を切った。

運転しながら頭を整理する。

李の協力者が弟の孟だったのは、ほぼまちがいないだろう。李が初めから身代金の全額を〝横領〟するつもりだったかどうかは不明だが、事件後、坂本らに〝スケープゴート〟にされる危険も想定し、逃走計画を立てていた。

これは李の立場としては、ある意味、当然のことだ。李は誘拐犯の中で唯一、顔をさらしている。丸山組にまっ先に狙われる。したがって事件後は一刻も早く、東京さらには日本から脱出しなければならない。

と、ここまで考えて、木はやはり李はケイを捨てるつもりだったのだと気づいた。東京にも日本にもいられなくなれば、ケイとこれまで通りの関係はつづけられない。その覚悟がなかったら、誘拐計画に加わるわけがないのだ。

ケイの落ちこみは、それに気づいたショックだ。場合によっては、ケイのもとには、裏切られた坂本や花口、さらには丸山組がやってくる危険まであったのに、李はあっさり見捨てている。

ひどい男だ。中国人でなおかつ黒孩子《ヘイハイズ》であった李にとっては、日本人のケイなど利用するだけの存在でしかなかったことが、この事実から浮かびあがってくる。

あらためて、ケイのための怒りを木は覚えた。

そんな李が、自分が命の恩人である孟に殺されたのは、皮肉な話だ。まさかどたんばで命を助けた弟に裏切られるとは、思いもよらなかったのだろう。

あるいは——。木は考えを巡らせた。孟を使って李を殺したのは、孟がもといた中国人グループの人間かもしれない。

李に協力を頼まれた孟が、自分だけでは難しいと考え、もといたグループに助力を仰ぐのは、可能性として充分考えられる。その連中にしてみれば、李は対立していた康の手下なのだ。命を奪うのに抵抗などない。実際、康だって孟の命を奪おうとしていたのだ。

孟の手助けをして李を逃してやるように見せかけ、その李をあっさり殺して金を奪ったのは、孟ではなく孟がいたグループのメンバーだったのではないか。

木ははっとした。カズオはそこに気づいているのではないか、と思ったからだった。だからさっき、孟のグループのボスが誰だったのかを訊ねても答えなかった。

だが、なぜなのか。

カズオにとって、そのグループのボスは、友人だった李を殺したかもしれない敵だ。かばう理由はない。

わからなくなった。

銀座の事務所に到着した。もう一度、カズオを呼びだしてみる。今度は応えがあった。

「木村です」

「木村さん、今、どこですか」

「銀座に戻ってきたところです」

「おひとりですか」

「ええ」

「今からそちらにうかがいます。話したいことがあるので」

カズオはいって電話を切った。妙だった。口調がやけに切迫している。いつものやわらかな物腰が感じられない。

木は嫌な予感がした。もしかすると、李の協力者は、孟ではなくカズオだったのではないか。そしてその可能性に木が気づいたと考え、口を塞ごうとしているのではないだろうか。

カズオが手下をしたがえてやってきて有無をいわさず自分をさらい、畑吹産業の高熱処理場に投げこむのでは、と木は想像し、不安になった。

駐車場に戻ろうか、とも考えたが、カズオが本気で自分を殺す気なら、この場を逃げだしたところで無駄だ、と思いなおす。それに木ひとりを殺したところで、秘密を保つことはできない。カズオはそれに気づかぬほど愚かではない筈だ。

警察に知らせるか。だがもしカズオが犯人でなかったら、すべてがぶち壊しになる。それどころか、丸山組と畑吹産業の両方を敵に回してしまう。

それはできない。もしそんなことになったら、ケイの身にも危険が及ぶ。

事務所のドアがノックされた。ドアにのぞき穴はついていない。木は不安を殺してドアに歩みよると、

「誰方《どなた》ですか」

と訊ねた。

「畑吹です」

声が返ってきた。木は息を吸いこんだ。今になって、何か武器はないかと、事務所の中を見回す。

「木村さん」

木が黙っているので不審を感じたのか、カズオは呼びかけた。

「はい」

「どうしたんです？　お話があってきたんですが」

「あの……畑吹さんおひとりですか」

「今日はちがいます」

「えっ」

「表の車に、うちの人間を待たせてあります」

木は目をみひらいた。

「なぜです」

「理由は今からお話しします」

で、ドアを開けたとたんズドン、ではたまらない。

「畑吹さん」

「はい」

木はドアに体と耳を押しつけた。嫌な汗が体中の毛穴から染みだしている。

「あなたが殺したんですか」

畑吹は黙った。木は携帯電話を握りしめた。こうなったらやはり一一〇番だろうか。

「畑吹さん！」

木は声を大きくした。返事がないのは、まさに図星だからではないのか。

「それを木村さんに話しにきました。もっと大事なことも」

やがて畑吹はいった。木は天井を仰いだ。なんてことだ。やはりカズオは木を殺しにきたのだ。

「申しわけないが畑吹さん、そういうことなら、このドアを開けるわけにはいかない」

「は？」

「あなたを信用できない。俺を殺すかもしれない」

「なぜ木村さんを殺すんです？」

「なぜって、そんなの決まっているでしょう。畑吹さんの身を守るためだ」

「自分の身を守りたいなんて思っちゃいません。俺が守りたいのは、あなたや元山さんです」

「安心させようとしているのか」

「それはそうです。疑っているのですか、俺のことを」

「正直にいえば、そうだ」

「なぜです。俺が殺したからですか、孟のところのボスを」

「えっ」

木は絶句した。

「だからさっき、名前を訊かれて答えづらかったんです。ボスの名は張《チャン》。張は李をつけ狙っていましたから、俺は――」

木はドアロックを解いた。事務所のドアをひき開ける。あっけにとられたように、畑吹が立っていた。

「木村さん――」

「すまない、畑吹さん。俺とあんたは、別々の本を読んでいたようだ。俺が疑ったのは、李を殺したのがあんたじゃないか、ということだ」

木は一気に喋った。

「え？」

カズオは怪訝な顔になった。木は廊下を見回し、

「入って」

とカズオをうながした。

「なぜ俺が李を殺すんです？」

木がドアを閉じるなり、カズオは訊ねた。

「さっき電話で話しました。李には協力者がいて、そいつが李を殺した。その可能性があるのは、あなたか弟の孟しかいない」

木がいうと、カズオは首をふった。

「どっちでもありませんよ。第一、李は生きています」

今度は木があっけにとられる番だった。

「何ですって!?」

「李は生きています。最初にもらった電話で、頭がこんがらがっている、と俺がいったのを覚えていますか。あの直前まで俺は李と会っていたんです。突然、それこそひょっこりと、うちの会社に現われたんです」

木は瞬きした。それくらいしかできなかったのだ。自分の立てた推理が全部崩れてしまったことだけはわかった。

「待って下さい。じゃあんたが殺したのは――」

「だから、孟のボスの張です。例の白骨が見つかったとき、まっ先に俺が考えたのは、手下の孟を殺されたと思っているだろう張の復讐でした。俺は社員を使って張をさらい、李を殺したのかと訊ねました。というか、頭から張がやったと決めつけていました。奴はちがうといいましたが、以前にも張が人殺しをしているのを知っていた俺は信じませんでした。張は結局、うちで『マキ』になりました」

「それはいつの話です」

「骨があがってすぐです。俺はそれで李の復讐をしたつもりでいました。ところが、その後、丸山組の組長が中国人にさらわれて身代金をとった奴がいるという噂が聞こえてきて、それが李だったのかもしれないというので自分が思いちがいをしていたことに気づきました。まあ、張は生かしておくほどの価値のある奴じゃありませんでしたから、それについちゃたいして後悔はしてません。だけど今度はあなたが現われ、李の件を調べているという。本当はどうなのか、張を消した俺としても、知らん顔はできなかった。元山さんのこともありましたしね。だからあなたを食事に誘って、いろいろと訊いたんです」

「もし俺が張のことまでたどりついたら、消すつもりだったのですか」

カズオは悪びれもせず、頷いた。

「場合によっては」

木は息を吐いた。

「さっきの話をされたとき、李が現われた驚きもあって、カマをかけられているのかと思ったんです……」

「待って下さい。李が生きていたとするなら、あがった白骨死体というのは――」

「孟です」

カズオは答えた。木は頭を抱えた。


「身代わりに弟を使ったのか。そうか。それでほとぼりが冷めた今になって日本に舞い戻ってきた。ところがどこかで鬼塚とばったりでくわした。『なんでお前が生きているんだ』ということになり、さては、と気づいた鬼塚を――」

悲しげにカズオは頷いた。

「そうです。鬼塚を殺したのは自分だ、と李は認めましたよ。まさか今になって、自分殺しの犯人を皆が捜しているとは、思ってもいなかったようだ」

「で、李は今どこに？」

「元山さんのところです」

それを聞いたとたん、木は携帯をとりだした。ケイを呼びだす。だがどれだけ鳴らしても、応答はなかった。

木はカズオを見つめた。

「李は、元山さんを利用した。弟の死体を自分のものだと証言させるために、わざと指輪をはめて、海に沈めた」

カズオは小さく頷いた。

「李は今になって、元山さんを中国に連れて帰るつもりです。三年近く前、奴は弟になりすまして中国に帰ったのですが、入管でそれを見破られ、向こうの刑務所に二年間服役させられたんです。ただ入っている間に、奪った金を地下銀行を使って株などに投資して成功し、大金持になったといっていました。今は別の戸籍を買い、『周剛《チョウカン》』と名乗っています。上海で百人に入る金持だといばっていました」

木は息を吐いた。全身から力が抜けた。

椅子に腰をおろし、煙草をくわえた。

「何をしているんです？」

焦れたようにカズオが訊ねた。

「何をって、別に。大金持になった李が迎えにきてくれたのなら、めでたしめでたしじゃないですか。他の奴ならともかく、李なら元山さんだって仕返ししようがない。それにこのことを丸山に知らせて、彼女を不幸にするわけにもいかない。李は殺人犯だが、俺ももう警官じゃありませんしね」

ケイは李と中国に飛ぶだろうか。木はぼんやりと思った。飛ぶだろう。飛ばない筈がない。三年間のつらい思い出を補って余りある贅沢《ぜいたく》を、李はケイにさしだせる。たとえ利用されていたのだとしても、李が迎えにきたことで、ケイはすべてを帳消しにする。

「あなたはわかってない」

カズオがいった。

「何が？」

「元山さんの気持です」

どういう意味だ、と訊き返そうとしたとき、携帯の〝B〟が鳴った。丸山だった。一瞬迷ったが、木は応えた。

「はい」

「春山に電話した」

前おき抜きで丸山はいった。

「今、マズいのじゃないのか。おたくと池袋双栄会は」

「うまくはいってないが、まあとりあえず話くらいはできる。それで馬のことを聞いた」

「ああ」

「どうした？　別に興味がねえって口調だな」

「そんなことはない。それで？」

「春山が馬を中国にいかせたのは、例の一件の直後だ。よくよく聞くと、うちが中国人狩りを始めたんで、馬が中国に帰らせてくれと春山に頼んだらしいんだ。それでしかたなく春山は馬を中国にいかせることにした。別にたいした仕事があったからじゃあないらしい。そこで思ったんだがな。馬は、わざと偽造パスポートを使ってパクられたのじゃないか。坂本や花口がム所に逃げこんだのと同じで」

「それはどうかな。中国のム所は、日本とちがって厳しいし、裁判でも冤罪《えんざい》がけっこう多いらしい。妙なパクられ方をしたら、何十年もでてこられなくなるかもしれん。自分からム所には入らないと思うがね」

「だったら何でそんなドジを踏んだんだ。馬が孟なら、ちゃんとした留学ビザをもって日本にきていたのだろう。中国でパクられるなんておかしいじゃないか」

「そうだな」

木は力なくいった。

「おい」

「何だ」

「ようすが変だぞ。お前、隠していることがあるんだろう」

「疲れているんだ。あんたらの仲裁に」

「それだけじゃねえ。何だ、何を隠しているんだ？」

「何でもない。ほっといてくれ」

木は携帯を切り、電源も切った。カズオを見やる。

「彼女の気持がどうしたというんです？」

「中国になんかいきませんよ、彼女は」

カズオは木を見つめ、いった。

「なぜそう思うんです。死んだと思っていた恋人が生きていたら大喜びだ」

「そのために彼女がどれだけ傷ついたか。ふつうだったら怒ることはあっても、喜ぶことなんてありえない」

木は首をふった。

「それは最初のうちだけだ。彼女は、それは強く李のことを思っていた」

「だったらいって訊いてみてはどうです？」

「何を、です。『李と中国にいくんですか』と？　そんなのはよけいなお世話だ。『あなたに関係ない』といわれます。実際、その通りだ」

「木村さんは元山さんに魅《ひ》かれている。ちがいますか」

木はカズオをにらんだ。

「それはこちらの理由です」

「元山さんもあなたを憎からず思っている。それどころか、頼りにしています」

「たまたま誰もいなかったからですよ」

　カズオは木をじっと見つめた。

「何ですか」

「俺が元山さんのことを李に頼まれていた、というのは嘘です」

「え」

「李は彼女のことなど何も頼んでいなかった。俺は、勝手に元山さんに会いにいったんです。それを彼女も見抜いていた」

　意味がわからなかった。

「なぜです？　なぜ勝手に彼女のところへ？　畑吹さんも彼女を好きだったのですか」

　カズオは首をふった。苦笑する。

「俺が好きだったのは李です。李はそれを知って、俺を利用した」

「待って下さい、それはつまり――」

　木は混乱した。

「俺はゲイなんです。だから元山さんは、俺にとって恋仇だ。李が彼女のことを俺に頼む筈がない」

「じゃ畑吹さんと李は、その……」

　木は言葉を探した。

「つきあっていたかって？　そこまではいかなかった。ただ李は、俺が奴のことを好きで、奴の頼みごとを断われないのを知っていました。元山さんに初めて会ったのは、李の死体が発見された直後でしたが、彼女はひと目でそれを見抜きましたよ。『李とそういう関係だったんですか』と訊かれたくらいです」

木は長々と息を吐いた。自分の鈍さにあきれた。ケイがカズオの〝援助〟を断わったのは当然の話だ。カズオのいう通り、二人は恋仇の関係だったのだ。

「――参ったな」

木はつぶやいた。

「元山さんのところへいくべきだと思います。彼女に、中国へいくな、といえるのはあなたしかいない」

「待って下さい。でもあなたは李が好きなんでしょう。李の邪魔をしてもいいのですか」

いっているうちに気づいた。カズオは木に、邪魔をしてもらいたいのだ。もしケイが李と手に手をとって中国へいけば、カズオからは永遠に遠ざかってしまう。

木が気づいたことを、カズオも気づいた。

「それだけじゃありません。俺は李が許せない。話したでしょう。俺は子供の頃、兄貴に助けられた、と。その兄貴と李を重ね合わせていましたが、李は弟を自分の身代わりにして殺しました」

「そうか……」

「元山さんの家に向かって下さい。俺もあとをついていきますから」

カズオはいった。

「待って下さい。李を殺す気なんですか」

「そこまでは考えていません。ですがどんなトラブルが起こるかわからないので、会社の人間を連れてきました」

それはつまり、李が木を殺そうとするかもしれない、ということだ。

木ははっとした。それどころではない。もしケイがカズオの読み通り中国いきを拒絶したら、李にとってケイも危険な存在になる。

「彼女のところへいかなきゃ」

木は腰を浮かせた。カズオが頷いた。

「やっとわかってくれましたか」

23

恵比寿まで向かう途中、木《もく》は何度もケイの電話を呼びだした。だが、応答はない。

木の中で不安がふくれあがった。もし李がケイを傷つけるようなことがあれば、絶対に許せない。あれほど李を愛し、思った女を、もし傷つけるようなことがあったら、李を殺す。

携帯の〝C〟が鳴った。ケイからかと思い、運転中だったこともあってろくに液晶も確認せず、木はでた。

「おいっ」

いきなり結城の声が耳にとびこんできて、木は顔をしかめた。

「お前、周剛という中国人を知ってるか」

「誰ですって？」

「周だ。入管の記録によると、五日前に上海から入っている。観光ビザで来日した男だ」

「わかりませんね。それが何か」

「新宿のハイアットタワーに泊まっているんだが、そこのロビーで、鬼塚と会っているのを見た人間がいる」

「中国人なんてそれこそ腐るほどいます。何か問題でも？」

「とぼけたことをいうな。馬って中国人のことを調べろといったのはお前だろうが。馬は二年八カ月前に日本を出国し、中国入国の際に偽造パスポート使用のかどで中国公安局に逮捕され、二年の実刑を食らってることがわかった。この馬が周じゃないのか」

「それはわかりません」

「お前が双栄会に目をつけた理由は何だ」

「鬼塚からちらりと聞いたことがあったのを思いだしたんです。日中をいききしている、中国マフィアがいて、そいつが上海でしこたま貯めこんでいるらしいって。元は双栄会で使い走りをやっていたのだけど、このところの中国の株ブームで稼いだのだと」

「たったそれだけか」

「鬼塚は、金をもっていて弱みのある奴を見逃しませんでしたからね」

「お前、そんな話をよそでしていないだろうな」

「現役刑事が中国マフィアを恐喝したあげく殺されたなんて、いえるわけないでしょう」

結城は唸り声をたてた。

「あ、今、車で、もうすぐトンネルに入るんです。切れちまうかもしれません」

木はいって、イヤフォンマイクを耳からひき抜いた。電源を切る。

ケイのマンションが見えてきた。ルームミラーをのぞくと、カズオを乗せた黒塗りのでかいアメ車の4WDがぴったりついているのが映っている。

マンションの前で車を止め、木は深呼吸した。ポケットにある携帯電話のバッテリーをすべて抜いて車のダッシュボードにしまった。こうしておけば、警察に逆探知される心配もない。

車を降りて、ケイの部屋に向かった。

ドアの前に立つと、耳をすませた。中からは何の物音も聞こえない。

インターホンを押した。

やがて、

「はい」

というケイの返事が聞こえ、木はほっと息を吐いた。

気づくと、カズオがすぐ背後に立っていた。

「木村です。やはり今夜も、あなたをガードすることにしました」

「えっ」

「それと……畑吹さんがいっしょです。そこにいる人と話がしたいそうです」

ガチャッという音がして、チェーンロックをかけたままドアロックが外れた。青ざめた顔のケイが立っていた。服装は、マンションの前で別れたときのままだ。

「木村さん……」

「李がいますね」

木はいった。ケイは小さく頷いた。木は早口で喋った。

「もし、私のガードが今夜は必要ないというのなら、そういって下さい。ここからまっすぐ帰り、あなたのことも、李のことも、すべて忘れます」

細く開いたドアごしにケイはじっと木の目を見つめていた。喋り終えると、木はケイの目を見返した。

二人はしばらく無言だった。

「あがって、下さい」

やがてケイがいって、ドアを一度閉め、チェーンを外した。ドアを大きく開く。

「失礼します」

木はいって、玄関からあがった。リビングの中央に、スーツを着けた男がひとり、すわっていた。入ってきた木と、つづく畑吹を見ても、驚いた表情は浮かべない。ただ黙って二人を見つめている。

「木村です」

　木は男を見つめていった。仕立てのいい黒のスーツに上品なネクタイを締めている。髪を短く刈って、清潔感があった。左手首に金のロレックスが光っていた。

「周です」

　男は名乗った。カズオがそっと部屋の隅に立った。男は、カズオに目を向け、わずかに首を傾げた。

「畑吹さん、またあなたと会うと思わなかったよ」

　カズオは小さく頷き、いった。

「この木村さんには全部話したよ、李。君が弟さんを殺して、自分のかわりに東京湾に沈め、死んだふりをしていたことを」

　男の顔は変化しなかった。

「何のことですか」

「鬼塚刑事を殺したのもあんただな」

　木はいった。李がゆっくり首を巡らせ、木を見た。

「あなたは誰です」

「元山京さんのボディガードだ。その前は、元丸山組の坂本と花口に頼まれ、彼女のことを調査していた」

　男は小さく首をふった。苦笑を浮かべる。

「三年もたっているのに、皆さん、よく覚えているね」

「あんたが八千万を奪ったことについちゃ、俺は何とも思わない。あんたが奪わなければ、坂本か花口が、あるいはメール男が全部を奪っただろうからな。メール男の正体を、彼女から聞いたか」

木は訊ねた。李は笑顔を大きくした。

「びっくりしましたね。お父さんをさらってお金をとる。そんなことを考えるなんて」

「問題は殺人だ。あんたは弟を自分の身代わりに殺した。その結果、彼女はすごくつらい思いをした」

「それがあなたに何か関係ありますか」

李は平然といった。木は息を吸いこみ、ケイを見た。ケイは硬い表情を浮かべ、リビングの中央に立って李を見おろしている。

「俺はぜんぜん立派《りっぱ》な人間じゃない。だけどあんたのやったことは、控えめにいっても、最低だ。金をとるのもいい。弟を殺したのもしかたがない。だが彼女を連れて逃げるべきだった。俺が許せないのは、何も知らずあんたに惚れていた彼女を苦しめたことだ」

李はふっふっふと笑った。やがてその笑いが大きくなり、おかしくてたまらないという高笑いになった。

「あなたおもしろいよ。お金盗むより、人殺しより、彼女傷つけたのが悪いことですか」

目に涙をため、まだ笑いながら、李はいった。

「法律的なことをとやかくいえるような人間じゃないからな」

李は首をふった。

「私、今、あやまっていました。許して下さい。これから罪滅《つみほろ》ぼし、します。いっぱいいっぱい、サービスします。だからいっしょに中国いきましょう」

木はケイをふりかえった。

「迎えにきたのは立派です。それだけあなたのことを忘れずにいたという証明ですから」

ケイは無言で木を見返した。木は深々と息を吸いこんだ。

「彼と中国にいくのですか」

ケイは答えなかった。ただその目がわずかに潤んでいることに木は気づいた。

「木村さん」

カズオがいった。

「訊くのじゃなくて、いうことがあるのじゃないですか」

李がカズオを見、そして木に目を戻した。不思議そうにいった。

「いうこと？　私のケイさんに何をいうんです？」

「あなたのケイさんなんかじゃない」

ケイが鋭い声でいった。李はわざとらしく頷いた。

「ああ、そういうことですか。私のいない三年でケイさんはかわったと。私より、同じ日本人のほうがよくなったわけですね」

「いい加減にしろ」

木はいった。

「どれだけ彼女を傷つければすむんだ。あんたが死んだとわかったとき、彼女は自分のせいじゃないかと苦しんだんだ。一本の電話でも一通の手紙でも寄こせば、彼女は苦しまずにすんだ。素知らぬ顔で三年もほったらかしといて、そのいい草はないだろう」

「しかたない、それは話しました。私は刑務所に入れられていたのです。日本の刑務所と中国の刑務所はちがいます。連絡などできるわけがありません」

「中国にいく前ならできた筈だ」

李は黙った。

「それに、あんたは弟を身代わりにして死んだフリをしたが、彼女のことは考えなかったのか。彼女のところに坂本たちや丸山組の人間が押しかけてくるかもしれないとは思わなかったのか」

「彼女は無関係です。それがわかれば、あの人たちは何もしません。実際、そうだったじゃないですか」

李は手を広げた。

「ふざけないで」

ケイがいった。

「あなたはわたしを捨てただけでしょう。逃げるのに邪魔だからほったらかしにしただけよ」

「そんなことはありません。だったらなぜ、今になって迎えにくるんです」

「もう日本には二度とこられないからだ。あんたは刑事を殺した。さすがに今度は誰かを身代わりにするわけにもいかず、そうなれば日本とはこれきりだ。惜しくなったんだ、彼女のことが。連れて帰れるなら連れて帰ろう、ただし上海で飽きてしまったら、放りだすつもりだ。元山さん、この男についていっちゃ駄目だ。はっきりいいます。この男は、あなたを利用することしか考えてない」

余裕を浮かべていた李の顔がこわばった。

「関係のないあなたがいうことじゃない。これは私とケイさんの問題。彼女は私を大切にしてくれた。これから私は一生をかけて、その恩返しをする」

「——信じるのですか」

カズオがいった。

「俺なら信じない」

李が首を巡らせた。厳しい声でいった。

「カズオさん。あなたは黙っていなさい」

「李」

ケイが呼びかけた。李はケイをふりかえった。

「何です」

「わたしはいかない」

「なぜです？　この人たちの言葉を信じるのですか。私がケイさんを利用したと、本当に思っているのですか」

李はケイを見つめ、真剣な口調でいった。

「ちがう」

ケイは首をふった。

「そんなことじゃない。あなたが三年前、実際はどうだったかなんて、今となってはどうでもいいわ。三年間、わたしがひとりぼっちで苦しんだことも過ぎたこと。あなたが生きていたのは嬉しかったけれど、そのために人が死んだのだと思うと、そう素直には喜べない。でも、だからわたしがあなたと中国にいかないわけじゃない」

李は眉根を寄せた。

「では何なのですか」

ケイは息を吸いこんだ。

「わたしの、あなたを思っていた気持はまちがっていた。わたしはあなたが中国人だという理由で、同情と愛情を混同していた。あなたがこの国で味わった苦労を、日本人として見過してはいけないと感じ、それをあなたに対する愛情だと勘ちがいしてしまった。でもそれは愛情ではなくて同情だった。だからあなたがいなくなったあとも、わたしは自分のせいだと思って、ずっと自分を責めてきた。でもまちがっていたのよ。あなたは確かに苦労したけれど、それはわたしのせいではないし、日本人のせいでもない。あなたが自分の、嘘ばかりついてきた人生のせいで苦労したの。それに対して、わたしがしなきゃいけないことなんて何もなかった」

李は悲しげに顔を歪《ゆが》めた。

「ケイさんも結局、日本人なんですね。最初は珍しがって同情し、親切にする。でも心の中では中国人を馬鹿にしている」

「彼女はしていない」

木がいうと、さっとふりかえった。

「うるさい。お前にはいってない。お前たちがケイさんをかえたんだ」

「ちがうわよ。わたしが自分でかわったの。目が覚めたのよ、あなたのせいで」

ケイがいった。李は大きくかぶりをふった。そして立ちあがると、上着の内側から拳銃をひき抜いた。

「あなたたち全員、死にます。私は上海に帰りますが、あなたたちが死なないと、また刑務所に入れられてしまう」

「それが本音なのだろう。連れて帰らなければ口を塞ぐしかない」

木はいった。

「黙れっ」

叫んで李が発砲した。木は右のふくらはぎに衝撃をうけ、床に倒れこんだ。

「木村さんっ」

ケイが叫んだ。熱の塊《かたま》りがいきなり膝から下の感覚を奪っていった。痛みはなく、だが抱えた両手のあいだから驚くほど多量の血が流れだした。

「何てことをするの!」

李の顔は追いつめられた者の表情になっている。

「ケイさん、私と上海にくるか。くるならこの人の命、助ける。こないなら、あなたもこの人も死ぬ」

自分の顔に向けられた銃口を、木は意外に冷静な気持で見つめた。いつかこうなるような気がしていた。

「心配ないよ。この人とあなた殺しても、カズオさんがきれいに消してくれます。カズオさんは私のいうこと聞いてくれる。日本のやくざはカズオさんのこと警察にいえませんが、私はいえます。だからカズオさんは聞くしかない」

「馬鹿なことを……」

カズオがため息混じりに吐きだした。

「でもそうでしょう。あなた、私を助けないと一一〇番に電話いきます。死体をこっそり燃やしてお金稼いでいる悪い会社あります。『畑吹産業』といいます」

李は木に銃を向けながらいった。

「ちがいますか」

カズオは答えなかった。李はケイに手をさしだした。

「ケイさん、私と上海いきましょう。うんとうんと、楽しい思いさせてあげますよ」

ケイの目が木を見つめた。

「そうしたら、この人を殺さない？」

「殺しません。私はあなたのために日本にきたんです。刑事を殺したのも、つかまったらあなたを連れて帰れないから」

ケイが目を伏せた。

「いっちゃ駄目だ」

木はいった。声がかすれていた。自分で思ったより、ショックをうけているようだ。じわじわと苦痛が広がってきた。熱さが今度はだるさのようなものにかわりつつある。

ケイの手がテーブルにおかれていたハンドバッグにのびた。李の目を見て告げる。

「あなたといくわ」

李はゆっくり頷いた。木に微笑みかける。

「よかったですね。死なないですみました。でも病院はもう少しあとよ。私たちが――」

ケイが李に歩みよった。右手でハンドバッグの中からとりだしたものを、いきなり李の首すじに押しつけた。

バチッという音とともに火花が散り、わずかな煙が立ちのぼった。李の一瞬丸くなった目が、白く裏返った。

木が渡したスタンガンだった。ケイがそれを李に使ったのだ。

李の体から力が抜け、すとんと床に膝をついた。くたくたと体を折るように崩れる。

ケイは放心したようにその姿を見おろしていた。木は手と膝をつかってにじりよると、李の手から銃を奪った。トカレフだった。

とたんに痛みが激しくなり、喘《あえ》いだ。歯を食いしばりベルトを外すと、膝の下に巻きつけた。

だが力が入らない。

スタンガンを投げすてたケイがおおいかぶさった。ベルトを締めつける手が激しく震えている。

「本当に、上海にいくのかと思いましたよ」

木がいっても答えず、ベルトを締めあげると固定した。ようやく顔をあげると、まぢかから木の目をのぞきこみ、ひと言いった。

「馬鹿」

木の体から力が抜けた。

「立てますか」

カズオが歩みよると、ケイと二人で木の体を支え、ソファにすわらせた。携帯電話をとりだす。

「うちの人間を呼んで、李をひきとります」

木はケイと目を見交《みかわ》した。

それが一番だということは木にもわかった。警察を呼べば、これまでのいきさつがすべて明らかになる。丸山組にとっても畑吹産業にとっても、それはまずい。

だがケイがうけ入れられるかどうかだ。

「お願いします」

ケイがいったので、木は目をみひらいた。

「わたしにとっての李は、もう死んでしまった人間です」

カズオは頷き、連絡をとった。数分後、大男が現われると、ベルトで李の両手を縛り、肩に担いで、でていった。

「このことは、誰にもいわないで下さい」

カズオは木とケイにいった。二人は無言で頷いた。

カズオはケイを見つめた。

「俺とあなたをつないでいたものが、今日、消えます。これからは街で会っても互いに知らないどうしだ。いいですね」

「はい」

「俺もそうする」

木はいった。カズオは木に目を移し、しばらく見つめていたが、頷いた。

「わかりました。あなたが『マキ』になって、うちに運ばれてこないことを願っていますよ」

そして静かに立ち去った。

ドアが閉まると、木は初めて呻《うめ》き声をたてた。

「痛いのね」

ケイがいった。

「そうじゃない。いや、痛いのもありますが、警察にどういいわけをしたものかと思って。銃や刃物の傷は、病院が届けますからね」

この部屋で撃たれたことは隠しようがないだろう。

「李の弟がきたことにすればいい。ここにいたあなたと争いになり、撃って逃げたといえば？」

木は頭を巡らせた。結城は、馬を周剛だと疑っている。その馬が死んだ李の弟ということになれば、兄貴の元恋人が別の男といるのを見て、腹を立てて撃って逃げたという理屈が通らなくもない。というより、他に、説明のしようがなかった。

「丸山たちはどうします？」

「上海にいって考えましょう」

ケイは答えた。さっぱりとした顔だった。

「少し先になりますよ」

ケイは頷き、いった。

「今度は待てるから」

解説

杉江松恋《すぎえまつこい》（文芸評論家）

廉恥、という言葉を使いたくなることがある。

心が清らかで恥ずべきことを知っている、の意である。大沢在昌の作品を読んだときの印象だ。どんなに汚い世界を描き、醜い欲望を映し出しても、不思議と心を冒されることがない。それは大沢作品の中心に、廉恥の精神が貫かれているからだろう。

だから私たちは、ときどき無性に大沢在昌の小説が欲しくなるのである。そういうときはきっと、気持ちのどこかに歪みが生じている。ぴしっとしたくなるのですね、ぴしっと。


『Kの日々』は、「週刊大衆」二〇〇五年六月十三日号から二〇〇六年五月八・十五日号に連載され、二〇〇六年十一月に双葉社より単行本として刊行された（二〇〇九年二月にFutaba Novelsに収録）。執筆期間は話題作『新宿鮫Ⅸ　狼花』（二〇〇六年九月。光文社）に近接している。〈新宿鮫〉は、物語に中心軸を設定し、周囲に登場人物たちを回遊させながらストーリーを自然に進行させていくという練達の創作法によって続けられているシリーズだ。格段の出来事がなくとも、一組の登場人物が置ければ大沢は〈新宿鮫〉の物語を作っていける。極端に言えば、鮫島がどこかに一歩を踏み出すだけで物語を始めることができる。そうした技法を、大沢は『狼花』で誇示してみせたのである。

同時期に発表された『Kの日々』も、「派手な動きに頼らない」小説だ。初めに陰謀があり、その虚偽の被膜がじわじわと剝がされるさまが描かれていく。事態が動くたびに、ひとびとの関係も少しずつ変化する。その変転を、息を殺して見守っているような気分にさせられる小説である。サスペンスの醍醐味を充分に味わわせてくれます。

主人公は「木」という名前の無い名前で呼ばれている男だ。名前が無い名前というのは、「木」というのが単なる記号のようなもので、本名ではないからである。時に「木村」と名乗ることもある。彼は調査のような汚れ仕事を請け負って暮らしており、業界の複雑な人間関係の中で網を避けながら泳ぎ回るような処世術で生き延びている。名前が無いということは、他者との関係性によっていくらでも顔が変えられるという意味でもある。それを象徴するように彼は四台の携帯電話を持ち、番号を教えている相手によって、その電話を使い分けている。四台の携帯電話は、彼が泳ぎ回っている人間関係そのものだ。また名前が無い彼は、本質的に宿無しでもあり、事務所を仮の棲家としている。

そんな中心点の無い男が、調査対象の女性に引っかかりを持ってしまう。読者には最初「ケイ」として紹介されるその女性は、西麻布で小さな雑貨店を開いている。木がその雑貨店を監視する場面から物語は始まるのである。

ケイの監視を依頼してきたのは、坂本と花口という元暴力団員だ。その理由は三年前の出来事にさかのぼる。二人は当時、丸山組のうだつの上がらない構成員だった。彼らは上納金を滞納し、困っているところにメールで濡れ手で粟の儲け話を持ちかけられたのだ。丸山組の組長が愛人宅にいるところを拉致し、身代金を奪おうという大胆なものだった。ヤクザである坂本と花口が「親」に手を出すことは、絶対のタブーだ。しかしメールの男は、間にヤクザの身内ではない人間をかませれば、二人の面が割れずに済むと説得してくる。二人はその案を受け入れ、李という中国人を身代金受け渡しの手先として雇った。

組長の誘拐は成功し、八千万円という金を奪うことができた。しかしその金を持ったまま、李は姿を消してしまったのである。やがて彼と思しき人物の死体が東京湾に浮かんだが、八千万円の行方は知れなかった。犯行が露見することを怖れた坂本と花口は、自ら微罪で服役することを選んだ。出所後に、李が隠したはずの金を取り返すことを心に誓って。

ケイこと元山京は、その李の恋人だったのである。

物語の主要な登場人物はあと二人。三年前の事件の真相を執拗に追究する丸山組二代目の組長と、ふとしたことから木が知り合った、畑吹産業の当代経営者・カズオだ。畑吹産業は裏社会における「廃棄物処理」、すなわち死体の処分を請け負う業者である。この二名の動きが、のちに木とケイの運命を左右することになるのですね。

登場人物たちが持ち場につき、いよいよ舞台の幕が上がる。二人のはぐれヤクザは、ケイが李の奪ったカネを秘匿していると睨んでいた。だが木には、雑貨店を経営しながらつつましく暮らすケイに、そのような黒い裏の顔があるとはどうしても信じられなかったのである。ケイの真実が知りたいという衝動に駆られた木は、すべきではないと判っている賭けに出てしまう。偶然を装い、ケイと接触するという一手だ。

気になる、というのは、つまり惚れたということである。そう、木はあろうことか調査相手の女性に心を奪われてしまったのだ。読者の興味は、ここで一点に集中する。元山京という女性は、果たして何者なのかという関心だ。

誘拐の身代金をかすめとった、稀代の悪女なのか。

愛する者を突然奪われた、悲劇の主役なのか。

〈宿命の女《ファム・ファタル》〉というジャンルがある。ファム・ファタルは〈悪女〉と訳されることもあるが、これは公平ではないだろう。「男を破滅させる妖しい存在」としてファム・ファタルをとらえた見方だからだ。そうした負のイメージを払拭してから見直してみると〈宿命の女〉とは、男が何を措いても我が物にせずにはいられない女性、内なる理想像の投影としての異性である。自らの内にある〈宿命の女〉像を体現したかのような女性を目の当たりにしたとき、男は我を忘れて恋に狂う。そのさまを描くのが〈宿命の女〉文学なのだ。

浪漫主義が主流を占めた十九世紀ヨーロッパ文学ではこのモチーフが広く蔓延したが、二十世紀大衆小説の中にもその名残りはあり、特にハードボイルド、犯罪小説と呼ばれる分野で数々の名作を残した。「おれとコーラをいっしょにしてくれるように、たとえ、それがどこでも……」(田中小実昌訳)との哀切な呟きを残して終る男女の破滅物語、ジェームズ・M・ケイン『郵便配達はいつも二度ベルを鳴らす』はその代表的なものだ。ダシール・ハメットは『マルタの鷹』において〈宿命の女〉との出会いに抗って節を貫くヒーロー像を描いてみせたし、逆にジェームズ・ハドリー・チェイスは数々の作品で男の浅知恵が女を欲する欲望に裏切られるさまを活写し続けた。「犯行の影に女あり」というのは手垢のついた常套句だが、内なる理想像の投影としての〈宿命の女〉と出会ったヒーローが、己の欲望をどう律し、厳守すべきルールをいかにして守りぬいたか、というテーマがハードボイルド、犯罪小説の重要なテーマであったことは疑いない事実でしょう。

『Kの日々』の大沢在昌は、こうした歴史背景を熟知した上で、新しい作品の型を作ろうという強い意欲をもってテーマを書き抜いている。一つの工夫は、主人公の木を外見上は空虚な男として描いたことだ。中心に何も無い男。しかしケイとの関係が続くうちに、彼が見かけどおりの男ではないことが判ってくる。無を装っていたのはそれ相応の過去の理由があったためだし、ケイと向き合ううちにその内面をさらけ出さなければならない事態も出来する。見方を変えれば自己の回復の物語なのだが、自己を取り戻すことを「痛み」として描いた点に作者の誠実さがある。過去と向き合うことは（みなさんもご存じのとおり）実はとんでもなく辛いことなのだ。

もう一つの工夫は、ケイの正体を明かさずにこのテーマを書いたことである。読み進めるにつれて、この女性は本当に見かけどおりの善良な心の持ち主なのかそれとも……という不安に駆られていくはずだ。その解答が得られるのは、小説のどん詰まり、事件のすべての謎が解決に導かれる集束点においてのことなのである。じわじわとサスペンスがつのり、最高潮に達したときに解答が与えられる（したがってその瞬間まで、本書が『悪女小説』かどうかは、判らない仕掛けである）。

前述したように、本書で大沢はあえて派手な事件を起こさず「三年前の事件では、本当は何があったのか」という謎解きに関心を集中させている。「ケイの本性が善であるか悪であるか」という問いも、この謎解きと表裏一体のものだ。大団円のカタルシスを最高のものにするために緻密な計算をもって書かれた小説といえましょう。

未読の方の興を削がないよう、これ以上は控えるが、本書を読み終えて私が印象に残ったのは、やはり大沢在昌という作家の持つ「廉恥」の感覚だった。これは『新宿鮫』のような正義の遂行を描いた作品ではない。ケイはともかく、木は清廉潔白ではないし、時には汚いことにも手を染めて生きてきた人間だ。つまり灰色の、極めて黒に近いところにいる者たちの物語なのに、この小説の中には清潔な空気が通っている。どす黒い犯罪のありさまを描いてなお、大沢在昌はそうした廉恥の作家なのだ。この肚のくくり方を、私は非常に貴いことだと思っています。

心が揺らいで仕方のないときには、やはりこうした作品を読んでもらいたい。内なる空虚に向き合う勇気を与えてくれるのは、小説なのです。

本書は、二〇一〇年六月に
小社より刊行された同名作品の
新装版です。

双葉文庫

お-02-15

K《けい》の日々《ひび》〈新装版〉

2019年5月19日　第1刷発行

【著者】
大沢在昌《おおさわありまさ》

【発行者】
箕浦克史
【発行所】
株式会社双葉社
〒162-8540 東京都新宿区東五軒町3番28号
［電話］03-5261-4818(営業)　03-5261-4831(編集)
www.futabasha.co.jp
(双葉社の書籍・コミックが買えます)
【印刷所】
大日本印刷株式会社
【製本所】
大日本印刷株式会社

【表紙・扉絵】南伸坊
【フォーマット・デザイン】日下潤一
【フォーマットデジタル印字】恒和プロセス

落丁・乱丁の場合は送料双葉社負担でお取り替えいたします。
「製作部」宛にお送りください。
ただし、古書店で購入したものについてはお取り替えできません。
［電話］03-5261-4822(製作部)

ISBN978-4-575-52216-7 C0193
Printed in Japan

B・D・T 掟の街

大沢在昌

無法地帯と化した東京東地区「B・D・T」で失踪した歌手を追う探偵ヨヨギ・ケンを待っていたのは……。

定価六八六円＋税

夢の島

大沢在昌

青年に残された〈遺産〉を巡り、死のレースが始まった。勝者には無限の富、そして、敗者には死を！

定価七六二円＋税

流れ星の冬

大沢在昌

人生の平穏な冬を過ごしていた大学教授・葉山英介だったが、彼の隠された過去がその平穏を打ち破った！

定価七五九円＋税

悪人海岸探偵局

大沢在昌

ギャルとギャングで溢れかえる悪人海岸で、腕っ節と度胸を武器に、私立探偵・木須志郎が大暴れ！

定価六九四円＋税